Le *collier* d'HURRACAN

Couverture

- Conception graphique de la couverture:
Katherine Sapon
Illustration extraite de *La pittura etiopica durante il Medioevo e sotto la dinastia di Gondar* de Jules Leroy, Electra Editrice, Milano, 1964.

LES QUINZE, ÉDITEUR
(Division de Sogides Ltée)
955, rue Amherst, Montréal
H2L 3K4
tél.: (514) 523-1182

Distributeur exclusif pour le Canada:
AGENCE DE DISTRIBUTION POPULAIRE INC.
(Filiale de Sogides Ltée)
955, rue Amherst, Montréal
H2L 3K4
tél.: (514) 523-1182

LOUIS LEFEBVRE

Le collier d'HURRACAN

ROMAN

Quinze

Données de catalogage avant publication (Canada)

Lefebvre, Louis, 1950-

   Le collier d'Hurracan

   ISBN 2-89026-396-7

   I. Titre.

PS8573.E33C64   1990   C843'.54   C90-096089-2
PS9573.E33C64   1990
PQ3919.2.L43C64   1990

Copyright 1990, Les Quinze, éditeur
Dépot légal — 1er trimestre 1990
Bibliothèque nationale du Québec
ISBN 2-89026-396-7

1

Il est ironique que moi, Thomas Evangelos, je songe à confier aux mots et au papier le souvenir des événements qui, il y a quinze ans, ont bouleversé ma vie. Car ce sont les mots et le papier qui furent la cause de mon malheur, les livres dans lesquels je me suis toujours enfermé et qui m'ont rendu si inapte à pénétrer la réalité cachée des actions humaines. Je m'étais promis de ne plus jamais ouvrir de livre le jour où j'ai quitté les Antilles. J'ai tenu ma promesse. Le livre que je commence aujourd'hui est blanc, vide de toute illusion. C'est de mes mots à moi qu'il sera fait et j'espère seulement que ces mots seront moins trompeurs que ceux dont j'ai rempli ma tête pendant trop d'années.

Si j'écris ici mon histoire, c'est pour mieux comprendre ce qui m'est arrivé, pour démêler les fils d'une aventure à laquelle il m'arrive encore de ne pas croire après tout ce temps. J'ai beau me méfier des mots, peut-être me mèneront-ils sur des pistes que la mémoire n'a pas pu flairer.

Qui suis-je? Un homme qui a voulu changer. Non que mon ancienne vie ait été si horrible : né d'une famille respectable, je menais une existence confortable et réglée que beaucoup m'auraient enviée. Mais j'étais un mort-vivant. Quand mon cousin Yannis a frappé à ma porte ce soir d'avril 1832, j'étais mûr pour tout quitter.

Je suis né à Constantinople le 7 décembre 1797. Je ne suis ni beau ni laid, ni grand ni petit, un homme qu'on ne remarquerait pas en le croisant dans la rue. De mon origine orientale j'ai gardé le teint foncé et le nez aquilin. Par ma mère, j'appartiens à la bourgeoisie phanariote, ces Grecs de l'empire ottoman liés depuis des siècles au patriarcat orthodoxe et à l'administration turque. Fils de Constantinople, je l'ai toujours été, même après notre émigration à Londres. Je ne me suis jamais fait à ce nouveau pays humide et désincarné, j'ai toujours gardé au fond de moi, prête à s'éveiller, la larve chaude du Levant. Le jour où mon père nous a transplantés en Angleterre, j'ai creusé un petit trou dans mon âme, j'y ai enfoui un peu de cumin et de fleur d'oranger, la couleur du soleil sur la Corne d'Or et la musique d'une fontaine de mosquée, et puis j'ai fermé le trou. Chaque soir, dans l'ennui mouillé de la grisaille anglaise, j'ai rouvert mon trésor secret et je n'ai pas oublié.

L'histoire de ma nouvelle vie commence à Londres, par une nuit tiède de printemps. La dernière chose à laquelle je m'attendais ce soir-là, c'était à la visite de ce cousin que j'avais perdu de vue depuis vingt ans. Yannis et moi avions été très proches pendant notre enfance dans le Phanar, mais mon départ pour Londres nous avait irrémédiablement séparés. Autant nos vies avaient été liées à Constantinople, autant elles avaient pris des chemins divergents depuis. À Londres, suivant la voie la plus évidente, mon père était devenu importateur de produits orientaux, mais à son grand désespoir j'avais refusé de reprendre le commerce familial. J'avais continué mes études aussi longtemps que possible et gagnais confortablement ma vie à cette époque comme précepteur en langues classiques. Je vivais seul dans un appartement tout tapissé de livres et, entre les visites à mes élèves et les soirées passées chez moi à lire, tout dans mon existence était ordonné et prévisible.

Yannis avait suivi le chemin contraire. Sa vie était digne d'un poème klephte. À peine âgé de vingt ans, il s'était joint à l'Hétairie, société secrète vouée à la libération nationale. Sous le couvert de la compagnie marchande de l'oncle Gregorios, il avait voyagé de Moscou à Marseille, courant ici acheter des armes, là quêter des fonds, ailleurs encore solliciter une promesse d'appui diplomatique. Par ambition et affinité de caste, il s'était lié très tôt à Alexandre Mavrocordatos, le prince phanariote qui avait tenté de s'imposer à la tête de l'insurrection grecque. Yannis avait partagé tous les aléas de la carrière de son chef : l'exil à Pise, le débarquement en Épire, les espoirs de l'assemblée d'Épidaure, la défaite de Peta. Mais avec la guerre civile et l'intervention des puissances étrangères, la faction de Mavrocordatos avait vu son étoile pâlir. Dans le vide politique actuel, entre l'indépendance, l'assassinat du régent et l'arrivée de l'enfant-roi allemand imposé par les puissances étrangères, Yannis et son chef n'étaient plus que des comploteurs comme les autres, tentant comme ils le pouvaient d'influencer un jeu politique dirigé d'ailleurs.

C'est alors que le miracle s'était produit : sur une île perdue au bout du monde, un petit curé de campagne avait fait une découverte qui pouvait tout changer. Un terrible ouragan avait ravagé l'année précédente l'île antillaise de la Barbade, et dans les ruines de son église dévastée, le curé avait trouvé une crypte datant du dix-septième siècle. L'un des cercueils de la crypte contenait les restes d'un certain Ferdinand Paléologue. Le curé connaissait assez son histoire médiévale pour savoir que Paléologue était le nom de la dernière dynastie à avoir occupé le trône de Constantinople. Le curé fit effectuer quelques recherches par des amis à Londres et en Cornouailles et découvrit que l'homme enterré sur cette île anglaise descendait bel et bien de la famille impériale. Un court entrefilet paru dans le *Times* se terminait sur la question même qui tourmentait maintenant mon cousin : y avait-il encore des Paléologue sur cette île?

C'était là le coup de théâtre auquel Yannis et Mavrocordatos n'avaient osé rêver. S'il existait quelque part un descendant légitime des empereurs de Byzance, personne ne pourrait lui refuser le trône de Grèce. Et qui profiterait du retour de la dynastie byzantine, sinon cette caste phanariote qui s'était toujours identifiée au souvenir de l'empire? Il ne restait plus qu'à aller enquêter sur place, dans la plus grande discrétion. Le problème, c'était que ni les factions grecques ni les puissances protectrices du nouveau royaume ne devaient découvrir le plan des Phanariotes. Or, Yannis et ses amis étaient tous marqués.

Mon cousin s'était alors souvenu de moi. Discret jusqu'à la limite de l'invisible, parfaitement anglicisé malgré mes origines, je pourrais aller là-bas sans éveiller les soupçons. Il me suffirait de passer pour un gentleman féru de vestiges anciens, qui profite d'un séjour de santé sous l'alizé pour poser quelques questions. Après tout, de Pompéi à Pergame, les voyageurs anglais sévissaient partout de nos jours, attirés par la moindre ruine comme par un aimant.

Ce soir-là, pendant que Yannis m'expliquait son projet, je ne pensais qu'à une chose : mon cousin était complètement fou! Non seulement son histoire était la plus invraisemblable que j'eusse jamais entendue, mais en plus, le fait qu'il eût pensé à moi pour cette mission relevait du plus profond délire. Solitaire, passif, hésitant jusqu'à l'absurde, incapable même chez le poissonnier de trancher entre la sole et le maquereau que l'on me proposait, j'étais moins fait que personne pour ce genre d'aventure. Et pourtant, Yannis était là, calé sur mon divan, un verre de porto à la main, qui me fixait de ses gros yeux noirs et attendait une réponse.

Mon premier réflexe fut de refuser. J'étais effroyablement occupé, lui disais-je; les leçons particulières que je donnais ne me laissaient aucun répit. Et puis, m'avait-il bien regardé? J'étais un homme de tête, un liseur horriblement casanier, pas un espion. Justement, rétorquait mon cousin, personne ne se méfierait de moi. Et puis, je lui devais bien cette faveur, moi qui n'avais pas levé le petit doigt pour aider la cause nationale, qui étais resté sagement chez moi pendant que des milliers de nos compatriotes étaient tombés sous les balles turques, que même des Anglais qui n'avaient rien à voir avec notre lutte, comme ce Byron mort à Missolonghi ... Suivait toute une litanie d'arguments plus ou moins grandiloquents qui allaient de l'honneur familial au devoir de la race.

Mon cousin se trompait de tactique. Jamais je ne m'étais intéressé à la guerre d'indépendance. Je n'arrivais pas à me sentir solidaire de ces quelques bandes de paysans moréens ou rouméliotes qui s'entretuaient aujourd'hui après avoir égorgé du Turc pendant dix ans. Je m'identifiais encore moins à la caste phanariote dont j'étais censé faire partie et qui ne rêvait que d'étendre au nouveau royaume de Grèce la domination que le Sultan lui avait laissé exercer pendant des siècles sur les provinces danubiennes.

Mavrocordatos en savait quelque chose, lui dont la famille avait laissé exsangues la Moldavie et la Valachie.

Non, si j'étais forcé de nommer ma tribu, c'était plutôt celle du petit peuple de Constantinople, celui qui prenait le thé dans les ruines de l'Hippodrome et plantait sa tente sous l'aqueduc de Valens, celui qui fleurissait les ruelles de mélopées persanes et laissait encore pousser dans sa tête l'herbe libre d'une steppe d'Asie. Non, cher Yannis, le traître que j'étais déjà n'arrivait pas à s'émouvoir de vos luttes de seigneurs. Il me fallait une sympathie immédiate, une sœur violée par un janissaire, un voisin battu par un percepteur albanais. Alors, peut-être aurais-je senti l'outrage dans ma propre chair et aurais-je pu prendre les armes. Mais ces luttes qui faisaient rage deux mille milles plus loin, que l'ennemi soit turc, mamelouk ou péloponnésien, je n'en avais cure.

Au risque de scandaliser Yannis, j'étais sur le point de lui expliquer ma vision de l'esprit de clan quand il haussa le ton. Il faut dire qu'entre lui et moi il y avait toujours eu une sorte de hiérarchie, causée autant par la différence de nos caractères que par les cinq années qu'il avait de plus que moi. On aurait dit que Yannis essayait maintenant de rétablir cet ascendant, de revenir à l'époque où, tout petit, je le suivais comme un chiot sur les remparts de Théodose, où j'obéissais à ses moindres consignes dans les escaliers du Phanar ou à la maison d'été de nos grands-parents à Arnavutköy. Mais vingt ans avaient passé. Ces gros yeux noirs fixés sur moi, cette moustache grise qui frémissait d'indignation, tout cela était beaucoup plus loufoque qu'inquiétant.

Pourtant, dans le déluge d'insultes qui suivit, il y en eut une qui me toucha le cœur. C'est quand Yannis se moqua de la petitesse de ma vie. Jusque-là, aucun de ses arguments ne m'avait ému. Je ne me sentais ni lâche, ni solidaire, et me reconnaissais encore moins une dette d'honneur envers «ce cousin si cher à mon âme», comme disait Yannis. Non, le moment où mon cousin m'avait ébranlé, c'est quand il s'était moqué de mes pantoufles et de ma veste d'intérieur, de mes fauteuils aux appuis-coudes brodés, de l'odeur de lavande et de bergamote que ma gouvernante aimait bien faire flotter partout dans mon appartement. «Tu n'es qu'un minable, Thomas. Regarde-toi : tu as l'air d'une grand-mère, tu as le teint blême et le regard éteint. Tu attends tranquillement ta mort, mon cousin, assis dans ton petit fauteuil à dentelles, à user tes yeux et à endormir ton cerveau dans ta prison de livres. Non, tu n'attends même pas ta mort, Thomas : tu es déjà mort. Tu sens le cadavre. Tout sent le cadavre chez toi. C'est l'odeur de ta propre pourriture que tu es obligé de couvrir avec tes parfums de vieille femme. Mais réveille-toi, bon sang, cesse de tenir compagnie à tes meubles. Je t'offre une chance inespérée de peser un tout petit peu sur le cours de l'histoire, de mettre une petite part de toi dans le mouvement des siècles, je t'offre la seule chance que tu auras jamais de sortir de ta vie de fantôme. Agis, bon dieu, Thomas!»

Il se passa alors une chose étrange. On aurait dit que les murs de mon appartement s'étaient mis à rétrécir, que l'air même y devenait subitement irrespirable. Tout s'estompait dans une sorte de brouillard. Le temps s'étirait sur une échelle bizarre : toutes ces années passées parmi mes livres semblaient n'avoir duré qu'un instant. C'est comme si je m'éveillais d'un long sommeil et que je me retrouvais vieilli d'un seul coup, terrifié par le sentiment d'avoir vécu pour rien.

Yannis avait raison. Il fallait sortir du sarcophage avant que le couvercle ne se referme. Il y avait longtemps déjà que ma vie ne me satisfaisait plus. La situation empirait au fil des années, sans que j'entrevisse clairement ni la source du mal ni son remède. Tout cela était resté vague jusqu'à la visite de mon cousin. Ce regard éteint que me reprochait Yannis m'avait bien servi jadis pour atténuer l'hystérie de notre vie de famille et le choc de l'émigration. Mais depuis que je refaisais chaque jour les mêmes gestes, que depuis des années je ne voyais plus personne qui risquât de troubler une paix si péniblement acquise, ma tranquillité était devenue une prison. J'avais construit des murs autour de moi à l'époque où le monde risquait de me dévorer, mais l'ennemi avait levé le siège depuis longtemps. Les murs ne bloquaient plus que moi.

D'une voix calme, qui m'étonna moi-même par son détachement, je coupai court à l'attaque de mon cousin : «C'est bon, Yannis, j'irai le chercher, ton empereur.» Dix minutes plus tard, sans plus se préoccuper de moi, mon cousin trouvait un prétexte pour partir. Sa mission était remplie, il ne lui restait plus qu'à attendre.

C'est ainsi que je m'embarquai le 18 mai 1832 sur le *Little Bristol*, à destination des Antilles.

2

Le voyage fut horrible jusqu'à Madère. La mer était si violente que je ne sortis de ma cabine que quatre fois et à chaque fois pour vomir par-dessus la rambarde. Je maudissais Yannis et son empereur des îles, je revoyais sans cesse mon petit appartement de Londres et le mur de livres qui m'avait protégé jusqu'ici de l'instabilité du monde. J'oubliais la vacuité de cette existence, je ne pensais plus qu'à son côté douillet et rassurant.

Dans ma cabine, quoi que je fisse, tout tanguait, tant à l'intérieur de moi qu'autour. J'avais beau rouler avec les vagues, ruser avec elles comme avec les mouvements d'un cheval, imaginer que c'était moi qui valsais, délibérément, et non cette satanée masse d'eau sous mes pieds, rien n'y faisait. Je n'arrivais plus à manger, et la seule image d'une vague aperçue par le hublot me soulevait le cœur. Je n'étais pourtant pas le plus mal en point des passagers. Je pouvais m'étendre sur des draps plus ou moins propres, me rafraîchir le visage avec un peu d'eau, rincer le goût de vomi qui me restait collé au palais; s'il m'arrivait de ne pouvoir retenir mon estomac, quelqu'un se chargeait vite de faire disparaître les traces de l'accident. Au moins je n'avais pas à croupir dans mes déjections comme ces malheureux Irlandais qui voyageaient pêle-mêle dans la cale. Un jour où j'étais assez bien pour marcher, je m'étais en effet aventuré sous le pont, et ce que j'y avais vu et senti m'avait tout de suite fait fuir vers ma cabine, l'estomac et l'âme chavirés. Des dizaines d'hommes, de femmes et d'enfants étaient entassés dans une saleté indescriptible. Même en plein jour, la cale était sombre comme les entrailles d'une bête et tout aussi nauséabonde, avec une puanteur de vomissures, de nourriture rance, de sueur et d'excréments mélangés. Le plus petit haut-le-cœur lié aux mouvements du bateau s'amplifiait dans ce creuset d'odeurs, de sorte que les pauvres occupants de la cale vivaient dans une espèce de spasme permanent de l'estomac.

L'escale à l'île de Madère fut une bénédiction. Je posais enfin le pied sur un sol qui ne bougeait pas. Je marchai quelque temps dans les rues de Funchal, et l'allure méditerranéenne des maisons et des visages me réconforta. Affaibli par tous ces jours passés en mer, où les quelques repas que j'avais pu avaler ne restaient pas assez longtemps dans mon estomac pour me redonner des forces, je fus bientôt saisi par une faim qui me coupait les jambes. Le festin que je m'offris ce jour-là dans la petite auberge près du port fut le plus beau de toute ma vie. Ce n'était que de la morue, des pommes de terre et du pain de maïs arrosé d'un peu de vin, mais jamais le fumet, la saveur, la texture d'une nourriture ne m'avaient paru aussi alléchants. Je renaissais.

Réconcilié avec le monde et la tête allégée par le vin, je redescendis lentement vers le port. Le ciel était si clair, enfin, et l'océan d'un gris bleuté si pareil à ce que j'avais connu sur la mer de Marmara, la chaleur de l'après-midi si envahissante, que je m'affalai sur le quai, ivre d'un bonheur physique que je n'avais pas ressenti depuis l'enfance. Sous mes yeux, comme sur le Bosphore, des centaines de petites méduses flottaient paresseusement à la surface de l'eau. Comme tout me semblait soudain facile! Il avait suffi que je m'arrache à l'Angleterre, au ciel toujours trop bas, que j'accusais maintenant de tous mes malheurs, à sa vie tellement policée que l'on se croyait toujours dans une pièce de théâtre, sous un rideau gris qui semblait tout rapprocher, les décors domestiqués et les acteurs détachés de tout sentiment réel, jusqu'à l'étouffement.

Quand le *Little Bristol* reprit la mer ce soir-là, les entrailles remplies de sa cargaison de vin, je restai sur le pont aussi longtemps que je pus à regarder les côtes s'évanouir au loin. Quelque chose en moi venait de changer. Il me semblait que je captais tous les sons, toutes les images, tous les parfums avec une acuité nouvelle. Ces grincements de cordes, ce sifflement du vent, ces gé-

16

missements de planches, ces claquements de voiles, ces cris de marins, on aurait dit que je les entendais pour la première fois. Le bleu sombre des collines qui disparaissaient à l'horizon, il me semblait ne l'avoir jamais vu auparavant. L'odeur pourrie des algues, le sel qui collait à chaque bouffée d'air que je respirais, tout cela était si nouveau et si fort. Non seulement je n'étais plus malade, mais j'avais l'impression d'étrenner des facultés et des organes frais éclos.

Avec les jours qui passaient, nous voguions plus directement vers le sud-ouest, pris dans le souffle de l'alizé. Plus nous avancions et plus l'air se réchauffait, s'imprégnant d'une douceur moite qui devenait presque une présence physique, tendre et palpable. Je passais toutes mes journées sur le pont, à me délecter de la caresse du soleil et du vent sur mon visage et, la nuit venue, à essayer de me rappeler le nom et les contours de ces constellations que nous avait appris jadis un maître d'école un peu plus inspiré que les autres, avant d'être renvoyé pour excentricité. Mais on voyait tant d'étoiles dans cette totale obscurité du milieu de l'océan que je n'arrivais plus à reconstituer les constellations. Je n'avais qu'une envie: m'envoler vers elles. Et plus le voyage avançait, plus la chaleur me transformait, comme si j'étais un lézard et que j'avais somnolé tout ce temps au pays de la pluie. Les autres passagers me mettaient sans cesse en garde contre «les coups de chaleur qui vous feront tourner le sang, monsieur Evangelos»; ils n'osaient promener plus de quelques minutes à la fois leur peau blême de bête souterraine. Mais moi, ma peau de lézard avait soif de lumière après toutes ces années et j'arrivais presque à imaginer le lent éveil des animaux à sang froid quand le soleil les fait renaître chaque matin. Les yeux plissés dans la lumière nue qui se multipliait sur l'eau, j'étais prêt à rejeter la religion de mes ancêtres, j'étais devenu Inca, adorateur de Râ, prêtre du dieu-soleil. Il avait suffi d'écarter les nuages et tout s'était transformé. Il était donc possible d'effacer des années de repli frileux, de retourner une existence entière comme si elle eût été un gant, aussi simple que d'ouvrir les volets d'une pièce noire par un matin d'été. Comme cette île devait être merveilleuse au bout d'une mer aussi pleine de lumière! De combien de plaisirs pour les yeux, de combien de parfums le soleil et la chaleur devaient la charger, du fruit pourri à l'arbre tout entier rempli de fleurs! Comme il devait être bon de sentir chaque jour cet alizé sur sa peau, comme cela devait rendre les hommes et les femmes intensément conscients du prix de leur vie!

* * *

Le prix de leur vie! Je ne pensais pas si bien dire. Une semaine plus tard, c'est avec ce genre d'illusion en tête que je regardai la côte de la Barbade se profiler lentement à l'horizon. Après une interminable halte à l'île aux Pélicans, où les passagers irlandais furent mis en quarantaine par crainte du choléra, le *Little Bristol* entra enfin dans la baie de Carlisle. La rade était remplie de bateaux; sur les quais des centaines de gens s'affairaient et criaient parmi les tonneaux et les caisses. Vu du pont du *Little Bristol*, Bridgetown ressemblait à un port de province anglais comme les autres, plein de poussière, de sueur et de jurons. Où se cachait donc le paradis tropical que j'avais imaginé? Il y avait bien une petite différence qui sautait aux yeux et aux oreilles: ici les jurons ne sonnaient pas comme un jeu, comme les ballons que se renvoyaient à Portsmouth ou à Southampton des marins toujours un peu ivres. Non, ici les jurons vous glaçaient, ils circulaient toujours dans le même sens: d'une gueule blanche vers des dos noirs. En effet, une armée de Noirs, courbés en permanence vers le sol, s'échinaient à faire rouler les immenses tonneaux qui remplissaient le port. La plupart de ces tonneaux contenaient du sucre et laissaient suinter des coulées de mélasse, traçant partout un sillon collant où s'affairait une armée parallèle de mouches, qui mimait besogneusement l'autre. Ça et là, quelques yeux noirs regardaient bien haut sans s'abaisser devant personne, se voilant tout au plus d'une indifférence vaguement hargneuse quand ils croisaient des yeux plus pâles. Il y avait dans l'air une sorte de nervosité lourde, comme un frémissement de marmite sur le point de bouillir; cette tension étonnait, elle n'aurait pas dû exister entre ces patrons armés jusqu'aux dents et ces esclaves écrasés par la menace constante des coups. Pourtant elle était là, étouffante, insidieuse, comme une odeur de cadavre pourri.

18

Je fis débarquer mes malles et provoquai un énorme fou rire dans le groupe de dandys blancs qui traînaient sur le port en offrant un pourboire aux deux Noirs qui m'avaient aidé. J'ai toujours détesté les élégants, mais les railleries de ces hommes me heurtèrent de façon particulièrement violente. C'était mon premier pas sur le sol barbadien, et voilà comment ces flâneurs poudrés m'accueillaient! Leur accoutrement vulgaire et démodé, la hauteur avec laquelle ils me regardaient, leur complicité à la fois lâche et arrogante, tout dans ces hommes me déplaisait. Il est vrai que je suis sensible à la moquerie et que l'idée d'avoir enfreint une règle invisible me troublait. Mais dès cet instant, la petite humiliation que j'avais subie influença ma sympathie envers eux.

À Londres, on m'avait conseillé la pension des sœurs Banbury, qui hébergeaient les visiteurs selon la plus pure tradition balnéaire anglaise. La pension était située à quelques milles en dehors de Bridgetown, sur un bout de côte venteux qui portait le nom incongru de Hastings. Je ne sais pas si la vieille jument qui tira mon fiacre jusque-là souffrait plus que moi de la chaleur, mais chacun de ses pas semblait lui coûter un effort énorme, comme si ses pattes étaient engluées dans les sillons de mélasse du port. Il est vrai que, loin de la fraîcheur de l'eau, l'air prenait une texture presque solide tant il était chaud, opposant une étrange résistance à toute forme de mouvement. Mais cela était loin de me déplaire. Vautré sur mon siège comme une beauté turque devant son sultan, délicieusement enveloppé dans un cocon moite, enivré de chaleur, je regardais défiler le paysage avec l'indolence d'un fumeur d'opium.

Ce que je voyais n'était pas particulièrement réjouissant. Comme toutes les villes de province anglaises, Bridgetown n'était qu'un ramassis fonctionnel d'édifices sans charme. Car l'Anglais n'aime pas la ville, qui n'est pour lui qu'une source d'argent, rarement de plaisirs. Dès qu'il est un peu à l'aise, l'Anglais se terre dans un manoir de campagne et purifie sa richesse dans le vert de ses prés. La nécessité a fait dresser au gouvernement quelques grands édifices ici et là dans le centre de Londres. Mais la vraie vie est ailleurs. Rien de la grandeur de Constantinople ou de Paris, rien de la beauté plus discrète de Vicence ou de Salamanque. Tout au long de ma route, ce fut la même déception. Les baraques crasseuses succédaient aux entrepôts délabrés, les cases de paille aux immeubles moisis. Pourtant cette tristesse humaine tranchait partout avec l'exubérance de la végétation. À chaque trouée des constructions surgissait une mer de lianes et de tiges fleuries, comme une vaine allusion à la beauté.

* * *

Comme on me l'avait promis, la pension Banbury était confortable et charmante, surplombant les rochers au-dessus de la mer, avec de grandes arcades qui donnaient sur une véranda ouverte de trois côtés sur le large. Ce n'est qu'au bout de quelques jours que je compris que cette architecture était conçue pour éviter à tout prix que les peaux laiteuses des pensionnaires ne soient altérées par le soleil. Tout y était peint en blanc, ce qui rendait encore plus intense le turquoise de l'eau et le bleu du ciel.

Un des clients réguliers de la maison, un médecin de Manchester, m'expliqua que l'air chaud et sec de la Barbade, purifié par l'alizé, était réputé pour ses vertus tonifiantes et les guérisons miraculeuses qu'il opérait sur les affections nerveuses et pulmonaires. De là le nombre considérable de personnes déprimées et toussotantes que je croisais partout sur la côte. Dans le cas de ce monsieur, c'était tout à fait compréhensible qu'il vînt, lui, soulager ses pauvres poumons dévorés par la fumée de charbon qui laissait partout sa marque dans les villes du nord, y compris à l'intérieur des gens. Mais beaucoup de ces dames à ombrelle que je saluais sur la plage étaient des bourgeoises campagnardes du sud, qu'un mari exaspéré avait sans doute envoyées le plus loin possible soigner le déséquilibre imaginaire des humeurs larmoyantes ou léthargiques. Mon paradis tropical n'était en fait qu'une vaste maison de santé, avec le soleil et l'eau comme médicaments à prendre deux fois par jour.

Il était étonnant de voir les pensionnaires, tôt le matin et en fin d'après-midi, entrer tous ensemble dans l'eau jusqu'au cou, y rester cinq minutes sans bouger, puis ressortir en exécutant les flexions réglementaires des genoux et des coudes destinées à accélérer une circulation fouettée par le contact vivifiant de l'eau. Dès le premier jour, je ne pus me résoudre à participer à ces exercices ridicules. Pour ne pas passer pour excentrique, je présentais respectueusement mes hommages aux baigneurs chaque matin, puis marchais le plus loin possible vers une petite plage que j'avais découverte, bien abritée entre deux rochers. Là, presque nu, je plongeais et nageais durant des heures, soutenu par l'eau chaude et si salée qu'elle aurait fait flotter une statue de marbre. J'étais à nouveau cet enfant qui passait des journées entières à patauger dans l'eau froide du Bosphore, tellement plus à l'aise que sur la terre ferme. Je m'asseyais au soleil et ne pensais plus à rien, le regard perdu vers le large, guettant les sautillements des poissons. Je faisais dorer avec délice des parties de mon corps dont la vue aurait scandalisé les convalescentes à ombrelle de ma pension. Puis, saoul de lumière et de fatigue, je réintégrais mon accoutrement de gentleman et rentrais prendre le thé avec les sœurs Banbury et leur club de perruches à crinoline.

Ce furent pour moi des jours d'intense bonheur. J'avais trouvé mon paradis. J'ignorais encore de quelle matière il était vraiment fait, je ne savais pas que le sucre et le sang effaceraient bientôt le sable et la lumière. Tout ce que je voyais, c'était une orgie de couleurs nées du pinceau aigu du soleil, des eaux transparentes ouvertes sur des fonds crème ou striés de corail mauve, le vert intense des mancenilliers, la profondeur du ciel, coupé de grands nuages rendus plus purs encore par le bleu qui noyait tout dans son immensité et ouvrait des perspectives sans fin. Le bonheur était tout à la fois dans mes yeux, sur ma peau chaude et mouillée, dans mes oreilles qui se berçaient du chuchotement régulier des vagues. Mais il était d'abord au fond de ma solitude, qui se trouvait enfin justifiée par la grandeur du monde, dans une espèce de communion avec une nature parfaite, sans hommes et sans dieux. J'étais seul, mais la vie ne s'échappait plus d'entre mes doigts, elle m'enveloppait dans sa plénitude sans mémoire, où le temps ne comptait pas parce qu'il n'était plus minuté par l'entendement humain. Pour la première fois depuis mon enfance, je retrouvais un univers composé entièrement de sensations physiques, que je n'étais plus obligé de filtrer à travers la présence exigeante des autres.

21

J'en étais presque venu à oublier la vraie raison de mon voyage. Je dus me forcer à poser quelques questions et à me renseigner sur l'endroit où l'on avait trouvé cette tombe «si remarquable que tous les journaux anglais en avaient parlé», comme m'avait suggéré de dire Yannis. On m'indiqua le chemin de l'église de Saint-John, qui était à l'autre bout de l'île, sur la côte Atlantique, et je fis réserver pour le lendemain une voiture pour m'y conduire.

* * *

C'est sur le chemin de Saint-John que je vis pour la première fois la Barbade réelle. Le cabriolet longea d'abord le grand champ d'exercice militaire de Saint-Ann's Savannah, pour rejoindre la route qui coupait vers l'est à Station Hill. Je fus renversé par l'énormité de l'appareil militaire que les Anglais maintenaient sur cet îlot. On aurait dit qu'ils craignaient que Bonaparte lui-même ne se réincarnât ici! La plaine était couverte de soldats qui manœuvraient ou s'exerçaient au tir. Des groupes de jeunes filles et de gentlemen oisifs les observaient, installés à l'ombre des figuiers qui bordaient la route. Il y avait à la fois quelque chose de bucolique et de meurtrier dans cette scène. De ma voiture, j'entendais, entrecoupés de salves et d'ordres jappés, les rires étouffés des demoiselles promises aux beaux officiers qui faisaient parader leur raideur gantée sur l'herbe.

Quand la route gagna les abords des premières plantations, je me sentis tout à coup très loin dans le temps et dans l'espace. Dans les champs, des nuées d'esclaves retournaient la terre avec de simples bêches, s'usant les mains et les épaules là où un simple bœuf aurait facilement pu traîner une charrue. Au nom de quelle superstition la canne à sucre exigeait-elle ici qu'on travaillât à la main la terre où elle allait naître? Tout autour des troupeaux d'esclaves, d'énormes chiens à peine retenus par des surveillants armés aboyaient continuellement, comme dans une scène de chasse où le gibier était rabattu sans fin mais jamais achevé. Et entre ces deux camps circulait un groupe haï de tous les côtés, les esclaves armés de fouets qui étaient chargés d'imposer la discipline aux leurs.

Dès qu'on dépassait les champs de canne et qu'on s'approchait des résidences de planteurs, l'horreur se changeait en jardin de délices. De longues allées de palmiers menaient vers des bosquets remplis de bougainvillées et de frangipaniers. Disparaissant sous les fleurs, de grandes maisons ceinturées de galeries d'ombre trônaient comme des palais d'été. Dans l'un des jardins que je longeai, des petites filles tout habillées de blanc se balançaient sous les acajous. Et ce fut ainsi tout le long de la route, une succession d'images de terreur et d'innocence. Ces grandes maisons semblaient avoir été délibérément enterrées sous les fleurs, parfumées à outrance pour faire oublier la brutalité nauséabonde dont elles étaient issues.

Au fur et à mesure que l'on approchait de Saint-John, les traces de l'ouragan de l'année dernière devenaient plus évidentes: arbres déracinés, cases d'esclaves abandonnées, champs dévastés remplis de canne brisée. L'église de Saint-John était elle-même presque rasée et la maison du pasteur Cumberbatch, qui la jouxtait, était précairement consolidée par quelques planches. Le site était magnifique, posé sur une falaise qui s'avançait vers la mer et plongeait de façon vertigineuse au-dessus d'une mince bande côtière couverte de champs. L'océan s'étendait en bas sur trois côtés, ce qui donnait sous certains angles l'impression d'être suspendu au-dessus du vide. Cette ouverture grandiose exposait le promontoire aux fouets des vents marins. C'était le premier endroit qu'Hurracan, le dieu local du vent et des tempêtes, devait toucher à chacune de ses visites sur l'île.

Les abords de l'église semblaient déserts. Je criai de longues minutes pour m'annoncer, mais sans succès. Ce n'est qu'en pénétrant sur la pointe des pieds dans les ruines du bâtiment que je tombai nez à nez avec le pasteur, qui semblait bizarrement émerger du plancher, le bas du corps caché au fond d'une trappe. Nous échangeâmes des cris de frayeur en guise de salutations, surpris tous deux de tomber sur un être vivant. Figé dans son mouvement, le corps à demi enfoui dans l'escalier de la crypte, le pasteur me regardait avec des yeux exorbités, le visage rendu encore plus inquiétant par la lueur oblique de sa lampe. Je devais moi aussi présenter une allure assez étrange, avec ma canne et mes vêtements à la mode de Londres, debout au milieu des tas de détritus, mon chapeau à la main. Je me dépêchai de rassurer le pauvre homme en parlant le plus vite possible, lui racontant que j'étais Anglais et passionné par l'histoire de Byzance, que j'avais visité la plupart des monastères, églises et fortifications byzantines d'Europe et du Proche-Orient (ce qui n'était pas vrai), que j'avais appris dans le *Times* l'extraordinaire découverte qu'il avait faite l'automne dernier et décidé de profiter d'une cure de repos à la Barbade pour voir de mes propres yeux cette merveille. Me permettrait-il d'étudier la tombe de ce Ferdinand Paléologue? Le squelette était-il encore ici ou l'avait-on inhumé ailleurs? Avait-on trouvé des restes de vêtements ou des objets dans la tombe? Le pasteur avait-il pu mener des recherches sur la famille du disparu? Existait-il des descendants de ce Ferdinand qui s'étaient émus de la découverte? Abasourdi, Cumberbatch me regarda un long moment par-dessus les lunettes qui reposaient sur son gros nez rougi. Finalement, je dus lui paraître inoffensif, ou alors convaincant comme spécialiste de Byzance, car il m'invita en soufflant à le suivre dans la crypte.

Oubliée depuis deux cents ans, la crypte avait été redécouverte l'année précédente quand le plafond de l'église s'était effondré sous les coups de l'ouragan et avait enfoncé les dalles du plancher, révélant un coin d'escalier. C'était un endroit exigu et humide que la petite lampe du pasteur arrivait à peine à éclairer. Dans un coin, un caveau au nom de Sir John Colleton contenait plusieurs restes de cercueils étagés dans des niches. Une de ces niches portait la simple inscription «*Ferdinando Paleologus*». Couché dans un cercueil de plomb, un énorme squelette tranchait sur tous les autres par son extrême blancheur et son orientation: il était placé dans le sens contraire des autres, rompant l'harmonie lugubre de leur alignement. Cette position et cette blancheur me rappelaient quelque chose. Selon le rite orthodoxe, les morts devaient être recouverts de chaux vive et enterrés les pieds vers l'est, contrairement à ce qui se faisait chez les autres chrétiens. C'est avec une certaine fierté que nous apprenions tout petits ces détails, cause d'innombrables schismes et excommunications, et qui nous distinguaient, nous les Grecs, des hérétiques occidentaux: mariage des prêtres, signe de croix inversé, calendrier julien. Dans la bouche du squelette, on pouvait aussi voir un petit coquillage rond, qui faisait penser à une perle entaillée dont la blessure serait en train de se cicatriser. Je me souvenais vaguement d'une coutume, observée surtout chez nos paysans, qui consistait à placer une pièce de monnaie dans la bouche d'un mort pour qu'il ait de quoi payer le passeur dans son voyage vers l'au-delà. Était-il possible que Ferdinand eût conservé les rites grecs malgré tout ce temps et cet espace qui le séparaient de Constantinople? À qui Ferdinand avait-il enseigné ces coutumes? Étonné, je fis part de mes observations au révérend.

Cumberbatch fut secoué d'un petit rire ironique et se frotta les mains pour en faire tomber la poussière. «Je ne sais pas si les Grecs abordent l'au-delà les pieds devant ou les pieds derrière, cher monsieur. Mais j'ai enterré assez d'esclaves — et Dieu sait qu'ils meurent vite ici — pour savoir que c'est une coutume très répandue chez les Africains, dont le corps peut ainsi regarder le pays d'où il a été enlevé et l'esprit s'envoler plus facilement par-dessus les mers pour rejoindre ceux des ancêtres. Quant à votre coquillage, c'est le genre d'objet auquel les esclaves attachent un prix énorme, ne me demandez pas pourquoi. Ah! soupira-t-il, les croyances païennes sont si tenaces chez eux! Quoi que nous fassions, nous avons toutes les peines du monde à briser leurs superstitions, même si je me surprends parfois à souhaiter qu'on leur en laisse quelques-unes, si elles sont inoffensives. On leur a tellement pris tout le reste, n'est-ce pas? Ne le répétez à personne, mais, moi, je me contenterais de leur faire perdre cette manie de se jeter des sorts et je pourchasserais tous ces sorciers de l'*obeah*, comme on appelle ici la magie africaine. Mais venez, sortons d'ici, dit-il, les yeux tout à coup très fatigués, j'en ai assez des cadavres. Je vous offre un doigt de porto si vous voulez bien me suivre dans ces ruines là-bas qui me servent de maison.» Le pasteur semblait épuisé; son visage, rendu cireux par l'éclairage de la petite lampe, avait l'air aussi vieux que les tombes qui nous entouraient.

En sortant de l'église, j'eus la désagréable impression que nous étions surveillés. Le cocher, installé un peu à l'écart, évita

25

mon regard et se mit ostensiblement à brosser son cheval. Mais j'étais sûr qu'il me fixait dès que mes yeux se détournaient. Sous les arbres qui bordaient la petite route d'accès à l'église, deux femmes étaient arrêtées et nous regardaient plus directement, appuyées sur leur râteau. Plus près, dans le cimetière situé derrière l'église, un jeune Noir édenté me fit, quand mon regard croisa le sien, un bref et étrange sourire, entièrement tourné vers l'intérieur. Cumberbatch ne disait pas un mot et je me sentais de plus en plus mal à l'aise à mesure que nous approchions de la maison.

La lumière du jour avait adouci les traits du pasteur. C'était un gros homme chauve, aux traits bouffis, qu'essoufflait le moindre effort physique. Ses vêtements étaient sales et débraillés, son col d'ecclésiastique posé de travers sur sa gorge. Il ressemblait à un de ces gros chiens bâtards qui provoquent à la fois la crainte et la sympathie. Nous échangeâmes quelques politesses en sirotant notre porto, mais la lassitude du pasteur ne faisait qu'augmenter. Ce n'était plus à petits coups mais à pleines gorgées qu'il avalait son vin doux. Il s'assombrissait et parlait de moins en moins, comme si une tristesse secrète montait du fond de son âme à mesure que le porto lubrifiait celle-ci. J'avais beau essayer d'entretenir la conversation, parler de tout et de rien, c'était tout juste si le révérend me répondait. Un moment, je crus même qu'il s'était assoupi. Mal à l'aise, je trouvai un prétexte pour partir et promis de revenir un autre jour. Affalé sur son siège, l'air absent, Cumberbatch ne se donna même pas la peine de me raccompagner à ma voiture.

Le voyage de retour se fit en silence, mon cocher gardant obstinément les yeux sur la route. Au bout d'un moment, je me mis à somnoler, bercé par le mouvement des roues. Dans les images décousues du demi-sommeil, je vis le grand squelette blanc de Ferdinand qui marchait dans Sainte-Sophie, vêtu de la robe d'or de l'empereur. Je reconnus Yannis et le jeune édenté du cimetière parmi les courtisans qui se pressaient autour de lui. Levant les bras vers les hauteurs lumineuses de l'église, Ferdinand essayait de parler, mais rien ne sortait. Le seul bruit que j'entendis fut celui, démesurément fort, du petit coquillage qui tomba de sa bouche et se mit à rouler sur le sol. Quand je rouvris les yeux, secoué par une série de cahots plus violents que les autres, il était déjà tard et la lumière du soleil couchant jetait partout des éclats de feu sur les grands champs de canne.

3

Je laissai passer plusieurs jours avant de retourner à Saint-John. Entre-temps, un incident était venu perturber mon séjour chez les sœurs Banbury, m'obligeant à changer de pension. Une certaine madame Swan insistait chaque jour pour prendre le thé à mes côtés, et je commençais à la soupçonner de vouloir soigner ses nerfs en trompant monsieur Swan plutôt qu'en humant l'alizé. Madame Swan était une petite rousse boulotte qui parlait sans arrêt. J'avais toutes les peines du monde à éviter ses questions sur ce que je faisais à Londres et sur les raisons pour lesquelles j'étais venu ici, moi qui semblais en si bonne santé. On me voyait si peu à la pension, qu'est-ce que je pouvais bien faire de mes journées? Avec sa manie de la conspiration, Yannis l'aurait sûrement prise pour un agent de la police anglaise, habilement déguisé en cocotte jacassante.

J'avais repris de plus belle mes baignades et mes promenades au soleil, en partie pour me libérer l'esprit de cette étrange et désagréable journée à Saint-John. D'habitude, j'étais seul sur mon bout de plage. La seule rencontre que j'y faisais parfois était celle d'un vagabond qui dormait sous les arbres; il paraissait très vieux et devait être un de ces esclaves expulsés des plantations à l'âge où ils deviennent inutiles. En général, ces vieillards errants mouraient assez rapidement de faim et d'épuisement, et il arrivait qu'on tombât sur l'un de leurs cadavres au bord d'une route. Mais ce vieux qui partageait ma plage semblait bien portant, il avait seulement le regard un peu flou de quelqu'un qui vit dans un monde à lui. Parfois, si je m'approchais assez doucement de ma crique, je le voyais nu, appuyé sur son bâton, qui regardait vers le large en parlant à la mer. Dès qu'il m'apercevait, il filait sous les arbres et ne se montrait plus de la journée.

Ce jour-là, je ne le vis nulle part. Me croyant suffisamment loin de la pension, je nageais comme d'habitude, sans me préoccuper des regards, quand madame Swan déboucha brusquement de derrière un rocher, accompagnée d'une esclave qui lui tenait une ombrelle. Scandalisée par ma tenue, madame Swan se couvrit les yeux et se sauva à toutes jambes. L'esclave la suivit, mais non sans jeter de fréquents coups d'œil moqueurs dans ma direction. C'était Bennebah, la fille qui servait de dame de compagnie aux clientes de la pension. Je la voyais rarement, car elle faisait partie d'un monde privé de femmes auquel je n'avais pas accès. Mais je l'avais tout de suite remarquée, car il émanait d'elle quelque chose de tout à fait particulier, une présence et une volonté inattendues chez les esclaves. Les traits de Bennebah aussi étonnaient: elle avait des pommettes très hautes et de longs yeux en amande qui semblaient s'effiler à l'infini jusqu'aux premières boucles de ses tempes. Sa peau était d'un noir profond, presque luisant, qui rendait encore plus éclatante l'immensité blanche de ses yeux.

Je me rhabillai en toute hâte et me précipitai à la pension, mais le mal était fait: le bruit courait déjà que j'étais un dégénéré immoral, et les sœurs Banbury et leurs pensionnaires dressèrent tout de suite autour de moi un mur de silence. C'était insupportable. Dès que j'apparaissais, toutes les conversations cessaient ou se réduisaient à des murmures où j'entendais vaguement surnager des commentaires sur moi. Je me cantonnai donc dans ma chambre. Des voix, parmi lesquelles je reconnus celle de madame Swan, passèrent dans le couloir, tempêtant contre ces étrangers aux mœurs douteuses qu'on laissait trop facilement entrer en Angleterre. Millicent Banbury, la plus courageuse des trois sœurs, frappa enfin à ma porte et me dit que, dans l'intérêt de la morale chrétienne et pour sauvegarder la bonne réputation de son établissement, qui recevait depuis de nombreuses années les meilleures familles du royaume et des colonies, elle se voyait forcée de me demander de quitter les lieux dès le lendemain. Elle me présenta ma note du bout des doigts, comme si elle avait peur d'attraper une maladie, et referma la porte en me regardant une dernière fois de haut en bas, pour s'assurer que je ne me livrais pas ici même, dans sa maison, à mes pratiques païennes.

Bennebah fut la seule à me manifester un peu de bienveillance. Mon aventure la faisait beaucoup rire. Pour ma dernière soirée à la pension, je m'étais réfugié sur la véranda après que tout le monde fut allé se coucher et j'écoutais tranquillement les vagues se briser sur les rochers en bas. Dans l'obscurité de la nuit marine, je devinai une présence au-dessus de moi. Bennebah était debout contre la porte. Je ne la voyais pas, mais j'étais sûr que c'était elle. Personne d'autre dans cette pension n'aurait pu se couler ainsi dans le silence, personne n'aurait signalé sa présence par une telle immobilité. Je savourai longtemps cette compagnie muette. Ce fut elle qui rompit le charme en se raclant la gorge et en reniflant vigoureusement.

— Vous voilà plutôt mal en point, monsieur Evangelos, fit-elle en ne réprimant qu'à moitié son envie de rire.

— Oh! cela ne fait rien, tu sais, c'est peut-être mieux ainsi, fis-je, faussement détaché. Ces cocottes finissaient par m'agacer à la longue. Le problème, c'est de trouver un nouvel endroit pour loger.

— Je peux peut-être vous aider, monsieur. J'ai une amie qui est dans une auberge... disons... un peu différente de celle-ci, juste à l'entrée de Bridgetown, sur Bay Street. La maison est tenue par une affranchie du nom de Rachel Brade, et personne là-bas ne se scandalisera de vos baignades, je vous le jure. On y laisse en général les gens faire ce qu'ils veulent, et la patronne peut même vous aider à trouver d'autres personnes qui sont désireuses de faire les mêmes choses que vous, si vous voyez ce que je veux dire...

Bennebah rit et vint s'asseoir sur le rebord de la fenêtre. Sous cet angle, son visage captait un peu de la lumière qui filtrait de l'intérieur de la maison. Ce n'était pas assez pour marquer ses traits, qui se fondaient avec la nuit. Mais ses yeux brillaient comme deux lucioles suspendues dans l'obscurité, flottant librement au-dessus de la tache pâle de sa robe. Son regard avait le même pétillement moqueur qu'il affichait l'après-midi sur la plage.

31

— Si vous aviez vu le visage de cette dame quand elle vous a aperçu dans l'eau! J'ai cru qu'elle allait mourir sur place tellement elle était rouge. Je n'ai jamais vu un visage de Blanc de cette couleur... oh pardon, monsieur...

Elle essayait d'étouffer son rire dans la main qui voilait à demi sa bouche.

— Vous serez vraiment mieux à l'autre auberge, dit-elle, comme pour se faire pardonner. Vous verrez, l'ambiance vous plaira, c'est beaucoup plus vivant qu'ici.

Elle s'animait en me parlant, tapant des mains sur son tablier pour scander ses phrases. Elle me décrivait l'auberge de Rachel Brade, m'expliquait qu'il y avait à la Barbade tout un univers que les clients de la pension Banbury ne pouvaient soupçonner, que l'île cachait bien d'autres endroits qui ne se révélaient qu'à celui qui savait chercher.

— Et tu peux me faire connaître cette vie cachée, toi, Bennebah? Je ne suis pas seulement venu ici pour les eaux, tu sais, mais aussi ...

Bennebah se leva, comme irritée par le tournant que prenait notre tête-à-tête.

— Pour voir ce qui est caché, monsieur Evangelos, il faut être patient. Pour votre auberge, donc, dit-elle en changeant rapidement de sujet, vous allez dans la direction de Bridgetown. Quand vous serez arrivé vers le centre de la baie, vous verrez sur le côté gauche une enseigne noire et rouge représentant une diligence. C'est là. Demandez Easter Rose, c'est une amie à moi. Elle vous conduira à la patronne. Vous voudrez bien m'excuser maintenant, j'ai de la lessive à rentrer. Il va pleuvoir, cette nuit.

En quelques secondes, Bennebah avait rétabli la distance de mise entre maître et chambrière. Avec ma maladresse habituelle, j'avais voulu aller trop vite et ruiné la sympathie inattendue qu'elle m'avait manifestée. Dieu sait ce qu'elle avait choisi de comprendre dans cette ouverture. Je n'eus pas le temps de rattraper mon erreur, car l'escalier qui menait aux chambres craqua et le corps boursouflé de Millicent Banbury apparut dans la lueur tremblante d'une bougie. Le visage encore enlaidi par les cernes d'ombre que projetait la flamme, la patronne cria à Bennebah

d'aller se coucher si elle ne voulait pas tâter de la baguette de ta-
marinier. Puis elle me foudroya du regard avant de remonter, prenant note de cette nouvelle tare de mon caractère.

* * *

Le lendemain était un samedi. C'était malheureusement la
pire journée pour faire connaissance avec l'auberge du Cocher,
l'hôtel de Rachel Brade. La maison n'attirait vraiment pas le
même genre de clientèle que la pension Banbury: marins et commerçants de passage, employés de plantation venus pour une
journée ou deux en ville. Et je ne parle que de ceux qui louaient
des chambres. Car le soir venu, la grande salle du rez-
de-chaussée était envahie par tout ce que la Barbade devait connaître de buveurs et de grands parleurs, Blancs rougis par le rhum
autant que par le soleil ou mulâtres fiers du teint brun clair qui leur
servait de passeport. Et au milieu de tout ce monde trônait Rachel
Brade, énorme dans sa robe de madras et dont la voix de contralto
dominait la mêlée.

Retiré dans ma chambre, ce premier soir, j'essayai vainement de lire; la salle en bas était si bruyante que les groupes de fê-
tards semblaient se trouver tout près de moi, sur le guéridon à
côté du lit, sous mes couvertures, entre les lignes mêmes de mon
livre. Certain de ne pas pouvoir fermer l'œil, je descendis me
joindre aux autres et commandai moi aussi une bouteille de rhum.
À la longue table où je m'étais assis, un groupe de marchands et
de gérants de plantation parlaient des dernières fluctuations du
prix du sucre. À côté, une tablée de mulâtres jouaient aux dominos; je sursautais chaque fois qu'ils abattaient d'un claquement
sec une pièce qu'ils jugeaient particulièrement bien calculée. Les
serveuses, très noires, très jeunes et beaucoup plus minces que
Rachel Brade, évoluaient autour de certaines tables où les clients
dégageaient une odeur d'argent facilement dépensé. Elles se penchaient bien bas en leur servant à boire, étalant de grands décolletés. L'une d'elles, la main posée nonchalamment sur l'épaule
d'un monsieur joufflu, lui chuchota à l'oreille quelque chose qui
le fit éclater de rire. Il décocha une claque affectueuse sur le der-

33

rière de la fille, qui s'éloigna et monta l'escalier qui conduisait à l'étage des chambres. Le joufflu monta quelques minutes plus tard. Ce n'est que lorsqu'ils redescendirent, encore séparés par quelques minutes, que je compris ce qui venait de se passer.

Un marin avec une tête d'Irlandais sortit un violon et se mit à jouer une danse très rapide. Bientôt toute la salle tapait des mains et des pieds pour l'accompagner. Une des serveuses se plaça devant l'Irlandais et se mit à sautiller. Mais progressivement, sans qu'on vît vraiment le moment de transition, comme si la fille ne contrôlait plus ses mouvements, le sautillement raide de la gigue se transformait en déhanchement lascif. Des esprits africains pénétraient lentement son corps et en chassaient les lutins celtes. D'autres serveuses se joignirent à elle, puis des buveurs se levèrent, mimant maladroitement la danse des filles. L'un deux, un mulâtre habillé avec une élégance presque excessive, saisit une des filles par derrière et se mit à se frotter contre elle. Madame Swan serait sûrement morte d'une crise d'apoplexie si elle avait été présente ce soir-là! La fille qui était montée tout à l'heure fit quelques pas de danse avec son compagnon joufflu, et je m'étonnai de la bonne humeur et de la légèreté qui accompagnaient ici un commerce que j'avais toujours vu sordide et honteux, fait de mouvements furtifs dans des encoignures mal éclairées.

Je montai me coucher quand la fête se calma un peu. Périodiquement, des bruits de pas faisaient craquer le plancher du couloir et des chuchotements se transformaient en soupirs dans la chambre d'à côté. Affalé sur mon lit, les yeux grands ouverts, l'oreille tendue, j'étais tout remué par ce que j'avais vu ce soir. Malgré mon envie, je n'osais pas faire monter l'une de ces filles chez moi, je ne savais pas quels mots utiliser pour lui parler. Je la voyais se moquer de moi devant toute la salle remplie de masques grimaçants, devant tous ces hommes, qui contrairement à moi savaient comment se comporter ici, comment faire rire, comment serrer la hanche d'une fille au passage sans qu'elle se rebiffe. Tout mon corps se nouait, contracté de maladresse et de désir rentré. Je mis beaucoup de temps à m'endormir. Sur la voûte blanche de la moustiquaire tendue au-dessus de mon lit, la dernière image que je vis fut le regard de Bennebah tourné vers moi alors qu'elle s'éloignait sur la plage derrière madame Swan.

4

Le révérend Cumberbatch était un tout autre homme quand je retournai à Saint-John. Il frétillait d'animation, harcelait les maçons qui réparaient l'église, hurlait des ordres contradictoires à l'édenté chargé de l'entretien du cimetière. Il s'excusa au moins dix fois pour la morosité de son accueil lors de ma première visite. «Avec tous ces travaux, dit-il, j'ai tellement de soucis. Parfois je ne sais plus où donner de la tête et je deviens un peu nerveux, il ne faut pas m'en vouloir, professeur.» Car de l'histoire assez précipitée que je lui avais racontée l'autre fois, Cumberbatch avait choisi de comprendre que j'étais titulaire de la chaire d'études byzantines à l'université de Londres. C'était un peu risqué de le laisser se fixer sur un élément aussi facile à vérifier, mais je décidai de ne rien dire. «Venez plutôt par ici, j'ai une surprise pour vous», fit-il, me prenant par le bras et m'entraînant vers la maison.

«Regardez.» Pour être à la hauteur de son illustre visiteur, le révérend s'était donné beaucoup de peine. Avec une fierté touchante, il me montra les registres paroissiaux qu'il avait soigneusement épluchés pour moi pendant ces derniers jours. Dans le registre de 1649, on voyait Ferdinand Paléologue apparaître comme membre du conseil paroissial, dans celui de 1655 comme marguillier et dans celui de 1657 comme trésorier. Sa mort était consignée dans le registre de 1670.

Ce qui retint le plus mon attention, ce furent deux inscriptions, datées de 1660 et 1684, mentionnant la naissance et le mariage d'un fils Paléologue, Théodore. C'était là le premier signe concret de l'existence de l'empereur dont rêvait Yannis. Malheureusement, la mémoire de Saint-John se refermait sur ma lignée impériale aussi vite qu'elle s'était ouverte. Ni Théodore, ni aucun de ses éventuels enfants n'étaient plus mentionnés dans les registres de la paroisse. Il y avait bien quelques Beale, qui était le nom de l'homme avec lequel la veuve de Ferdinand s'était remariée, mais les Paléologue eux-mêmes semblaient s'être volatilisés.

«Ne vous découragez pas, professeur. Il se peut tout simplement que Théodore ait quitté la paroisse et se soit installé ailleurs sur l'île.» Cumberbatch n'avait jamais entendu parler de qui que ce soit ici dont le nom ressemblât à celui de la famille impériale, mais après tout, observait-il, il n'habitait la Barbade que depuis dix-sept ans, et bien des gens pouvaient vivre des vies tout à fait discrètes, sinon exemplaires, dans les coins les plus reculés de l'île sans qu'un humble pasteur comme lui en fût au courant. Il me donna rendez-vous pour le lendemain au bureau central des archives de la capitale, où nous trouverions des copies des registres civils et paroissiaux de toute l'île.

Le *Central Registry*, bureau des archives de Bridgetown, était une grande bâtisse à l'aspect plutôt triste, construite en pierre brune entièrement importée d'Angleterre. La dépense était moins folle qu'il ne semblait au premier abord, car en pleine saison de production, la petite colonie n'avait pas de quoi remplir les nombreux bateaux qui arrivaient d'Angleterre pour charger les tonneaux de sucre. Quoi de mieux alors que ce granit brun de la métropole pour servir de lest aux navires et donner ensuite une allure toute britannique aux bâtiments officiels de la capitale. Pour chacun des registres que l'on voulait consulter, il fallait remplir un formulaire et faire des courbettes à deux commis bourrus qui manipulaient avec une infinie lenteur les livres gonflés de poussière.

Leur mauvaise humeur était compréhensible, car la disposition des lieux à l'intérieur du bâtiment était absurde. La salle réservée aux consultations était démesurée, avec de hauts plafonds, six tables perdues dans tout cet espace et de nombreuses fenêtres qui s'ouvraient sur un jardin ombragé. Mais cette salle était presque toujours vide: qui en effet sur cette île éprouverait jamais le besoin de compulser ces archives, à part quelque avocat chargé de trancher un litige en matière de propriété et qui devait examiner un testament ou un contrat contesté? En revanche, la section réservée aux livres et aux employés était minuscule. À travers un grillage de bois et de canne tressée, on voyait des centaines de volumes s'entasser dans un tout petit espace et dominer de leur hauteur précaire le bureau où étaient cachés les deux commis. Les tours de documents avalaient le peu de lumière qui pénétrait dans cette section et semblaient la recracher sous forme de poussière. Ajoutez à cela la guerre constante contre les termites que devaient mener les deux employés, et le teint hagard de leur visage s'expliquait facilement. Pour les colons barbadiens, le bureau des archives était un exemple souvent cité de la stupidité du pouvoir de Londres, qui concevait les besoins de l'île en fonction des réalités métropolitaines. Il est vrai que certaines attentions gouvernementales prenaient ici un aspect tout à fait loufoque, comme ces deux foyers avec leurs cheminées monumentales qui trônaient de part et d'autre de la salle de consultation.

L'autorité morale de Cumberbatch réussit à venir partiellement à bout de la lenteur des commis. Mais là aussi les recherches furent vaines: dans les archives des autres paroisses, nous ne trouvâmes toujours que des Beale, dont les terres se déplaçaient par ventes successives vers le sud, puis vers l'ouest de l'île, semblant fuir leur lieu d'origine et s'assurant à chaque fois une marge confortable de profit.

Il y avait quelque chose de très paisible dans ce furetage à travers les grands livres jaunis. Malgré le peu de succès de nos recherches, je me surpris à savourer l'atmosphère quasi monastique qui régnait dans la salle. Un petit monsieur aux cheveux blancs, le visage tanné par le soleil, était entré et s'affairait autour des registres de Saint-Andrew. Il lisait tout haut, avec une lenteur pénible, ponctuant ses phrases de jurons, et cette voix étouffée qui semblait psalmodier, loin de m'agacer, ajoutait encore à l'impression de paix. Même la poussière qui s'échappait des livres me devenait accueillante, du moins de ce côté-ci du grillage de canne; soulignée par les rayons de lumière que laissait filtrer le feuillage du jardin, elle flottait comme une poudre magique tirée d'un conte pour enfants. Cumberbatch lisait tranquillement près de moi, et l'excitation trop vite déçue qui s'emparait de nous à chaque indice possible avait tissé entre nous une sorte d'amitié de circonstance, légère mais intime. Nous ne savions rien l'un de l'autre, mais la passion que mettait Cumberbatch à vouloir faire revivre ce squelette qu'il avait découvert m'émouvait.

La voix sèche d'un des commis rompit le charme. Les employés s'étaient enfin donné la peine de regarder dans la grande armoire verrouillée où l'on conservait les anciennes cartes de l'île, comme nous le leur avions demandé deux heures plus tôt. Cumberbatch se leva pour voir ce qu'ils avaient trouvé et revint en courant, criant mon nom, fier comme un enfant qui vient de capturer un papillon rare. Il tenait un vieux plan datant du dix-septième siècle sur lequel figurait une plantation désignée par les noms «Paleologus et Beale». Elle était située au bout de la route qui s'éloignait de l'église de Saint-John vers le nord en longeant la falaise de Hackleton. On y voyait aussi les plantations voisines, désignées par les noms de Lesly, Rous, Ash, Carmikill. Mais ce qui frappait sur cette carte, c'étaient les petits symboles qui représentaient les maisons et les moulins servant à broyer la canne. Toutes les plantations de la région, sauf celle de Paléologue et Beale, contenaient des moulins. «De deux choses l'une, me dit le pasteur. Ou bien la plantation de votre empereur était trop petite pour qu'il pût se payer le luxe d'un moulin, si bien que la canne produite devait être broyée chez un voisin, ou bien Ferdinand faisait pousser autre chose que de la canne, du coton ou du tabac peut-être, même si presque tous les habitants de l'île s'étaient convertis au sucre au milieu du dix-septième siècle. Voilà qui est intéressant! D'après cette carte, votre homme était soit un original, soit un tout petit fermier!» Et Cumberbatch me résuma l'histoire de la conversion de la petite colonie à l'horreur de l'esclavage et du sucre.

La Barbade avait été découverte par des marins portugais au seizième siècle, mais aucun Européen ne s'y était établi avant 1627, quand les Anglais avaient fondé le village de Jamestown sur la côte ouest. Très vite, l'île avait été envahie par une armée de petits fermiers qui y vivaient fort bien de cultures modestes mais honnêtes. La terre était riche, le sol corallien retenait bien l'eau et il n'y avait ni volcans, ni serpents, ni cannibales. Puis, vers 1650, sous l'influence des Hollandais qui venaient d'être expulsés du Brésil, quelques fermiers plus riches et plus entreprenants se mirent à planter de la canne. Le sucre pourtant assez médiocre qu'ils réussirent à produire au début alla chercher des prix fabuleux sur le marché européen. Les planteurs se mirent alors à racheter les terres de leurs voisins et à importer une machinerie de plus en plus coûteuse pour transformer le sucre. Plus ils engloutissaient d'argent dans ces machines, plus ils réduisaient à un labeur de bête le travail subtil de la terre. C'est alors qu'ils firent venir d'Afrique des milliers et des milliers d'esclaves pour bêcher, planter et couper cette longue herbe au cœur poisseux, qui poussait presque toute seule sous le soleil des Tropiques. Au bout de vingt ans, il n'y avait pratiquement plus de petits fermiers sur l'île. Il ne restait que quelques seigneurs de la canne à la fois riches et endettés, perdus au milieu d'une nuée d'esclaves hostiles.

Toute cette histoire était enfermée dans quelques moulins dessinés sur une carte. Mais pour moi, ces petits symboles apportaient plus de mystères que de réponses. Tout ce que j'apprenais sur Ferdinand se dédoublait et se perdait dans des pistes divergeantes. Ferdinand avait bel et bien un fils, mais aucune trace de ce fils ne subsistait. Le domaine des Paléologue se perpétuait à travers les siècles, mais en se déplaçant et en empruntant le nom de Beale. Mon empereur était un pauvre ou un original. Pour son dernier repos, il pouvait tout aussi bien avoir été enterré selon le rite orthodoxe ou le rite africain. Cela changeait tout et cela ne changeait rien.

Le soir était presque tombé. Contrairement à ce que je connaissais à Londres, le soleil se couchait très tôt ici. Avec la chaleur cela créait une curieuse atmosphère de rêve éveillé, les gestes qui auraient dû être accompagnés par la lumière oblique d'une fin de journée septentrionale se faisant ici dans la pénombre. Toujours en rechignant, l'un des commis nous avait apporté une lampe. Seuls deux îlots de clarté surnageaient encore dans la salle: Cumberbatch et moi à un bout, à l'autre, le petit vieillard au visage fripé.

Nous avions épuisé tous les registres. Tout ce que nous savions, c'est que Ferdinand Paléologue avait vécu ici, était mort ici et que sa descendance s'était volatilisée. Les espoirs des Phanariotes semblaient vains. Tant mieux pour moi. Je pouvais terminer tranquillement ma cure de repos sous les Tropiques et reprendre le bateau trois semaines plus tard pour annoncer la mauvaise nouvelle à Yannis. Je refermai le dernier registre et le rendis au commis.

5

L'auberge du Cocher était encore plus animée que d'habitude. La tension que j'avais sentie ici et là sur l'île depuis mon arrivée s'était transformée en agitation ouverte. Une nouvelle lourde de conséquences venait en effet d'arriver de Londres: la Loi sur l'abolition de l'esclavage avait finalement été déposée au Parlement. Abolition était un bien grand mot pour ce que prévoyait cette loi. L'esclavage allait être remplacé par un système dit d'apprentissage, qui n'accordait pas la liberté aux esclaves, mais leur reconnaissait un droit partiel à la rémunération. Les esclaves devaient demeurer sur la plantation où ils se trouvaient et y poursuivre le même travail. La seule différence, c'est qu'on les paierait dès lors l'équivalent du quart de leur semaine. Cet apprentissage devait durer six ans, après quoi la liberté totale leur serait accordée s'ils se montraient sages. En principe... Quant aux planteurs, ils recevraient de Londres une forte compensation financière pour l'expropriation de leur capital humain.

Aux Antilles, Blancs et Noirs étaient furieux. Les premiers y voyaient une atteinte intolérable au droit de propriété, une manœuvre des marchands de Londres alliés aux planteurs des nouvelles colonies asiatiques, où les indigènes offraient leur travail pour une bouchée de pain. Les Noirs dénonçaient une réforme de façade, faite de compromis et de demi-mesures, qui allait empirer leur situation au lieu de l'améliorer. Loin de calmer les esprits, la Loi n'avait réussi qu'à rapprocher dangereusement les îles du point d'explosion, comme une chandelle posée trop près d'un baril de poudre.

Quand je descendis ce samedi-là dans la grande salle du rez-de-chaussée, l'atmosphère était à couper au couteau. Rachel Brade, debout près d'un groupe de buveurs blancs, criait encore plus fort que d'habitude, gesticulant et cognant sur la table, faisant sauter les chopes de bière.

— ... et moi je vous répète, tas de soûlauds, que c'est une honte et qu'on se moque de nous! Vous croyez peut-être qu'on ne s'en rend pas compte?!? Ce système d'apprentis, c'est la chose la plus imbécile qu'ils pouvaient imaginer: vous prenez ce qu'il y a de pire dans l'esclavage et ce qu'il y a de pire dans la vie de merde du petit Blanc, vous mélangez le tout et vous appelez ça *abolition*! Canailles! Avortons de brebis! Bande de Pattes rouges de merde!»

C'étaient des insultes qui revenaient souvent dans les envolées de Rachel. Elle assimilait tous les Blancs aux Pattes rouges, surnom que l'on donnait aux habitants des collines éloignées de Saint-Andrew, affaiblis par deux siècles d'alcoolisme et de mariages consanguins, qu'on voyait errer sur les routes en haillons, leur peau blême brûlée par le soleil. La rumeur leur prêtait toutes sortes de pratiques dégénérées, dont une attirance pour la gent ovine, particularité qui leur attribuait dans l'imagerie populaire une origine mi-bestiale, mi-humaine.

«Cette loi, qu'est-ce qu'elle va apporter aux Noirs? Rien du tout, continuait Rachel. Même pas les droits d'un petit merdeux de Patte rouge. Lui au moins, s'il n'est pas content où il est, il peut traîner sa carcasse ailleurs. Le pauvre nègre, lui, devra rester cloué sur sa plantation, avec la seule différence que tous les quarante coups de fouet on lui donnera dix pence! Dix pence qu'on va tout de suite lui reprendre, évidemment. Car pensez-vous que la cabane et la nourriture de merde qu'on lui fournissait auparavant, on va lui en faire encore cadeau, maintenant qu'il est salarié?! Je vois ça d'ici: le comptable de monsieur le maître qui vient chaque mois chercher son loyer, les bottes dans la boue, parce que le jardin d'ignames qu'on fait pousser, la case de merde où on est forcés de vivre, ils sont sur les terres de monsieur, évidemment. Et en plus il faudra dire merci, parce qu'on est maintenant libres et civilisés!»

Ce qui choquait le plus Rachel, c'est que non seulement le corps des Noirs ne serait pas vraiment libéré, mais qu'on allait en plus s'attaquer à leur âme. Le projet d'abolition prévoyait en effet la conversion massive des esclaves au christianisme. Tant qu'on traitait les esclaves comme du bétail, on ne s'était jamais vraiment préoccupé de leurs convictions religieuses. Mais maintenant qu'ils allaient devenir des employés comme les autres, il valait mieux filtrer leur sauvagerie à travers la morale chrétienne. Par crainte que la passion ne vînt durcir des volontés qu'on préférait moribondes, on avait tout fait auparavant pour séparer les amoureux et disperser les familles. On vantait maintenant les vertus du mariage, on prêchait la monogamie et l'abstinence à des hommes et à des femmes qui ne connaissaient depuis deux siècles que des accouplements rapides de chiens épuisés.

Le comble, selon Rachel, c'était qu'en bons chrétiens les Noirs devraient maintenant respecter le repos dominical. Or, le dimanche était non seulement le seul jour sans travail, mais aussi le seul jour où les Noirs avaient un tant soit peu le droit d'être eux-mêmes, c'est-à-dire des Africains. La semaine, on interdisait la consommation de rhum et toute activité, chants, danses ou festivités, qui pût rappeler aux esclaves qui ils étaient. Mais ces prohibitions s'effondraient bizarrement le samedi soir et le dimanche. On tolérait les fêtes bien arrosées, on fermait les yeux sur des danses qui n'avaient rien du menuet ni de la valse, on laissait flotter librement des esprits sortis tout droit des forêts africaines. Alors que la circulation entre domaines était strictement interdite en semaine, on laissait les esclaves descendre tous les dimanches dans la capitale pour échanger rumeurs, menus objets et nourriture sur la place du marché. C'était là qu'ils pouvaient se faire quelques sous en vendant les ignames, bouts de tissu, pipes, poulets et bananes vertes qu'ils avaient en trop. Plus important, c'était là qu'ils pouvaient vérifier les dernières informations sur les progrès des abolitionnistes à Londres ou se passer le mot sur les tortures commises dans telle ou telle plantation. Tout cela allait bientôt prendre fin, car les bons chrétiens passaient leur dimanche en famille, à chanter les louanges du Seigneur.

Avec le mépris qui les caractérisait, les clients de Rachel semblaient à la fois scandalisés et amusés par ses propos.

— Qu'est-ce que ça peut bien te foutre, vieille putain blanchie, ce qui arrive aux nègres des champs, cria un des Blancs. Tu as ta liberté, ton auberge, ton petit commerce de rhum et de chair noire, qu'est-ce que ça peut te faire si les nègres ne peuvent plus danser, qu'est-ce que ça peut te faire qu'ils soient fouettés avec ou sans salaire? Tes serveuses, à toi, elles sont affranchies? Ma vieille Rachel, tout le monde sait que tu misais plus haut que n'importe quel planteur quand une cargaison de belles Ashantis arrivait au marché à viande du port. Sur les quais, tu faisais des grands discours sur l'émancipation, ou bien tu payais ton prix comme tout le monde et emmenais ta marchandise dans ta planta-tion de fesses? Épargne-nous tes bons sentiments, Rachel!

— Encore une remarque comme celle-là, mon petit Ran-dolph Alleyne, et je te sors moi-même de cette auberge avec un coup de pied au cul, rétorqua la patronne. Je t'ai vu grandir, moi, petit avorton de Patte rouge, tu avais encore les langes au derrière quand tu as commencé à venir te saouler ici, alors tu m'im-pressionnes autant que la marmaille des Blancs de merde qui men-dient sur les routes de Saint-Andrew. Tiens, avec tes oreilles et ta peau blême et les petits poils frisés qui te sortent de la chemise, Randolph Alleyne, tu ressembles vraiment à ta mère, la brebis rousse que ton père traînait partout et qu'il devait sûrement mon-ter!

Les voisins d'Alleyne s'esclaffèrent et son teint de brebis rousse vira carrément à l'écarlate.

— Et puis mes filles, reprit Rachel Brade, elles sont mieux traitées ici que sur n'importe quelle plantation. Chez moi, elles sont payées pour faire ce qu'un salaud de fils de planteur de merde les obligerait à faire pour rien du tout dans le fond d'une étable. Et cet argent, elles le gardent et peuvent un jour me payer leur affranchissement. Moi, il a fallu que j'attende que le planteur qui me culbutait à treize ans voie tout à coup apparaître le Bon Dieu sur son lit de mort et me donne ma liberté en espérant rache-ter ses péchés. Mais pour chaque fille comme moi qui reçoit en cadeau à vingt-sept ans ce qu'elle aurait dû avoir de droit à sa naissance, il y a des centaines de pauvres négresses qui se font renvoyer aux champs quand le maître se fatigue de leur retrousser les jupes, parce qu'une enfant qu'il ne regardait jamais quand elle bêchait son lopin d'ignames attire tout à coup son regard par les petits tétons pointant sous sa robe déchirée.»

J'étais à la fois choqué par la crudité de l'échange et intrigué par l'intimité qui transparaissait sous les insultes, comme si une complicité perverse unissait Rachel Brade et Randolph Alleyne dans leur haine. Une espèce de jeu, une sorte de compréhension mutuelle basée sur des détails sordides connus d'eux seuls gouvernait les rapports entre Barbadiens noirs et blancs et demeurait insondable même pour les Anglais de la métropole qui vivaient depuis vingt ans sur l'île. Il fallait être né là pour comprendre, il fallait avoir vécu une enfance où les règles de ce monde fermé sur lui-même passaient pour naturelles.

Sous l'effet du rire, les esprits se calmèrent un moment. Rachel Brade s'éloigna vers les cuisines d'un air digne. Mais ce n'était là que le silence qui annonce l'ouragan. Les éclats de voix des soûlauds reprirent, plus menaçants cette fois. Peu après neuf heures, on vit entrer le groupe de mulâtres qui venaient régulièrement boire à l'auberge. Ce soir-là, ils étaient encore plus élégants que d'habitude: chapeaux à plumes, cannes à pommeau ciselé, cravates de soie fine, costumes de drap pâle tranchant sur leur peau brune. Mais loin d'apaiser les buveurs, leur accoutrement de gentilshommes fantaisistes ne faisait que provoquer, souligner la tristesse puritaine qui suintait des vêtements des autres. J'entendis un de mes voisins observer: «Tiens, les singes ont pillé la mercerie ce soir!»

Le choc ne fut pas long à venir. Un mutisme hostile avait accueilli les «bonsoir, messieurs» que les mulâtres avaient jetés à la ronde. Normalement, ces salutations étaient reçues avec des grognements distraits mais neutres. Les buveurs blancs avaient d'abord pris le temps d'arroser un peu plus leur agressivité. Puis l'orage se déclara. Dans le feu d'une discussion, un gros gérant de plantation avait haussé la voix pour que toute la salle l'entendît.

«...Et puis, dès qu'ils auront de l'argent, vous allez voir, tout ce qu'ils voudront faire, c'est s'habiller comme des coqs et parader.

J'en connais déjà qui ne font que ça. Et à la saison des récoltes, quand la canne pourrira à côté des broyeuses, il faudra les envoyer chercher. Mais tout ce qu'on se fera répondre, c'est que Monsieur le Marquis de Coromante dîne ce soir chez Madame Brade avec le Vicomte de Yoruba et ne saurait être dérangé!» Les voisins du gérant éclatèrent de rire et se tournèrent, avec des yeux qui cherchaient clairement la bagarre, vers la table des mulâtres, que la patronne avait, par précaution ce soir, placée près de la porte des cuisines. Les mulâtres firent semblant de n'avoir rien entendu. Seul le claquement un peu plus sec des dominos laissait deviner la colère qui commençait à raidir leurs bras. «Et un beau soir, reprit le gérant, le Marquis de Coromante va me demander la main de ma fille. Il me montrera fièrement sa cabane, sa chèvre et son champ d'ignames et me racontera comment ma fille y sera heureuse, à torcher la dizaine de petits singes chocolatés qu'il va lui faire!»

Très lentement, un des mulâtres se leva. Il prit délicatement le pichet de bière qui traînait sur sa table et s'approcha en souriant du gros homme à favoris. «Monsieur a tort de s'inquiéter, sa fille est beaucoup trop occupée pour s'intéresser à ma modeste personne, avec tous les marins qu'elle accueille. Mais Monsieur n'a peut-être pas encore assez bu, Monsieur a peut-être encore soif?» demanda-t-il en s'inclinant devant l'autre. Puis, sans un mot, il lui jeta le contenu du pichet en plein visage et s'en retourna calmement vers ses amis. L'étonnement cloua tous les Blancs sur leur siège pendant un moment. Quand ils se levèrent enfin, les autres étaient déjà prêts. Rachel Brade avait tout vu et, en une fraction de seconde, elle et deux des mulâtres avaient renversé l'énorme table d'acajou pour en faire un rempart qui bloquait l'accès aux cuisines. Les Blancs se lancèrent à l'assaut du fortin avec tout ce qu'ils trouvaient de gobelets, de verres et de pichets. Les mulâtres répliquèrent en vidant la cuisine de toutes ses assiettes, dans un tintamarre ponctué d'insultes et de jurons. Effrayé, je m'étais réfugié sous une table, mais une irrésistible légèreté me gagnait petit à petit devant cet assaut sans coups ni empoignades, qui ressemblait plus à une scène de ménage qu'à un combat réel.

Les mulâtres tinrent le coup pendant une bonne dizaine de minutes, puis détalèrent par la porte des cuisines. Rachel avait envoyé une des serveuses éteindre toutes les lampes à l'arrière de l'auberge. Dans la pénombre, je vis à peine le geste obscène que nous adressa le dernier mulâtre qui s'éclipsait à toute vitesse dans la ruelle. Mais j'entendis très clairement son cri d'horreur quand le sabot du cheval de Randolph Alleyne lui broya la tête. Alleyne était sorti pendant la mêlée en voyant que les mulâtres voulaient fuir par derrière. Il avait contourné l'auberge pour les prendre à revers et avait pris son cheval. Il arriva trop tard pour barrer la route aux premiers hommes qui sortaient mais lança aussitôt son cheval à toute allure pour les rattraper. Le peu de temps qu'il avait fallu au dernier mulâtre pour s'arrêter et nous envoyer son message obscène l'avait placé en plein sur la trajectoire de la bête. La cuisse droite de l'animal l'avait projeté à six pieds de là et le sabot avait terminé l'exécution.

Rachel Brade criait maintenant très fort et repoussait les hommes muets qui s'entassaient dans l'encadrement de la porte. «Fumiers, bandits de Pattes rouges de merde! Enlevez vos carcasses puantes de mon chemin. Josiah, pleurait-elle en prenant la tête éclatée du mulâtre sur ses genoux, qu'est-ce qu'ils t'ont fait, Josiah? Ils vont payer, Josiah, je te le jure qu'ils vont payer, déclara-t-elle en essuyant la bave écarlate qui coulait de la bouche du mulâtre. Entendez-moi tous, bande d'avortons de brebis, vous allez payer toutes les saloperies que vous faites aux pauvres Noirs depuis des siècles. Il va y avoir une fin à tout cela, très bientôt, souvenez-vous de ce que je vous dis et tremblez-en de peur toutes les nuits! Craignez la nuit, avortons de brebis, tremblez devant la nuit qui est noire comme nous et qui nous cache et nous conduit partout, jusque dans les lits où vous n'arriverez plus jamais à dormir et où nous vous égorgerons jusqu'au dernier!»

Rachel Brade s'était levée, hors d'elle, et avançait comme un ange exterminateur vers les hommes qui reculaient. Les yeux exorbités, le cheval de Randolph Alleyne se cabrait contre ses rênes et semblait terrorisé par l'odeur de sang humain qui montait de son sabot. C'était comme si l'incident qui avait tué Josiah le mulâtre avait concentré en un seul point tous les nuages qui assombrissaient le ciel depuis mon arrivée. Je les voyais ployer vers le sol en ce point précis où nous étions et commencer la lente rotation dont allait naître le cyclone. Le jeu était terminé, il y avait eu mort d'homme et personne ne pouvait plus revenir sur le mal qui était fait, qui marquait désormais tous les gestes d'une tache rouge et indélébile. Jusqu'à la mort de Josiah, la haine s'était cachée sous ce masque de conventions perverses qui me fascinait mais, circonscrite dans des limites très précises, elle ne pouvait pas vraiment mener au massacre. La bataille de tout à l'heure avait été retenue, presque bouffonne. Mais maintenant tout était possible. Dessaoulés, les hommes se regardaient avec la conscience d'être entrés dans un pays nouveau, dont les dangers leur étaient inconnus.

«Allons, viens, ce n'est qu'un accident. Il est sorti sans regarder. Tu ne pouvais pas l'éviter», disait un des hommes à Alleyne. Ces mots se propagèrent dans la petite foule, répétés comme par une classe d'enfants qui apprend par cœur sa leçon, d'abord sur un ton de nouvelle, puis avec l'insistance d'un alibi collectif.

La foule se dispersa lentement. Il ne resta bientôt plus que Rachel et moi au-dessus du visage écrasé de Josiah. Je voulus l'aider, la rassurer, lui expliquer que j'irais chercher la milice et raconterais tout ce que j'avais vu. Elle m'ignora et appela ses serveuses. Finalement, d'une voix fatiguée, elle me dit sans même me regarder: «Allez vous coucher, monsieur Evangelos, et oubliez tout ce que vous avez vu. Ne vous mêlez pas de nos histoires, ça ne regarde que nous. Retournez chez vous, allez-vousen très loin d'ici, le plus loin possible de cette île de merde qui va bientôt sauter.»

6

À Bridgetown, personne ne parlait de l'incident de l'auberge. Une hostilité encore plus sourde qu'auparavant s'était simplement installée dans les rapports entre Noirs et Blancs, aggravée par les rumeurs contradictoires qui ne cessaient d'arriver de Londres à propos de la Loi sur l'abolition. Naïvement, je choisis ce dimanche-là pour me promener au marché. J'y étais le seul Blanc. On m'avait pourtant raconté que les gens de la bonne société aimaient venir s'encanailler chez les esclaves, qu'on y voyait des dames se promener, l'ombrelle à la main, au bras de beaux officiers drapés de rouge. Mais ce jour-là, aucun Blanc n'avait été assez téméraire pour se montrer.

Le marché se trouvait sur un grand terrain vague près de la rivière. Ce qui d'abord frappait le plus, c'était le bruit et la puanteur. Une odeur de moisissure et d'animal mort montait de la rivière, qui n'était en fait que le bras paresseusement étiré jusqu'à la mer d'un marécage aux eaux vertes et stagnantes. On aurait dit que l'odeur de moisi s'infiltrait partout, jusqu'aux piles d'abats de cochon et aux tranches de morue salée assaillies par les mouches. Tous ces effluves se mariaient dans un bouquet monstrueux qui faisait lever le cœur. Des groupes d'hommes s'agitaient un peu partout dans de grands discours réchauffés par le rhum; quelques femmes, assises à même le sol, gardaient des petits tas de marchandises.

Quelle tristesse à côté du souvenir quasi magique que j'avais de Constantinople! Le labyrinthe insondable du bazar, avec ses échoppes sombres encombrées de tapis et de cuivre; le marché égyptien, aux allées jonchées de grands sacs de jute fleurant bon le café et le cumin, aux grappes d'herbes séchées suspendues partout comme une pluie d'odeurs; les étals de poissonniers aux coins des rues, aussi lumineux que des comptoirs de bijoutiers, où miroitaient les rougets et les crabes toujours fraîchement arrosés. Magie équivoque, car si les objets me séduisaient, les marchands, eux, m'avaient toujours rempli d'un malaise étrange. Pour l'enfant que j'étais, les marchands n'étaient pas des hommes comme les autres, ils appartenaient à une tribu à part, venue de pays et d'époques mystérieuses, dont il fallait se méfier. J'étais à la fois triste et surexcité chaque fois que je les quittais, comme s'ils avaient voulu me vendre des versions insoupçonnées de moi-même que je n'avais pas pu me payer, comme si des vies merveilleuses et inaccessibles se cachaient derrière les marchandises qu'ils proposaient.

Le trouble que je ressentais au marché de Bridgetown était beaucoup plus aigu. C'était une peur directe, brutale, très éloignée du fantasme enfantin. Pourtant, l'agression fut progressive. Au début, on aurait dit que j'étais invisible. Pour me donner une contenance, j'essayai d'acheter quelques fruits, mais les vendeuses ne me répondirent même pas. Tout continuait comme si j'étais transparent: les femmes, leur panier posé sur la tête, poursuivaient leurs conversations, projetant toute leur expressivité dans de légers mouvements de sourcils; les enfants vêtus de guenilles couraient autour de moi, tirant à trois ou quatre sur d'énormes cochons récalcitrants; les vieux fumaient leurs pipes de plâtre devant des poules entravées, couchées sur le côté, la tête droite et le regard inquiet. Puis on découvrit lentement ma présence. Les groupes d'hommes qui discutaient se turent pour me dévisager. Dans un de ces silences, un homme claqua des mains comme pour imiter un coup de fusil et des oiseaux s'envolèrent en me frôlant. Les compagnons de l'homme éclatèrent de rire et me lancèrent dans leur dialecte quelques mots incompréhensibles. Du silence hostile, on passa à la bousculade. Les gens qui passaient semblaient faire un effort particulier pour me pousser, comme si j'encombrais la place. Les bourrades, discrètes au début, devinrent de plus en plus violentes.

J'aurais voulu me sauver, mais la peur du ridicule, en même temps que l'apparente retenue de cette violence m'empêchaient de bouger. Je maudissais ma naïveté, je sentais une envie pressante de me justifier, de crier mon innocence, de me démarquer des autres Blancs: «Écoutez-moi, je ne suis pas comme les autres. Vous n'avez rien à craindre de moi, vous n'avez aucune raison de me haïr. J'étais chez Rachel Brade l'autre soir et j'ai tout vu, je voulais aider Josiah. Je suis Grec et non Anglais. Les Grecs ne sont pas des bourreaux, nous sommes comme vous, des *raïas*, des esclaves des Turcs, nous luttons nous aussi pour nous libérer. Je sais tout ce qu'on vous fait subir ici, mais moi je n'y suis pour rien, je suis avec vous...»

Je savais bien que le jour où tout sauterait, on ne poserait de questions ni d'un côté ni de l'autre, que les exceptions aux frontières de la peau étaient trop rares pour qu'on me demande à moi si j'étais coupable. Car j'étais persuadé que tout devait sauter, que l'avenir de ces îles ne pouvait être que celui de Saint-Domingue, que cela ne pouvait finir que par un massacre, d'un côté ou de l'autre. Comment mettre fin à cette horreur autrement, comment espérer que, le jour où l'esclavage serait aboli, les Africains s'en iraient gentiment à l'église remercier le dieu chrétien et retourneraient aussitôt aux champs pour refaire de leur plein gré les gestes qu'on les forçait hier à exécuter sous la menace de fouets.

Que de mauvaise foi quand j'y repense! Voilà qu'avec les Noirs j'étais prêt à jouer le patriote hellène, alors que devant ma famille j'affectais le plus total mépris pour la guerre de l'Indépendance. J'étais prêt à clamer ma solidarité avec Josiah, mais à la vérité j'avais seulement osé m'avancer à l'auberge quand tout était trop tard, une fois que Josiah était mort et que la foule était déjà dispersée. Quand mon aide aurait pu compter, au moment où la bagarre battait son plein dans la grande salle, j'avais eu trop peur pour bouger, je m'étais précipité sous une table.

Sur la place du marché, je ne savais plus où poser les pieds. Je me voyais déjà le premier cadavre de l'insurrection, le talion de Josiah, ma tête brandie au bout d'une pique en signe de ralliement. Je rebondissais d'un groupe d'hommes à un autre comme une balle, je ne trouvais plus le chemin pour sortir du marché, je tournais en rond dans un labyrinthe de haine muette. Je crois bien que j'ai crié quand j'ai senti une main qui empoignait mon bras et le tirait très fort dans sa direction, jusqu'à ce que je reconnaisse les yeux moqueurs et la voix qui me chuchotait: «Mais qu'est-ce que vous faites là, espèce d'inconscient! Vous voulez vous faire poignarder ou quoi? Dépêchez-vous, allez, marchez à quelques pas derrière moi, sans trop vous faire remarquer, jusqu'au gros bâtiment rouge là-bas.»

Bennebah, mon sauveur! Avec la plus grande discrétion, elle m'ouvrait un chemin qui évitait les regroupements d'hommes et serpentait à travers les tas d'ignames et de manioc. Je la suivais comme un enfant perdu, j'avais peine à me retenir de courir sous ses jupes pour me cacher. Je la rejoignis dans la rue qui débouchait sur le bâtiment rouge, juste au moment où une igname pourrie passait à quelques pouces de ma tête et s'écrasait contre le mur. Bennebah me prit par la manche et me tira derrière l'angle de l'édifice.

— Vous êtes à l'abri pour le moment, mais de grâce ne retournez pas où vous étiez, restez dans les rues faites pour les Blancs. Vous ne tenez donc pas à la vie pour vous promener ici aujourd'hui?

— Je n'ai pas pensé, j'étais simplement curieux de voir le marché.

— Mais vous êtes complètement fou! Personne ne vous a mis en garde à l'auberge?

— Parlons-en de ton auberge! Personne ne parle à personne depuis ce qui est arrivé l'autre soir. Tu es au courant? Rachel Brade n'ouvre plus la bouche, les clients ne se montrent plus. Mais qu'est-ce que j'ai fait au Bon Dieu pour toujours tomber sur des hôtels où on me traite comme un lépreux!

— Vous le faites un peu exprès, non, entre les meurtres et les baignades?

— Mais je n'ai rien à voir avec cette bagarre! Tu me prends pour quoi? J'étais là, sagement assis avec ma bouteille de rhum, à regarder les gens. Et tout à coup, les insultes et les chaises se mettent à voler, je me retrouve au beau milieu d'une mêlée générale, et la première chose que je vois, c'est ce pauvre Josiah Griffith étendu dans la ruelle, la tête écrasée. Et Rachel Brade qui m'envoie promener, qui me traite comme si j'étais coupable moi aussi de cette horreur!

— Rachel a eu raison de vous tenir à l'écart. Il vaut mieux que vous ne vous mêliez pas de nos histoires. Nous réglerons nos comptes entre nous, quand le temps viendra. Rentrez à l'auberge, maintenant, et ne revenez plus ici.

Bennebah fit mine de poser son panier sur sa tête et de repartir vers le marché. Puis, elle eut comme une moue de grande sœur excédée et se rapprocha de moi.

— Est-ce que vous savez au moins par où passer pour trouver une voiture? Pour retourner à votre auberge, il y a des rues qu'il vous faut éviter aujourd'hui, si vous tenez à la vie. Ahhh! fit-elle, agacée, en me prenant par la manche, venez, je vais vous accompagner, vous seriez capable de revenir en plein marché!

Les yeux de Bennebah semblaient allumés par un feu. Je me surpris à la trouver très belle. Il m'importait peu que ce qui l'enflammait ainsi fût une exaspération à peine retenue à mon égard. Elle était belle, elle s'occupait de moi, c'était tout ce qui comptait. Je ne sais pas si Bennebah détecta quelque chose de changé dans mon regard, mais elle baissa brusquement les yeux et tourna les talons. Elle marchait sans un mot, son panier en équilibre sur la tête, ses hanches absorbant toutes les sinuosités du chemin dans un balancement latéral paresseux, ses pieds nus posés bien à plat sur la terre sèche des rues. J'avais déjà oublié ma mésaventure au marché, je ne voyais plus que cette silhouette coulante qui dansait devant moi. Nous traversâmes un dédale de ruelles désertes jusqu'au square où stationnaient les fiacres.

— Bon, ici je deviens votre petite esclave des cuisines, monsieur Evangelos, dit-elle en se tournant vers moi. C'est vous qui devez parler au cocher et lui dire où nous allons. Moi, je dois marcher derrière vous, les yeux baissés vers le sol, et faire semblant que je vous ai accompagné en ville pour faire quelques provisions. Allez, faites un effort, prenez un air suffisant et essayez un peu de ressembler à un maître. Je suis certaine que vous en êtes capable quand vous le voulez!

Bennebah grimpa dans la première voiture et s'assit sur le banc de bois derrière le cocher. Je n'avais d'autre recours que de prendre la place du maître, à l'ombre et face à Bennebah, sur le siège en cuir qui exhalait encore le parfum de la passagère précédente. La voiture sortit lentement de la ville. C'était l'heure la plus chaude de la journée et Bennebah, en plein soleil, suait à grosses gouttes. Ses pommettes luisaient dans la lumière. Leur rondeur parfaite avait quelque chose d'émouvant, comme si sa chair était faite d'une matière inconnue, mi-végétale, mi-divine, exempte de toute faiblesse humaine. Elle gardait son air buté, les yeux fixés sur le paysage. Elle était à la fois fière et vulnérable, avec son panier serré trop fort contre elle et sa longue robe blanche qui tranchait si intensément sur sa peau. À ma grande surprise, j'étais victime d'un trouble d'adolescent. Je ne pouvais plus détacher mes yeux d'elle et une petite boule de chaleur était en train de naître au creux de mon ventre.

— Qu'est-ce que vous avez à me regarder tout le temps, murmura-t-elle, agacée.

J'étais confus comme un enfant pris en faute.

— Tu devrais venir t'asseoir de ce côté, Bennebah. Au moins tu serais à l'ombre, arrivai-je à bredouiller.

Elle ne répondit pas, haussant les épaules.

C'est alors que j'osai quelque chose que je n'avais eu le courage de faire avec aucune femme: je me penchai vers elle et lui dis que j'aimerais beaucoup passer ce dimanche avec elle; je lui demandai doucement si elle ne voudrait pas que nous allions vers l'intérieur de l'île pour nous promener. Elle me regarda quelques secondes, incrédule, parut tout à coup gênée, puis piqua à nouveau une colère.

— Mais vous vous pensez où, ici? Vous croyez que les esclaves vont se balader le dimanche avec leurs maîtres sur les routes de campagne? Vous voulez peut-être aussi m'emmener faire un déjeuner sur l'herbe?

— Je ne suis pas d'ici, moi, Bennebah, je ne suis pas tenu d'obéir à leurs règles.

— Vous avez vu où cela vous a mené tout à l'heure! Combien de temps pensez-vous que les sœurs Banbury me garderaient chez elles si le bruit courrait que j'écume la campagne avec des messieurs blancs? Je serais tout de suite vendue à un planteur et je retournerais d'où je viens!

— Tu ne serais pas avec des messieurs, Bennebah, tu serais avec moi. C'est tout à fait différent.

— Ce serait encore pire si on me voyait avec vous. Avec la réputation que vous avez à la pension!

Pendant une fraction de seconde, je crus déceler l'ombre d'un sourire sur son visage. Mais Bennebah reprit vite son air distant, et le reste du trajet se fit dans un silence gêné. Un moment, j'envisageai d'en faire à ma tête et d'ordonner quand même au cocher de bifurquer vers une route de campagne. Mais Bennebah avait raison, je devais me méfier de ce monde dont je comprenais mal les règles et où le moindre geste inconsidéré pouvait avoir des conséquences graves.

À notre arrivée devant l'auberge, Bennebah sauta rapidement du fiacre et disparut par la porte de côté, comme si elle voulait me fuir. Je payai le cocher et entrai par l'avant. De la grande salle, j'entendais des rires étouffés qui venaient de la cuisine. Au bout d'une dizaine de minutes, Bennebah ressortit, accompagnée d'Easter Rose. Par la fenêtre, je les regardai s'éloigner ensemble sur la route. Bennebah dut m'entendre ouvrir, car elle se retourna et me fit un signe de la main, en me criant: «Au revoir, monsieur le baigneur!» Easter Rose éclata de rire, la main sur la bouche.

* * *

Je devais secrètement espérer que cet adieu contenait un message, parce que, le lendemain, je partis sur la plage en direction de la pension Banbury. Je tournai longtemps autour de la grande maison, évitant d'être vu par les patronnes et les pensionnaires à ombrelle, guettant vainement Bennebah. Dépité, je continuai le long de l'eau jusqu'à ma petite crique. Cela me fit du bien de revoir les mêmes petites colombes pressées picorer sur le sable, les mêmes poissons curieux s'approcher de mes jambes, les mêmes mainates criards se chamailler pour un lézard blessé. Je m'assis tranquillement sur une roche plate, les pieds dans l'eau.

À côté de moi, une abeille se débattait sur le dos dans le sable mouillé. Je pris une brindille et la redressai, mais dès qu'elle fut sur ses pattes, elle se dirigea d'un pas lent vers la mer. Je la repris et la posai à nouveau plus loin sur le sable, mais elle repartit tout de suite en direction de l'eau. Nous recommençâmes dix fois ce jeu. Dix fois, l'abeille épuisée marcha vers la mer. Elle ne se trompait pas de chemin, elle cherchait délibérément à aller vers l'eau qui allait la tuer.

Très haut dans le ciel, une frégate planait. La lumière anéantissait tout d'elle sauf un vague contour effilé, sans couleur. Pendant de longues minutes, le souffle fin d'une tourterelle perça le froissement des vagues. Je me glissai dans l'eau et me laissai flotter, les yeux fermés, tout entier tourné vers le trouble qui naissait en moi. Bennebah! C'était absurde! Aussi loin que je me souvienne, aucune absence n'avait eu le pouvoir de me faire souffrir. Et voilà qu'à mon âge j'étais tourmenté comme un jeune homme, et que, pour compliquer le tout, celle qui me remuait ainsi était une esclave!

Quelque chose me saisit par le bras, quelque chose que je pris pour la poigne froide et musclée d'une pieuvre. Malgré mes efforts pour me dégager, un autre tentacule se posa sur mon front et me poussa la tête sous l'eau. La pieuvre riait. À travers les trombes d'eau que j'essayais d'expulser de mes yeux et de mes bronches, je vis le grand sourire blanc de Bennebah. Pendant que je nageais près du bord, elle s'était approchée sans bruit, avait enlevé sa robe et était entrée dans l'eau. Heureusement, depuis l'incident avec madame Swan, je portais un maillot convenable, qui cachait au moins l'essentiel. Bennebah, par contre, était presque nue. Elle avait gardé sa culotte, mais sa poitrine était entièrement découverte. Je savais qu'en cette matière la morale des esclaves n'était pas la même que celle des Blancs, mais la vue de sa chair ainsi offerte m'émouvait. Sur le chemin de Saint-John l'autre jour, j'avais vu un groupe de femmes qui se baignaient à une fontaine sur le bord de la route. Elles étaient couvertes de poussière et l'eau dessinait sur leurs corps de grandes traînées où alternaient le gris et le brun cuivré. Leur peau luisait comme de la pierre polie, leurs seins ondulaient librement à chaque mouvement et j'avais détourné les yeux. Pourtant, le regard neutre qu'elles avaient machinalement tourné vers le bruit de ma voiture ne cachait aucune honte, comme si je les avais surprises à boire ou à manger. Bennebah ne semblait pas plus gênée d'être là avec moi. Elle me lançait de l'eau au visage en riant et chacun de ses moulinets entraînait ses seins dans un rapide mouvement de balancier, qui les dressait puis les laissait retomber en frémissant. On aurait dit une enfant qui jouait, inconsciente de l'effet que son corps provoquait.

Ce qui m'étonnait le plus dans ce corps, c'était la courbe prononcée de ses reins. Le dos de Bennebah, très mince, se creusait en une cambrure profonde pour remonter sur des fesses hautes et rebondies, qui transparaissaient à travers la blancheur mouillée de sa culotte et qui, au lieu de s'enfler en largeur comme celles des prostituées de Londres, s'arrondissaient vers l'arrière. De ma vie, je n'avais jamais vu de corps aussi étrange et aussi beau.

— Je t'ai aperçu par la fenêtre quand tu es passé devant la pension tout à l'heure, dit Bennebah. Tu cherchais quelqu'un? Madame Swan, peut-être? Pauvre toi, elle était sortie, alors je me suis dit que tu t'ennuierais, tout seul sur ta petite plage.

Elle rit et s'avança. «Emmène-moi au large, toi qui nages si bien!» Elle avait croisé ses doigts derrière ma nuque avant que j'eusse le temps de répondre et se laissait flotter devant moi. Je la pris par la taille, la calai contre ma hanche en essayant de la toucher le moins possible et me mis à nager. Bennebah se laissait flotter, totalement confiante, goûtant pour la première fois l'apesanteur de l'eau. Elle s'émerveillait de tout, de la blancheur du sable qui défilait sous nos corps, de la transparence turquoise de l'eau, de la masse inquiétante du corail. Elle criait comme une enfant devant le moindre poisson qui s'approchait, elle laissait entrer dans sa bouche de grandes gorgées d'eau qu'elle recrachait en riant. L'innocence de Bennebah avait quelque chose de contagieux. J'étais fier de ma force comme un petit garçon, je ne sentais plus ces seins qui ballottaient contre mes côtes, j'avais perdu toute ma gêne.

Mais à la longue, la posture que je devais garder pour maintenir la tête de Bennebah hors de l'eau devenait épuisante. Je me fatiguais, je commençais à avaler de l'eau; Bennebah, me sentant en difficulté, se mit à avoir peur. Elle s'était retournée vers moi et s'agrippait de plus en plus fort; dans un mouvement de panique, elle mit ses jambes en tenaille autour des miennes et se serra contre ma poitrine, m'étouffant. Ces jambes qui m'enserraient, ces seins qui se plaquaient contre moi, ce souffle chaud dans mon cou, c'eût été merveilleux là-bas sur le sable ou dans mon lit à l'auberge du Cocher. Mais à cent pieds du rivage, avec toute cette eau qui m'entrait dans la bouche, je ne goûtais pas vraiment le plaisir de sa peau. Je dus la rudoyer quelque peu pour l'empêcher de m'entraîner vers le fond. Tant bien que mal, en la tirant derrière moi, je réussis à nous ramener tous deux au bord, épuisés.

Bennebah était furieuse.

— Vous, on peut dire qu'on ne s'ennuie jamais avec vous, dit-elle, haletant entre deux accès de toux, étendue sur le sable. Hier, je vous sauve alors que vous êtes sur le point de vous faire lapider à coup d'ignames et aujourd'hui, vous passez à deux doigts de me noyer! C'est comme cela que vous me remerciez?

— Mais c'est toi, avec tes histoires de nager au large, qui as failli nous perdre! Quelle idée aussi de te pendre à mon cou jusqu'à ce que je me mette à couler! C'est moi qui t'ai sauvée aujourd'hui, ma petite Bennebah, alors nous sommes quittes, n'en parlons plus!

— Monsieur nous a sauvés! Monsieur est bien bon! Mais maintenant, Monsieur, la petite Bennebah, comme vous dites, va vite se sécher et rentrer chez elle avant qu'on ne remarque son absence.

Elle se leva, enragée, prit ma chemise pour s'essuyer le corps et enfila ses jupes. «Ahhh! tu m'as mouillé les cheveux, en plus!» Elle me lança la chemise trempée et tourna les talons. Effaré à l'idée de la perdre si vite, je courus derrière elle et la fis pivoter en lui agrippant le bras.

— Reste un peu, Bennebah, je t'en supplie.

— Laissez-moi, vous me faites mal. Je vous l'ai déjà dit, je dois rentrer. La Millicent va se méfier si je suis partie plus d'une heure, je suis censée être allée chercher du savon.

— Attends au moins que tes cheveux soient secs, tu ne peux pas t'en aller mouillée comme cela.

— Ils sécheront en chemin, et puis je n'ai qu'à entrer discrètement à la pension et me mettre un foulard sur la tête.

— Alors tu dois me promettre de revenir. Je ferai plus attention la prochaine fois, tu verras.

— De toute façon, je ne sais pas ce qui m'a pris de venir vous rejoindre. C'était idiot. Tout ça pour voir au moins une fois dans ma vie ce que ça fait d'aller dans l'eau…

— Tu veux dire que tu n'es pas venue du tout pour moi? Bennebah, tu sais… l'autre jour, en revenant du marché, je…

Elle éclata de rire.

— Mais c'est que tu me fais vraiment la cour!

Elle me regarda un long moment, puis hocha la tête. Quelque chose de triste et de dur monta dans ses yeux.

— Écoute, mon baigneur. Tu n'es pas en Angleterre ici. À la Barbade, on ne fait pas la cour comme un petit chien à une esclave. On l'achète et on la prend.

Elle tourna les talons, puis s'éloigna le long des rochers, sans me regarder cette fois.

7

Un message de Cumberbatch m'attendait à l'auberge: «Venez de toute urgence, il se passe des choses bizarres dans le caveau de votre empereur.» Je n'avais pas tellement le cœur à me préoccuper des os du vieux Paléologue, mais au moins cela me distrairait de Bennebah. Quand j'arrivai à Saint-John, Cumberbatch était dans tous ses états. Il m'entraîna vers les ruines de l'église, descendit trop vite dans la trappe qui menait à la crypte et s'écorcha la tête contre la pierre. En jurant, il m'expliqua que quelqu'un était entré dans le caveau, avait volé les deux mains du squelette et laissé un peu partout dans la tombe des coquillages semblables à celui que j'avais remarqué l'autre fois dans la bouche de Ferdinand.

Cumberbatch fulminait: «Voilà que j'ai affaire à des pilleurs de tombe, maintenant! Qu'est-ce qu'ils peuvent bien vouloir des mains de votre empereur? Et ces coquillages! Normalement, on prend des objets dans une tombe, on n'en dépose pas! Mais il y a plus inquiétant encore.» Approchant son visage du mien, Cumberbatch prit un ton de conspirateur. Son haleine avait un désagréable relent de porto mal digéré. «Cela fait deux nuits que j'entends des bruits étranges qui semblent venir d'ici. La première fois, je n'y ai pas fait très attention. Mais le deuxième soir, je suis sorti pour voir ce que c'était et je suis tombé sur Mingo, le jeune esclave... disons... simplet que vous avez vu l'autre jour au jardin. Eh bien, cet abruti s'est mis à courir à toute vitesse vers moi quand il m'a aperçu et m'a supplié d'aller me coucher, il m'a assuré que tout allait bien, qu'il venait de chasser de l'église deux gros chats qui se battaient près d'un empilement de bois, que ce devait être cela que j'avais entendu. Et il me regardait avec son sourire d'imbécile édenté; ses yeux, pourtant, moins stupides que d'habitude, pétillaient dans l'ombre. Peut-être n'était-ce qu'une illusion, car on ne voyait à peu près rien d'autre dans la nuit que ses yeux et les trois dents branlantes qu'il lui reste dans la bouche. Mais je me suis vraiment demandé ce soir-là si Mingo ne faisait pas semblant d'être simple d'esprit, si son air attardé n'était pas un masque; je me suis demandé si tous leurs regards vides n'étaient pas tout simplement des façades. Souvenez-vous de Toussaint à Saint-Domingue, professeur, qui n'était qu'un petit chef d'équipe de plantation: tout à coup, le voilà devenu meilleur stratège que tous les généraux espagnols, anglais et français réunis. Je ne sais pas, mais, depuis hier, j'ai peur de mon propre jardinier, que je connais pourtant depuis qu'il est haut comme trois pommes, qui n'a jamais été assez futé pour calculer la direction du vent quand il allume un tas de feuilles et qui s'asphyxie à chaque fois. Et s'ils étaient tous là à nous surveiller derrière leurs regards de chiens résignés? J'en ai des frissons! Tiens, un verre de porto ne serait pas de refus. Vous m'accompagnez, professeur?»

En traversant le jardin qui séparait l'église de la maison, Cumberbatch garda les yeux braqués vers le sol. Mingo était appuyé sur une bêche et nous regardait. Quand je rencontrai son regard, il s'inclina et se remit à sarcler. Le pasteur m'entraîna chez lui et nous servit à chacun un grand verre. Il avala d'un trait le sien, lâcha un long soupir et se resservit. Mes yeux se posèrent sur un carton calligraphié appuyé sur une lampe. On pouvait y lire: «Le Lieutenant général et Madame Rupert Layne souhaitent vous voir assister à une réception donnée en l'honneur de leur fils Henry, le samedi 13 septembre, à Newcastle Plantation.»

«Vous devriez venir», fit distraitement Cumberbatch en suivant la direction de mon regard. Il avala d'un trait son deuxième verre. «Cela vous fera connaître un peu la bonne société barbadienne. La famille Layne est l'une des plus riches de l'île, la plus riche certainement dans ma petite paroisse. Rupert Layne est en quelque sorte le seigneur de Saint-John. Il y possède d'immenses terres. Rien ne peut se faire ici sans lui. À Bridgetown, il cumule les postes de président des débats à l'Assemblée et de commandant en chef de la milice. Un bien grand monsieur, en vérité! Je ne raffole pas de ce genre de soirée, avoua-t-il en se resservant, mais la famille Layne a donné beaucoup d'argent pour la reconstruction de mon église, et je ne peux pas leur faire l'affront de manquer cette réception. Surtout qu'ils comptent en quelque sorte sur moi pour bénir le départ de leur fils pour l'Angleterre. Tenez, prenez encore un peu de porto, je m'en verse un doigt moi aussi, cela me calmera. J'ai les nerfs en boule ces jours-ci, je ne sais pas pourquoi. Allez, faites-moi le plaisir de m'accompagner chez les Layne, cela fera passer la soirée plus vite! Je suis certain qu'ils seront très honorés d'accueillir sous leur toit un grand professeur de Londres. Ils sont tellement pédants! Oh! pardon, je ne voulais pas vous vexer, je voulais dire... C'est de Layne que je me moquais, pas de vous... enfin... de lui non plus je ne devrais pas me moquer... ahh! parfois je ne sais pas tenir ma langue, ma pauvre Édith me le disait souvent...»

Cumberbatch se laissa tomber sur une chaise. Le porto l'assombrissait, comme au premier jour. Je ne tenais pas tellement à l'accompagner chez les Layne, surtout s'il buvait autant en public que chez lui. Je déteste les mondanités, mais j'étais curieux de voir de près ces maîtres de la canne. Le spectacle pouvait se révéler intéressant. Qui sait, je trouverais peut-être le courage de faire mon petit scandale, de dire à ces bourreaux ce que je pensais vraiment d'eux. On verrait bien...

* * *

Dans les jours qui suivirent, d'autres incidents bizarres s'ajoutèrent au vol de Saint-John. À Oistins, on découvrit des tombes qui s'étaient mystérieusement déplacées dans un caveau dont les scellés n'avaient pourtant pas été brisés. On ne trouva aucune trace d'effraction. À Bridgetown, un soir, l'énorme baobab qui trônait au milieu du parc du gouverneur à King's House fut illuminé pendant des heures par des dizaines de milliers de lucioles. La rumeur du prodige se répandit comme une traînée de poudre et toute la ville se trouva bientôt réunie au parc. Personne ne savait plus très bien quand ni comment ce baobab avait été transplanté d'Afrique. Il y avait ce soir-là tant de lucioles que les abords de l'arbre étaient éclairés comme par une nuit de pleine lune. Parmi les visages dressés vers le ciel, une voix cria à la blague que ce devait être les esprits de tous les Africains qui étaient morts depuis deux siècles sur l'île et qui dansaient leur sabbat de sorciers païens autour du grand arbre de leur pays. Personne ne rit.

Le climat s'envenimait de jour en jour sur l'île. On racontait qu'une équipe d'esclaves chargés de creuser les fossés d'écoulement en vue de la prochaine saison des pluies s'étaient révoltés à la plantation Maxwell. Excédés par les claquements de fouet qu'un contremaître faisait voler sans répit au-dessus de leurs têtes, deux esclaves s'étaient approchés du Blanc, lui avaient arraché le fouet des mains et avaient tout balancé, homme et fouet, dans la boue du fossé. Mais ce qui était le plus remarquable, c'est que l'un des esclaves ayant ensuite crié quelque chose aux autres en dialecte, toute l'équipe s'était remise au travail en chantant, comme si rien ne s'était passé. Certains disaient que c'était bien la preuve que les Noirs resteraient sagement aux champs le jour où l'esclavage serait aboli. Mais la majorité des philosophes de taverne y voyaient quelque chose de louche. On disait que les paroles du chant traitaient de massacre de Blancs. On trouvait étrange cette obéissance au mot d'ordre lancé en dialecte, cette absence de débordement spontané.

La milice avait renforcé ses patrouilles de nuit et arrêté des esclaves qui circulaient sans laissez-passer. Malgré les tortures, ils s'en tenaient tous à la même version, celle d'amours clandestines avec des filles des plantations voisines. À l'auberge du Cocher, où les clients commençaient lentement à revenir, le monsieur joufflu qui venait souvent «rendre visite» à l'une des serveuses se mit un soir à prétendre qu'il avait vu la veille sur la route l'un des esclaves qui avaient été portés disparus au cours de l'ouragan de l'automne dernier.

— Mais puisque je vous dis que je l'ai reconnu! Je ne suis quand même pas fou, je le connaissais très bien, il venait tout le temps à mon magasin pour chercher les provisions de la plantation Sealy.

— Qu'est-ce que tu racontes, Wendell, tu sais bien qu'ils se ressemblent tous, les nègres, on ne peut jamais les distinguer les uns des autres. Tu avais encore trop bu!

— Mais non, je vous dis, celui-là était tout à fait particulier, n'importe qui l'aurait reconnu, il était tout maigre avec une énorme tête ronde, qu'il portait toujours très droite.

— Pour que l'eau ne lui sorte pas par les oreilles, Wendell.

— Arrête tes idioties! Moi je vous dis qu'il y en a beaucoup comme lui qui ont disparu pendant l'ouragan et dont on n'a jamais retrouvé les corps. Cela m'a sauté aux yeux quand je lisais les bilans de la catastrophe pour chaque plantation: Clifton Hall, deux morts, seize blessés, sept disparus; Malvern, un mort, huit blessés, deux disparus; Carrington, sept tués, onze blessés, cinq disparus; Newcastle, dix-sept morts, trente-trois blessés, neuf disparus. Et ainsi pour presque toutes les plantations de Saint-Thomas et de Saint-John. C'est curieux, vous ne trouvez pas? Au sud et à l'ouest de l'île, on meurt, on est blessé, mais on ne disparaît pas; seulement au centre et à l'est. Faites le total et vous verrez que j'ai raison, c'est impossible que tous ces nègres soient broyés sous des arbres, noyés dans des ruisseaux en crue ou emportés au large. Il y en a trop! Et puis il n'y a pas de femmes parmi les disparus, il n'y a que des hommes! Étrange, cela aussi, non?

On affectait de ne pas le croire, de trouver ses suppositions exagérées. Mais je voyais bien aux coups d'œil inquiets qui entrecoupaient leurs rires que les habitués de l'auberge ne se couchaient plus sans vérifier trois fois les loquets de leurs portes, sans cacher sous leur lit un fusil chargé.

Ce soir-là, avant de m'endormir au milieu des incantations des grenouilles interpellant leur dieu de la pluie, il me sembla entendre comme des sirènes de navire dans la brume, mais étonnamment près, venant de l'intérieur des terres, et se répondant d'un point à l'autre dans la nuit.

8

Acheter une femme! Ne pas avoir à mendier ses faveurs, avoir comme le sultan les clés d'un sérail infini... Les mots sur lesquels Bennebah m'avait quitté l'autre jour m'obsédaient. Moi qui n'avais jamais courtisé une femme (sauf si on appelle courtiser ce qui était arrivé avec ma cousine Anastasia), moi dont ma mère se moquait en disant que je finirais moine sur le mont Athos, je pourrais tout simplement payer pour posséder cette esclave dont j'avais envie? J'étais tout remué à l'idée d'une chose à la fois si facile et si horrible. J'avais beau tenter d'éteindre ce fantasme chaque jour dans la fraîcheur de l'eau, l'épuiser en nageant le plus longtemps possible, rien n'y faisait.

Et Bennebah? Fallait-il interpréter ses paroles de l'autre jour comme une suggestion ou comme un nouveau trait de cet esprit moqueur qui me déroutait tant? Après tout, je m'avançais peut-être un peu rapidement dans cette affaire. Il fallait que j'en parle à quelqu'un, mais à qui? Cumberbatch me ferait certainement la morale. Rachel Brade, elle, se moquerait de moi: «Mais mon pauvre monsieur Evangelos, il ne fallait pas vous donner tant de peine, si c'est la jeune chair noire qui vous intéresse, je peux vous en fournir pour beaucoup moins cher, vous n'avez qu'à me le demander! C'est tellement plus simple chez moi, on peut changer quand on veut. Si la fille vous plaît, vous la reprenez, sinon je vous en trouve une autre. Pourquoi acheter quand c'est si facile de louer! Ah! c'est donc ça qui vous trotte dans la tête quand vous sirotez votre rhum le soir sans dire un mot! Vous êtes comme tous les autres, alors, malgré vos airs de maître d'école!» Et je ne pouvais certainement pas m'ouvrir aux quelques vagues connaissances que je m'étais faites parmi les buveurs de l'auberge, des hommes qui ne demanderaient rien de mieux que de culbuter Bennebah dans un champ.

Le plus simple était de parler à Cumberbatch. Je sautai dans un fiacre et partis vers Saint-John. Perdu dans mes pensées, ce n'est que lorsque la voiture eut atteint la route longeant la falaise de Hackleton que je compris où j'étais. Quelque chose dans la disposition des lieux me rappela la vieille carte que j'avais vue l'autre jour au bureau des archives. Le tracé exact de la route devait avoir changé depuis l'époque, mais la plantation Paléologue se trouvait sûrement sur ce plateau qui commençait au nord de l'église, après le carrefour menant vers Newcastle et Martin's Bay. Vers l'ouest, des champs de canne ondulaient à perte de vue jusqu'à l'horizon. Vers l'est, la masse bleue de l'Atlantique venait cogner contre les rochers au bord de l'étroite bande que dominait la falaise. Le bruit des vagues montait faiblement jusqu'à la route. L'alizé qui se mêlait de façon si caressante à la chaleur partout ailleurs sur l'île soufflait ici avec violence. J'eus tout à coup la certitude que c'était ici qu'avait vécu Ferdinand. J'avais une envie terrible d'être seul, de marcher en sentant la terre molle s'aplatir sous mes pas, d'errer sans but parmi les sons et les odeurs qui avaient bercé Ferdinand un siècle et demi auparavant. Je débarquai de la voiture. L'église de Saint-John ne devait pas être très loin. Je renvoyai mon cocher et lui demandai de venir me chercher chez Cumberbatch dans la soirée.

Quand les grincements du cabriolet s'évanouirent au tournant du chemin, il ne resta plus dans l'air que le souffle du dieu Hurracan, le sifflement du vent dans les cannes. La solitude de l'endroit avait quelque chose de magique. C'était comme si des esprits planaient au-dessus de ma tête et me parlaient tout bas dans une langue inconnue. Moi qui avais toujours été si rationnel, il me venait tout à coup de drôles d'idées: et si l'âme de Ferdinand errait encore dans les parages et avait reconnu en moi le frère d'exil qui lui avait toujours manqué? Et si son esprit pouvait s'insérer dans ma mémoire et connaître enfin à travers moi cette Constantinople qui lui avait toujours été interdite? Tout ce temps, il avait attendu qu'un homme de son pays vienne jusqu'ici: c'était un rêve si improbable que deux Byzantins atterrissent sur cette petite île anglaise, deux exilés portant chacun à sa façon le deuil de la ville sacrée. À travers moi, Ferdinand pouvait enfin revivre, et moi, sur cette route balayée par le vent, je sentais et j'entendais ce que Ferdinand avait entendu et senti un siècle et demi plus tôt. Si je fermais les yeux, je devenais Ferdinand et je m'envolais jusqu'aux rives de la mer de Marmara. Je survolais la coupole de Sainte-Sophie, je pénétrais sous sa haute voûte si pleine de lumière, je contemplais pour la première fois les saintes icônes, les habits d'or des patriarches, les reliques des martyrs, les tiares impériales, les trésors volés aux Slaves et aux Bulgares. Je voyais Justinien écarter sa suite et s'avancer seul dans la basilique, orgueilleux devant Dieu d'avoir ordonné tant de grandeur, je voyais Bélisaire en cuirasse d'or conduire les enfants d'Énée jusqu'aux sables chauds de l'Afrique et les montagnes de Perse, je voyais Michel Paléologue pleurer de rage devant les ruines fumantes laissées partout par les croisés. Je pouvais enfin marcher parmi mon peuple, distribuant les aumônes aux culs-de-jatte et aux bossus, souriant aux enfants qui couraient derrière moi et cherchaient à toucher les pans de ma robe, curieux de voir le visage de l'empereur et de cet homme qui l'accompagnait partout, ce Thomas Evangelos qui était né comme eux dans le Phanar.

Je rouvris les yeux. Je n'étais pas à Constantinople mais sur une route qui longeait des champs de canne quelque part au bout du monde. Je ne reconnaissais plus le paysage, j'avais l'impression de m'être égaré. Il me sembla tout à coup que j'avais réalisé le cauchemar des anciens marins et que j'étais tombé au-delà de la limite des océans, dans le néant qui avalait tous ceux qui osaient trop s'approcher de lui. Un frisson secoua mes épaules malgré la chaleur.

Un sentier s'ouvrait sur ma gauche et serpentait parmi les cannes. Je m'y engageai. De part et d'autre, les tiges se dressaient sur une hauteur d'au moins dix pieds, aussi denses que de l'herbe. Au cœur du sentier, le sifflement du vent s'atténuait un peu. Seul le haut des tiges se balançait maintenant dans la brise, dans un mouvement à la fois hypnotique et oppressant. Au bout de quelques minutes, je commençai à étouffer. Je rebroussai chemin mais, après quelques pas, je tombai sur un carrefour que je ne me souvenais pas d'avoir vu à l'aller. Je continuai droit devant moi, de plus en plus troublé. Le vent sifflait maintenant un peu plus fort, le sentier se rétrécissait. Je ne sais si ma perception du temps se détraquait ou si le chemin que je venais de prendre n'était pas le même que tout à l'heure, mais je commençais à m'inquiéter de ne pas avoir encore rejoint la route. J'ai toujours eu le don de m'inventer des frayeurs à propos de tout et de rien: souvent, chez moi, je crois entendre frapper à ma porte et quand je me lève pour ouvrir, il n'y a jamais personne. Yannis, quand nous étions jeunes, se moquait toujours de la peur que j'avais de l'accompagner la nuit sur les remparts de Théodose. Et là, en plein jour, à quelques centaines de pas de la route qui menait chez Cumberbatch, je me sentais au bord de la panique. La canne semblait sourdement hostile, comme si l'horreur qu'elle avait instaurée dans les rapports entre les hommes s'incarnait maintenant dans la démesure de sa taille, dans son balancement obsédant, sa densité étouffante. Cumberbatch m'avait décrit comment les esclaves se blessaient souvent sur les feuilles tranchantes comme des couteaux, comment la récolte ressemblait à un corps à corps entre deux armées se chargeant à coups de sabre. Mon cœur cognait violemment dans ma poitrine, la sueur me coulait de partout, de chaleur et d'angoisse mélangées. Je marchais depuis ce qui me semblait une éternité et je ne retrouvais toujours pas la route. Des insectes sciaient l'air d'un étrange chant métallique. Je me mis tout à coup à courir, droit devant moi, comme un animal traqué.

J'aperçus le bord de la falaise juste à temps. Sans que rien l'annonçât, le champ de canne s'interrompait brusquement et le sentier s'ouvrait sur le vide. Un pas de plus et je dégringolais sur plus de cent cinquante pieds. À bout de souffle, je m'assis au bord du précipice. En regardant bien, on voyait le sentier continuer en bas parmi les broussailles et descendre en serpentant la surface abrupte du rocher. Sur tout l'horizon, il n'y avait que du bleu et de l'espace sans fin. L'océan ouvrait son infinité au pied du plateau côtier, comme une libération après l'étouffement de la canne. Ma peur se calmait peu à peu et se transformait en une sensation ambiguë, trop chargée pour être claire, faite à la fois de soulagement, de restes d'angoisse et d'étonnement devant le vide et l'immensité qui s'étendaient sous moi.

Je restai longtemps sur le bord de la falaise, les yeux rivés sur l'horizon. Sur toute la côte de Saint-John, que ce fût ici ou sur le promontoire de l'église, le regard était irrésistiblement attiré par l'océan. Pauvre vieux Ferdinand! Même si tu étais venu ici pour oublier qui tu étais, même si tu essayais de n'être qu'un petit planteur antillais comme les autres, il y avait toujours devant toi cet horizon qui s'ouvrait sur le Levant. En partant pour ces îles, tu rêvais d'oiseaux-lyres et de perroquets, de jungles profondes et de vallées fleuries, de volcans qui toucheraient le ciel et uniraient le ventre rouge de la terre à la trame des étoiles. Mais tu n'as eu que cet îlot tout entier tourné vers la mer, ces champs de canne qui mangeaient l'espace et où planait comme une ombre sonore le souffle d'Hurracan.

De cette falaise, si je plissais assez les yeux, j'arrivais à deviner au loin le scintillement de la lumière sur les coupoles de Sultanahmet, je voyais courir les lézards sur les murs de la mosquée Sélim. Si je tendais l'oreille, j'entendais le roucoulement des fontaines aux ablutions et les cris du bazar. C'étaient des images et des sons que le fantôme de Ferdinand ne pouvait comprendre, des images et des sons qui resteraient toujours cachés pour lui dans le reflet de l'écume et le grondement des vagues. Je ne sais pas si tu aurais aimé cette Constantinople, Ferdinand, mais c'était la mienne, celle des souks d'Égypte, des steppes du Turkestan et du désert d'Arabie autant que celle des icônes. Blasphème et trahison: Yannis m'aurait tué s'il avait su ce que je pensais en ce moment! Plus je m'enfonçais dans cette mission, plus je pénétrais dans ta peau, Ferdinand, comme toi dans la mienne, et plus je me rendais compte que c'était l'Orient lui-même qui me manquait, l'Orient de la chaleur, des sens et de la multiplicité, l'Orient du désordre et du silence intérieur. Moi, je n'ai jamais été qu'un petit enfant du Phanar, je ne suis encore aujourd'hui que cet enfant à la couleur de peau indistincte, à l'appartenance floue, à la langue multipliée.

Voici comment je suis devenu ce mélange, Ferdinand. Un jour comme tous les autres, je courais avec mes amis sur les remparts en ruine près de la porte d'Andrinople. Yannis était Constantin XI et Özgal était Mehmet le Conquérant. Sur le grand terrain plat au milieu des murs, nous rejouions le siège de Constantinople. Il était entendu entre nous que les Grecs devaient résister héroïquement jusqu'à ce que les canons de Mehmet percent la brèche fatale dans nos murs. Pour ménager les susceptibilités, il y avait dans nos jeux beaucoup d'hommages à la noblesse de l'ennemi et un cérémonial de reddition rempli d'honneur. Mais un jour, Yannis refusa de mourir. Il blessa réellement le petit Turc chargé de le trucider et en frappa trois autres au visage avant de se sauver dans les ruelles du Phanar. Il proclama solennellement que ce jeu stupide était fini et que les Grecs ne se laisseraient plus jamais battre par les Ottomans, même pour faire semblant. Grecs autant que Turcs, nous sommes tous restés interloqués sur l'herbe sèche des remparts, nos épées de bois pendant au bout de nos bras. Avec une fatalité que le sérieux de nos petits visages rendait presque comique, les clans se sont alors divisés une fois pour toutes. Mais moi, sans dire un mot, incapable ni de suivre Yannis ni de le contredire, je suis rentré chez moi, laissant là les autres, pleurant la fin soudaine de mon enfance.

Je crois bien que c'est à partir de ce moment-là que j'ai cessé d'être Grec, que je suis devenu jusqu'au plus profond de moi-même cet être flou qu'on appelle un Levantin. Yannis avait tué nos jeux. Je le voyais de plus en plus rarement, j'entendais vaguement parler parfois des exploits de la bande de cogneurs de Turcs qu'étaient devenus mes anciens amis. Car tous les autres avaient suivi Yannis. Tu aurais probablement admiré mon cousin, Ferdinand, mais moi, je commençai alors à me tourner vers les livres, déçu de ce que la montée de sève de l'adolescence avait fait de mes compagnons. Et, par réaction peut-être, plus je regardais autour de moi, plus je devenais sensible aux douceurs de la vie ennemie: le grégarisme souriant des hommes turcs, la solidarité compliquée de leurs mille petits métiers interdépendants, le chaos des rues qui contrastait tant avec la paix de leurs mosquées. Je me mis à détester notre religion, si lugubre avec ses cérémonies nées dans les catacombes et ses chants de basse à faire frémir les morts, ses rituels si tristes comparés aux jeux d'eau et aux courbettes sur tapis des musulmans. Pardonne-moi ces trahisons, Ferdinand, mais je raffolais de l'appel du muezzin, j'attendais impatiemment son heure, accoudé à ma fenêtre.

Un jour, j'emmènerai Bennebah à Constantinople. Je lui prendrai le bras quand les minarets de Sultanahmet se dessineront dans la brume et elle sentira ma main trembler. Le bateau contournera la colline du palais de Topkapi pour entrer dans la Corne d'Or et, ce jour-là, tu auras fait enlever la grande chaîne, Ferdinand, et il n'y aura ni canon grec ni canon turc pour nous recevoir. Tous les regards se tourneront vers cette étrange femme sans voile que je promènerai dans les vieilles rues du Phanar. On chuchotera que je suis passé aux ordres du sultan et qu'il m'a récompensé en m'offrant une esclave nubienne. Et je reprendrai place, je reprendrai vie dans ma ville, avec cette femme qui a vu la première le nouvel homme qui émergeait en moi. Et nous oublierons là tous les deux notre longue incarcération anglaise.

Ferdinand, est-ce que tu as jamais regardé une de tes esclaves comme je regarde Bennebah? Si tu avais été comme les autres, il eût été trop facile de simplement la prendre, qu'elle le voulût ou non. Elle ne pouvait que te haïr et, si jamais elle s'était laissé faire, c'eût été dans l'espoir d'échapper à la canne et d'entrer dans ta maison, ce que ta femme n'aurait jamais accepté, effrayée par sa beauté. Il ne te serait resté d'autre recours que de faire comme tous tes voisins et de la prendre dans l'étable. Ta femme aurait fait semblant de ne pas remarquer la pâleur des enfants qui naissaient et mouraient si rapidement dans les cases. Je ne te souhaite pas d'être tombé sur quelqu'un comme Bennebah, Ferdinand, car tu n'aurais pu faire autrement que de la vouloir pour toi, et la cruauté de la possession qui se serait installée entre vous vous aurait détruit tous les deux.

L'acheter, puis l'affranchir. Voilà ce que j'allais faire de Bennebah. Alors elle serait libre, libre de me suivre ou non dans le pays de mes ancêtres, libre de partager ou non le nid du lézard.

* * *

La fraîcheur d'une goutte d'eau sur mon visage me rappela à la réalité. Sans que je le visse venir, un orage s'était approché de la côte. La pluie se mit à tomber très fort, et en quelques secondes je fus complètement trempé. Sur le bord de la falaise, il n'y avait aucun arbre pour m'abriter. Il m'aurait fallu reprendre le sentier qui se perdait dans le champ de canne pour retrouver la route et les acajous qui la bordaient. Il n'y avait plus qu'à me recroqueviller et à attendre que l'orage passe. Sur l'océan, le vent dressait des capuchons d'écume et on ne savait plus si la mer était aspirée vers les nuages ou si le ciel se vidait dans l'eau. L'orage fouettait les gouttelettes en longues stries obliques et la pluie semblait devenir le vent lui-même, une incarnation dure et grise de l'air. Le crépitement de l'eau sur la canne se mit à raviver mon angoisse. Combien de temps serais-je obligé de demeurer là, roulé sur moi-même comme un hérisson sans épines? Est-ce que je retrouverais jamais le chemin de la route, pourtant si proche?

L'orage ne dura heureusement pas longtemps. Le retour du soleil fut fêté par les tourterelles, dont le chant occupa le vide laissé par la pluie. Je me mis en marche. Le sentier s'étirait à nouveau, interminable. Après de longues minutes, il recommença à s'élargir. Des cris d'enfants me parvenaient maintenant de derrière le rideau de canne. Je ne sais pas comment j'avais réussi à me perdre à ce point, mais je débouchai tout à coup sur des cabanes d'esclaves. Des petits enfants et des poulets s'enfuirent devant moi en piaillant. Blanc sorti tout droit des cannes, et trempé en plus, je devais ressembler à l'ogre dont les mères de ces enfants les menaçaient le soir s'ils n'étaient pas sages. Une vieille femme risqua un coup d'œil effarouché par l'embrasure de la case où les enfants avaient couru se cacher. J'ôtai mon chapeau, m'excusai de la déranger et lui demandai le chemin de l'église de Saint-John. La vieille dame resta un long moment bouche bée, m'examinant de la tête aux pieds. De la case derrière elle, parmi les paniers d'osier, quatre petites paires d'yeux ronds me fixaient. Sur le sol en terre battue qui portait des marques fraîches de balai, une dizaine de nattes étaient alignées en ordre. Une casserole mijotait sur un brasero en forme de siège devant la maison, couvrant de son fumet d'épices inconnues l'odeur d'excrément qui venait du sous-bois voisin. Toutes les cabanes sauf celle où j'étais paraissaient vides, leurs murs de boue séchée et leurs toits de déchets de canne, abandonnés. On aurait dit que j'étais tombé sur un village de brousse fraîchement pillé, où les guerriers ennemis n'avaient laissé que cette vieille et les quelques enfants qu'on aurait réussi à cacher pendant l'attaque. Finalement, à grand renfort de «maître» et de «monsieur», la vieille femme me montra du doigt un petit chemin de terre qui montait sur la gauche. En m'éloignant, je fis tomber de ma poche une pièce d'un shilling sans que la vieille me vît, là où j'étais sûr qu'un enfant la trouverait.

Le chemin de terre longeait les bâtiments de transformation de la canne: le moulin et les broyeuses, les chaufferies, les salles d'égouttement. Tout était silencieux là aussi. En cette saison, le travail se faisait entièrement aux champs et c'était là que devaient se trouver les habitants des cases. Cumberbatch m'avait raconté comment la vie léthargique des plantations s'animait brusquement au moment des récoltes, comment toutes les activités du domaine étaient conditionnées par ces quelques semaines de folie: les équipes de coupeurs travaillant du lever au coucher du soleil, ne prenant qu'un peu de repos aux heures les plus chaudes de la journée, les charrettes déversant à toute vitesse la canne dans les broyeuses où l'on extrayait le jus; celui-ci était tamisé et chaulé avant de prendre le chemin des bouilloires pour être chauffé jour et nuit jusqu'à ce qu'on en tire cette mixture collante qui devait décanter pour que les cristaux se séparent de la mélasse. Tout devait être fait le plus vite possible, pour que ne pourrisse pas un seul pied de canne dans les champs.

Je retrouvai enfin la route de Saint-John à la sortie du petit chemin. Sans m'en rendre compte, j'étais revenu vers le sud pour déboucher à peu près devant l'église. Des chiens aboyèrent quand je passai devant la maison du maître, mais j'étais trop épuisé pour avoir peur. Je ne pensais plus qu'à me sécher et à avaler d'un trait les nombreux verres de porto que Cumberbatch allait me servir.

9

«Évidemment, cette esclave sait ce qu'elle fait, disait Cumberbatch. La meilleure façon pour elle de s'en sortir, c'est de se faire acheter par un Anglais. Même si vos intentions n'étaient pas honorables, comme vous dites, il suffirait que vous l'achetiez et que vous la rameniez avec vous pour qu'elle devienne libre. Vous devez bien savoir que depuis le cas Somerset, il y a de cela soixante ans, l'esclavage est interdit en Angleterre, et que tous les esclaves qui se trouvent sur le sol anglais sont automatiquement affranchis. Il suffit que votre Bennebah mette le pied à Southampton et vous la perdez. Oh! bien sûr, elle n'aura pas la vie facile là-bas, nos compatriotes ne se sont pas brusquement mis à aimer les Noirs depuis qu'un jugement les oblige à les libérer. Mais votre servante d'auberge trouvera suffisamment d'abolitionnistes pour l'aider à ne pas mourir de froid, pour lui trouver par exemple un poste de femme de chambre chez des sympathisants.

«Par contre, l'idée de l'affranchir ici et de l'épouser avant la traversée la lierait à vous davantage. Elle ne pourrait pas vous quitter sans que vous ayez le droit de la faire rechercher pour désertion du domicile conjugal. Je ne crois pas que le divorce soit très facile à obtenir pour une ancienne esclave, on l'accuserait trop facilement d'avoir séduit son maître dans le seul but de le quitter une fois affranchie. Étrange, vous ne trouvez pas, professeur? Vous seriez mieux protégé par la loi matrimoniale que par la loi sur l'esclavage!

«Tenez, offrez-lui le choix de vous marier ici ou en Angleterre. Normalement, si elle éprouve les mêmes sentiments que vous, elle devrait vouloir être à vous le plus tôt possible. Si elle choisit l'Angleterre, méfiez-vous. De toute façon, si vous voulez un bon conseil, renoncez à cette histoire. On ne se marie pas comme cela, après trois ou quatre rencontres, et en plus avec une esclave! Vous savez que je ne pense pas comme la majorité des gens ici, mais il y a quand même une telle différence entre elle et vous! Non, je n'arrive pas à le croire, vous, un éminent professeur, avec une fille qui ne sait sûrement ni lire ni écrire! Imaginez-vous à Cambridge: vous invitez votre doyen pour le thé, et voilà votre femme qui le reçoit avec du gâteau de manioc et du boudin aux oreilles de porc marinées, assise à même le plancher, les jupes relevées jusqu'au milieu des cuisses; et, si le Seigneur a béni votre union d'un enfant, qui se déboutonne la chemise en plein repas pour donner à boire au petit. Cela n'a aucun sens, aucun! s'énervait-il en faisant les cent pas devant moi.

«Écoutez, il doit bien y avoir autour de vous des jeunes femmes de votre niveau, des filles de collègues, des amies de votre famille. Excusez-moi, je ne veux pas vous accabler, mais je me permets de vous offrir mes conseils parce que c'est mon rôle en tant que pasteur, parce que je suis plus vieux que vous et que j'ai moi-même eu le bonheur d'être marié devant Dieu. Croyez-moi, je sais de quoi je parle! Édith et moi, nous nous sommes connus tout jeunes, nous vivions dans le même village, nous nous voyions tous les dimanches au catéchisme. Nos parents ont toujours dit que nous étions faits l'un pour l'autre et c'était vrai; nous avons fait trois beaux enfants, qui vivent en Angleterre maintenant, vous l'ai-je déjà dit?»

Pendant quelques secondes, Cumberbatch parut troublé. Il se reversa à boire, évita mon regard et reprit d'une voix artificiellement adoucie: «Ce n'est pas que je veuille vous dire quoi faire, mais personne, personne n'épouse son esclave ici! Malgré mes sermons, ils finissent tous par prendre tôt ou tard au moins une maîtresse noire; mais cela reste caché, ils ne la promènent pas à Saint-Ann's le dimanche. Ou s'ils le font, ils se marginalisent rapidement, et alors gare à eux s'ils ont besoin d'un prêt pour tenir jusqu'à la prochaine récolte! Il y a quelques années, le fils de Benjamin Gittens s'est mis à parader avec une mulâtresse de la plantation de son père, habillée dans les robes les plus chères importées de France et d'Angleterre. En moins de trois ans, le domaine Gittens tombait en faillite et était racheté par John Sealy. Les douze familles qui tiennent cette île ne pardonnent pas que l'on égratigne le vernis qui recouvre leurs activités les plus voyantes, même si derrière les murs de leurs entrepôts, ils ne se gênent pas pour trousser toutes les Africaines qui leur plaisent. Parfois je me demande si ce qu'ils craignent le plus dans l'abolition, ce n'est pas la perte de ce discret droit de cuissage!

«Vous croyez que ce sera facile de ramener une femme comme Bennebah à Oxford? Votre carrière en souffrira, on vous exclura de partout, vos voisins ne vous parleront même plus. À Birmingham, où j'ai été un temps vicaire à l'église Saint-Georges, un commerçant de ma paroisse ramena d'un séjour d'affaires à Livourne une adorable petite épouse italienne, loquace et pétillante comme du vin d'Asti. Eh bien, de mois en mois, je la vis lentement se vider de sa joie de vivre. Personne ne lui adressait la parole, on n'invitait plus son mari nulle part. Pour se moquer d'elle, tous les gens de la paroisse s'étaient mis à prononcer le nom de leur ville comme elle le faisait, *Bèrrr-migngue-hème* au lieu du *Bêû-mégnêûm* de rigueur dans la société locale. Un jour, le père de la jeune épouse, un riche exportateur toscan, débarqua chez son beau-fils, le gifla sans dire un mot et ramena chez lui sa fille, qui lui avait enfin avoué son malheur dans une lettre. Imaginez ce que ce serait avec une Africaine, une ancienne esclave!»

J'essayai bien d'opposer quelques arguments à ce que venait de dire Cumberbatch, de lui expliquer que ce que j'éprouvais pour Bennebah n'avait rien à voir avec nos conditions sociales et nos races. Cette femme me faisait rire de moi-même; je me sentais libre avec elle, capable de tout et surtout délivré à jamais de ma gangue de cloîtré laïc. Mais rien n'y fit, le révérend s'en tenait à sa théorie de la correspondance des milieux et des familles. Deux ou trois fois, il alla jusqu'à s'emporter en me parlant de sa femme. À la longue, je renonçai à lui faire comprendre quoi que ce fût. Je crois bien qu'il était incapable de concevoir la vie conjugale comme autre chose qu'une série de convenances, de gestes ordonnés d'avance en fonction de rôles écrits par deux familles qui s'étaient jugées compatibles. Cela n'avait rien à voir avec le fait qu'il était pasteur, cette conception du mariage était celle que j'avais observée partout dans la tranche de société que je fréquentais en Angleterre. Et il en était de même de tous les rôles publics et privés. La famille avait tout prévu, il suffisait d'apprendre par cœur ses répliques, d'endosser le bon costume et d'attendre le moment d'entrer en scène. La bourgeoisie phanariote dont j'étais issu ne se comportait pas autrement. Tout se faisait au nom d'une divinité abstraite nommée Famille, mais je savais bien que quelqu'un de moins divin, quelque part, tirait profit de ces règles.

Les auteurs de la pièce étaient parmi nous, malgré leur fausse solidarité d'acteurs qui se disaient aussi tyrannisés que nous par un scénario imposé d'ailleurs. Gris de cœur, d'habit et de cheveux, ils étaient partout où il fallait endiguer le débordement des gestes et des désirs: ils étaient prêtres et colonels, députés et propriétaires, professeurs et marguilliers, chefs d'ateliers et marquis de campagne. Quand un Homme Gris venait à disparaître, il y avait toujours un autre Homme Gris pour le remplacer, un oncle bienveillant pour imposer la discipline à l'orphelin, un sous-fifre obséquieux pour collecter sa part chez les métayers, un gendre pour prendre en main la manufacture endeuillée. Des rangées et des rangées d'Hommes Gris, et derrière eux des régiments entiers d'hommes bruns et blonds de rechange qui attendaient impatiemment que leur ventre se mît à enfler, examinaient avec espoir les quelques cheveux grisonnants de leurs tempes dans le miroir chaque matin, s'affublaient de cols et de cravates et des tissus les plus sombres possible pour accélérer le passage du temps. Les Hommes Gris n'étaient pas contents quand j'ai quitté le magasin familial pour devenir simple précepteur, ils ne seraient pas contents quand je reviendrais d'ici avec Bennebah. Tant pis! «Papa, oncle Théo, je vous présente la femme que j'ai achetée pendant mon séjour aux Antilles. Ne vous scandalisez pas si elle se met à moitié nue pour aller battre mon linge sur les pierres dans la Tamise ou si elle l'étale sur la haie de thuyas pour le faire sécher. J'espère, maman, que tu aimes les boules d'igname frite et le pied de vache au piment fort et au jus de manioc, parce que c'est ce que ma femme a cuisiné ce soir.»

«Lui avez-vous parlé de vos plans, au moins? reprit Cumberbatch. Vous êtes là à échafauder toutes sortes de destins grandioses pour cette pauvre petite, vous allez la libérer, l'emmener avec vous à Londres, en faire une dame, lui apprendre à lire et à écrire, l'habiller de crinolines et de soie. Mais vous a-t-elle au moins dit qu'elle était d'accord, qu'elle voulait bien vous épouser et vous suivre? Après tout, si, comme ils le prévoient, la Loi sur l'émancipation est bientôt votée — Dieu exauce mes prières —, elle n'en a plus que pour quatre ans avant d'être libre, vu qu'elle est domestique et non esclave des champs. Et encore, ces quatre années ne seraient pour elle qu'une demi-servitude. Si elle attend encore un peu, elle pourra faire sa vie ici même, dans le pays qu'elle connaît, aux côtés d'un brave garçon issu du même milieu qu'elle. Que pense-t-elle de vos projets, la demoiselle en question?»

Cumberbatch n'avait pas tout à fait tort. Je savais que je me laissais un peu emporter par mon imagination. Si je repensais froidement aux quelques occasions où j'avais vu Bennebah, il n'y avait que cette baignade, si stupidement ratée, pour laisser croire qu'elle me prenait pour autre chose qu'un étranger maladroit en détresse. Je ne pouvais pas avouer à Cumberbatch que je rêvais d'emmener Bennebah à Constantinople et non à Londres, que je n'allais pas en faire une femme de professeur mais une femelle de lézard, parce qu'elle avait été la première à voir ma renaissance, parce qu'elle était le signe même de ma renaissance.

«Cumberbatch, pourquoi croirait-elle ce que disent les journaux anglais? (J'essayais de me convaincre moi-même autant que lui.) Pourquoi ferait-elle confiance à Westminster? Vous savez très bien ce que pensent beaucoup de gens ici: que l'émancipation est loin d'être chose faite, que cela fait cinquante ans que Wilberforce essaie sans succès de faire voter des lois contre l'esclavage, que l'abolition serait un suicide économique auquel l'Angleterre ne consentira jamais, avec le Brésil, Cuba et la Louisiane qui importent plus d'esclaves que jamais et qui raflent tous les marchés du sucre. Et même si Londres votait l'émancipation, vous croyez que les colonies antillaises obéiraient bêtement? Si les États-Unis se sont révoltés pour une banale histoire de taxe sur le thé, pensez-vous vraiment que les créoles antillais laisseront l'Angleterre démanteler le fondement même de leur existence? Depuis que la loi interdit l'importation d'esclaves africains, allez-vous me dire qu'il n'y a jamais de bateaux soi-disant espagnols ou portugais qui accostent à Bridgetown avec des cargaisons louches, des tonneaux de morue séchée qu'on entend gémir et cogner de l'intérieur, par exemple? L'abolition est loin d'être votée, croyez-moi, et si elle l'est, elle est loin d'être appliquée. De toute façon, les esclaves n'ont aucune raison de faire confiance à qui que ce soit, ni à Westminster ni à Bridgetown!»

Cumberbatch eut un sourire paternel. «Mais vous êtes vraiment enflammé par cette histoire, professeur! Quoi qu'il arrive, la dernière des choses que puissent faire les colonies antillaises, c'est se rebeller. On ne soutient pas un siège en mâchant de la canne. Tout ce que nous mangeons est importé. Pour le reste, malheureusement, vous avez peut-être raison. L'influence des barons du sucre est encore énorme à Westminster. Enfin, prions Dieu pour qu'Il les éclaire! Quoi que vous en disiez, votre réponse montre bien que j'ai raison, que vous vous faites du souci pour rien et que vous devez d'abord parler à cette esclave avant d'échafauder des projets aussi saugrenus.»

La soirée s'étira dans l'incompréhension. Comme mon cocher n'arrivait pas, j'acceptai l'invitation à dîner du pasteur. Le repas fut lugubre. Cumberbatch avalait tout très rapidement, comme quelqu'un pour qui manger n'est qu'une nécessité physiologique aussi vulgaire que déféquer. La cuisinière, une grosse dame noire silencieuse et hostile, nous jetait presque les plats sur la table. Malgré la chaleur, elle nous servit une soupe à l'orge fumante, suivie d'un petit morceau de bœuf carbonisé qu'accompagnait une patate bouillie. C'était d'une fadeur à décourager même un naufragé qu'on aurait recueilli après deux mois passés sur un radeau. De toute évidence, le pasteur exigeait de sa cuisinière qu'elle lui préparât la nourriture la plus simple, la moins exotique possible. Et elle devait lui en vouloir à mort de l'obliger à se cantonner ainsi dans des brouets insipides et du cuir de vache roussi, au lieu des festins de mangues et de muscade, de papayes et de citrons verts, de pigeons sauvages et de piments, de conques et de coriandre qu'elle aurait aimé préparer.

Nous parlâmes très peu pendant le repas. Le vin assombrit encore le révérend. Dès qu'il buvait, son humeur changeait du tout au tout, comme le temps l'avait fait cet après-midi dans les cannes. Les yeux rougis, une ligne de muscles noués creusant un fossé d'ombre entre ses sourcils, Cumberbatch m'invita d'une voix lointaine à rester chez lui pour la nuit. «À l'heure qu'il est, votre cocher ne viendra plus. Il a dû vous oublier. J'enverrai chercher une voiture demain matin à la plantation Layne pour vous reconduire à Bridgetown. À cette heure-ci, il est trop tard. Vous pouvez dormir ici, il y a deux chambres au fond qui sont inoc-cupées depuis que mes enfants sont partis. Je vais dire à Man-dem de vous préparer un lit.» Il se leva, renversa son verre de vin, jura en s'épongeant et cria quelque chose en dialecte dans la direction des cuisines. Mandem, la cuisinière, entra et l'écouta d'un air encore plus hostile qu'au moment du repas. D'un geste agacé, elle me fit signe de la suivre. Je souhaitai le bonsoir à Cumberbatch.

La dernière chose dont j'eusse envie, c'était de dormir ici. Énervé par ma mésaventure dans les cannes, exaspéré par l'attitude de Cumberbatch, dégoûté par l'affreux dîner et échauffé par les nombreux verres de vin, je ne pensais qu'à me précipiter chez Bennebah. Mon malaise augmenta encore lorsque je vis que la chambre où Mandem me menait n'était que très sommairement réparée et que de grands trous s'ouvraient encore dans le plafond. De simples planches bouchaient à moitié la fenêtre brisée l'an der-nier par l'ouragan; de longues toiles d'araignée servaient de moustiquaire, des débris jonchaient le plancher. Mandem arracha le couvre-lit lourd de poussière et installa les draps en soupirant. «Bonsoir, monsieur, dormez bien», dit-elle d'une voix neutre.

J'éteignis et j'essayai de dormir. Recroquevillé dans le lit, je n'arrivais pas à chasser de mon esprit l'image de Bennebah à moitié nue dans la mer à mes côtés, ses seins mouillés luisant dans la lumière, ses reins cambrés, son rire d'abandon total au plaisir de l'eau. J'étais comme engrossé par son absence, concen-tré sur la larve douloureuse et chaude qui se développait dans mon ventre. C'était à la fois désagréable et très doux, une possession intime que je serrais contre moi avec une volupté perverse. Aux yeux des Blancs qui méprisaient les sorts, amulettes et autres gris-gris des esclaves, la cérémonie de mon amour ne semblerait pas différente, un sacrifice rituel où j'étais à la fois le prêtre et la victime, où mon immolation secrète devait m'attacher Bennebah de façon magique.

Le visage et les mains commençaient à me démanger. Par la fenêtre à demi bouchée, des nuées de moustiques entraient, attirés par ma sueur, et me pillaient les veines. Je ne pouvais rien faire, ils attaquaient de partout, faisant bourdonner leurs psaumes obsédants dans mes oreilles. Je n'avais plus qu'à me rhabiller, à me couvrir le plus possible et à attendre le matin. Dehors, les grenouilles scandaient leurs demandes incessantes de «pluie, pluie», dans un concert beaucoup plus violent que ce que j'entendais d'habitude de ma fenêtre à l'auberge. J'essayai de me distraire en repérant le rythme de leurs prières, de prédire le moment de synchronisation de leurs plaintes, le moment où le concert chaotique des milliers de petites voix arriverait enfin au point d'unisson, où toutes les grenouilles imploreraient ensemble le ciel, enfin maîtrisées par un chef de chorale invisible et à bout de patience. Un long silence étonné suivrait cet instant fortuit, puis le chaos des mille voix reprendrait, jusqu'au prochain miracle d'unisson.

La lune parut entre les planches de la fenêtre. Je me levai pour la regarder. Elle semblait être tombée sur le dos, son mince croissant s'étirant comme une rognure d'ongle. Bizarrement, à quelques dizaines de pieds sur la gauche, elle semblait éclairer de l'intérieur l'église en ruines. Son éclat n'aurait pas dû porter jusque-là, ni se déplacer en clignotant comme je le voyais faire. Il y avait quelqu'un dans l'église.

J'ouvris la porte de ma chambre sans faire de bruit. Cumberbatch ronflait très fort et je le laissai dormir. En passant par la salle à manger, je saisis à tout hasard un couteau qui traînait sur la table et sortis. Le vin et l'exaspération de cette soirée devaient me donner des ailes, parce que je ne ressentais rien de la peur qui m'avait paralysé l'après-midi même dans un banal champ de canne. Moi, Thomas Evangelos, sans qu'un poil de ma main tremblât, je m'approchais à pas de loup, en pleine nuit, d'une église en ruines où dansaient des lueurs étranges, armé d'un couteau à beurre! Ce n'était pas un vulgaire lézard que j'étais devenu, mais un dragon fabuleux et invulnérable!

Je m'approchai jusqu'au bord de la trappe qui menait à la crypte: c'était de là que venaient les lueurs qui éclairaient maintenant l'église, comme de la porte ouverte d'un fourneau. J'entendais des voix en bas; je reconnus celle de Mingo, aussi hébétée que d'habitude. Je pourrais rassurer Cumberbatch dès le lendemain. Il y avait deux autres voix que je ne connaissais pas. Elles parlaient très vite, en dialecte, et je n'arrivais pas à bien saisir ce qu'elles disaient. L'une des voix était plus animée; son ton avait quelque chose d'insistant, avec un fond d'impatience, comme si elle cherchait à persuader. L'autre voix, presque muette, semblait plus réticente. En m'appliquant bien, j'arrivai à saisir quelques bribes de ce qu'elles disaient; il était question de *signe*, de *maintenant ou jamais*, de *roi* de quelque chose. Les voix se rapprochaient. Je sautai derrière un tas de pierres, car Mingo et les deux inconnus remontaient de la crypte. Je voyais vaguement les deux hommes dans la lueur jaunâtre de la lampe. Le premier paraissait assez vieux et était habillé comme n'importe quel esclave des champs. L'autre portait un vêtement étrange, moitié tunique, moitié pantalon. Une ceinture de cartouches lui entourait la taille; dans la main gauche, il tenait un vieux fusil militaire. Ses cheveux apparemment très longs tombaient en nattes mobiles tout autour de sa tête. Comment se pouvait-il qu'un Noir fût à ce point armé et se risquât sur les routes la nuit dans cette tenue? À travers un vitrail cassé, je vis les trois hommes se séparer, Mingo pour se diriger vers sa cabane dans le jardin, le vieux vers la plantation Layne et l'homme armé vers la route qui menait à la falaise. Je songeai un moment à le suivre mais, le madère ayant quitté ma tête pour trouver le chemin de ma vessie, mon courage était revenu à des proportions plus normales. Mon couteau à beurre contre son fusil? Je décidai de rentrer me coucher, sans faire de bruit, après m'être soulagé contre le tronc d'un figuier.

Ainsi, les bruits que Cumberbatch avait entendus l'autre nuit étaient bien réels. Les mains de Ferdinand Paléologue ne s'étaient pas envolées toutes seules. Mais pourquoi ces coquillages? Pourquoi ce ton de persuasion de la part de l'homme armé? Car j'étais sûr que c'était lui qui parlait tout à l'heure et tentait de convaincre l'autre. Je n'étais donc pas le seul à m'intéresser aux os de Ferdinand.

Qui Yannis soupçonnerait-il s'il était présent? Le parti anglais ou le parti russe? Voilà, c'était sans doute cela... des espions du tsar déguisés en Africains... Mon cousin était décidément fou... Bennebah coiffée de la tiare de l'impératrice Irène... Attention aux janissaires embusqués dans les cannes, Yannis! Je m'assoupis au milieu de ce kaléïdoscope agité. À l'autre bout du couloir, Cumberbatch ronflait bruyamment.

10

Je m'éveillai à l'aube, le visage gonflé de piqûres. J'avais dormi d'un sommeil très lourd malgré les moustiques, retournant sans cesse en rêve la scène de l'église. Au réveil, j'étais persuadé d'une chose: le roi dont les hommes avaient parlé était Ferdinand Paléologue. J'avais fait fausse route. Je ne devais pas chercher mon empereur dans la mémoire des Blancs, mais dans celle des esclaves.

Je ne savais trop comment m'y prendre pour interroger Mingo. Il était évident qu'il en savait long sur les étranges allées et venues dans la crypte, mais il n'allait certainement pas s'en ouvrir à un étranger blanc. D'autant plus que je me devais d'être discret, pour ne pas éveiller les soupçons sur les projets de Yannis. Quand j'aperçus Mingo dans son champ d'ignames, je fis mine de m'intéresser à ses problèmes de jardinage. Il m'écoutait poliment, un peu ennuyé, hochant la tête de temps en temps par habitude de la soumission. Il ne s'anima que lorsque je le complimentai sur les fleurs qu'il avait plantées tout autour de la maison de Cumberbatch. Sur un ton qui m'agaçait, il se mit à jouer à l'expert. Il me sortait toutes sortes de noms locaux pour désigner des espèces que je ne connaissais pas et ne voulais pas connaître, m'expliquait en détail tous les soins qu'il fallait leur prodiguer, me décrivait les insectes, singes, rongeurs et oiseaux qui attaquaient son jardin. Tout cela en longues tirades entrecoupées de silences, comme s'il répétait mentalement son texte avant de l'énoncer. Avec de grands hochements de tête, il martelait plusieurs fois chacun des principes qu'il voulait que je retienne, comme un maître d'école à l'intention d'un cancre particulièrement obtus. Heureusement que mes petits élèves de Londres ne me voyaient pas comme je voyais à ce moment cet imbécile! Chaque fois que j'interrompais son cours d'horticulture, Mingo accueillait ma remarque avec un sourire supérieur, qu'il ne posait pas directement sur moi, mais quelque part entre son champ d'ignames et l'intérieur de sa tête. Je comprenais l'inquiétude de Cumberbatch, car le sourire de Mingo avait quelque chose de faux, comme s'il nous avait tous bien eus, comme si c'étaient nous les simples d'esprit qui ne comprenaient jamais rien. Ce sourire pouvait signifier n'importe quoi: la moquerie triomphante du simulateur, une protection machinale contre le mépris, l'incrédulité amusée de celui qui perçoit tout différemment des autres. Ce n'était pas la première fois que je remarquais cette attitude chez des gens dont l'esprit frôlait le crétinisme. Le paradoxe m'avait toujours intrigué.

— Et la nuit, Mingo, tu t'occupes aussi des fleurs du révérend?

Ma question avait jailli, sans préméditation, plus par agacement que par intérêt. Mingo parut désarçonné. Il me regarda droit dans les yeux, et son regard se fit tout à coup très net, sans bêtise ni ironie.

— Oui, repris-je, hier soir, je n'arrivais pas à dormir à cause des moustiques et je t'ai vu par la fenêtre. Tu étais dans le jardin, tu devais te diriger vers ta case.

Il baissa la tête.

— ... C'étaient les chats, monsieur, balbutia-t-il après un long moment, les chats. Ils me réveillent toujours, ils viennent se battre dans le jardin… ça me réveille, alors je me lève pour les chasser… les chats, monsieur… vous les avez entendus vous aussi dans l'église?

— Je n'ai rien entendu du tout. Je t'ai seulement vu, toi, dans le jardin. Je n'ai pas regardé vers l'église.

Ce mensonge pourtant si transparent sembla le rassurer. Il se détendit et se para à nouveau de ce sourire d'idiot que rien n'étonne.

— Les chats viennent toujours dans le jardin, monsieur. C'est les souris qui les attirent. Maître Cumberbatch aussi se réveille parfois la nuit à cause d'eux. Je lui dis: «Recouchez-vous, maître, Mingo va s'occuper des chats, recouchez-vous.»

Il riait maintenant à travers le trou rose d'entre ses dents.

— Sans doute, Mingo, sans doute. Tu es un bon jardinier et un serviteur fidèle, sur lequel le révérend peut compter, j'en suis sûr. Mais dis donc, j'y pense, la prochaine fois que je viendrai, tu ne voudrais pas me donner un petit coup de main dans la crypte? Il faudrait déplacer des pierres et des cercueils et je crains que Cumberbatch soit un peu trop vieux pour ce genre d'exercice. J'en glisserai un mot à ton maître. Tu n'as pas peur des fantômes au moins?

Il avait écarquillé les yeux et m'observait à nouveau, méfiant.

— Il y a beaucoup à faire au jardin et au cimetière, monsieur, je ne sais pas si mon maître permettra…

Sa voix se fit insinuante, presque agressive.

— … Je n'ai pas peur des esprits, monsieur, mais il ne faut pas aller comme ça dans la crypte, ce n'est pas bon de déranger les morts… Il faut laisser dormir les corps, pour que les esprits soient libres de rejoindre les ancêtres… Il faut laisser en paix les corps, monsieur. Pourquoi voulez-vous déranger les morts?

— Mais parce que c'est mon métier! Toi, tu es jardinier, Mingo. Moi, j'étudie les morts. Et je suis justement venu pour aider l'homme qui est enterré là-bas à retrouver ses ancêtres, pas pour le déranger. Tu sais, cet homme n'était pas n'importe qui: dans le pays d'où je viens, à l'est du grand océan, très loin de l'Angleterre, cet homme était un roi. Mais des étrangers ont chassé sa famille du trône, il y a de cela très longtemps déjà. Lui-même, il a dû s'enfuir ici parce qu'on l'a chassé d'Angleterre. Je suis venu pour que les hommes de mon pays sachent que cet homme a vécu sur ton île et pour qu'ils lui rendent l'hommage qui lui est dû.

Mes paroles semblaient avoir profondément troublé le jardinier. Il s'était peu à peu éloigné de moi et me regardait maintenant de biais, incrédule, la tête inclinée, les mains serrant nerveusement le manche de sa bêche.

— … Tu viens du pays du roi… Tu connais l'histoire du roi?

— Mais oui, Mingo, qu'est-ce qu'il y a là de si étonnant?

Le jardinier ne répondit pas. Lâchant sa bêche, il se sauva en courant vers sa case, comme s'il avait tout à coup eu très peur de moi. Sans le vouloir, j'avais visé juste: le roi dont parlaient les hommes la veille au soir était bel et bien Ferdinand. Patience, Yannis! Ton petit cousin timoré avait bien joué ses cartes. Satisfait, je me dirigeai lentement vers la maison du pasteur. La voiture que Cumberbatch avait envoyé chercher m'attendait devant la porte.

* * *

À l'auberge du Cocher, la nervosité des conversations était encore montée d'un cran. Ce que j'avais pris l'autre soir pour des sirènes de bateau dans la brume était en fait un appel de conques, le signal traditionnel des révoltes d'esclaves, soufflé d'un relais à l'autre sur toute la largeur de l'île. Malgré les recherches, on n'avait toujours pas réussi à identifier les sonneurs. On parlait d'armes volées au siège de la milice. Les rumeurs de mouvements d'esclaves sur les routes la nuit se multipliaient. Un de ces racontars en particulier me fit dresser l'oreille: on aurait vu, à au moins trois endroits différents, des Noirs armés aux cheveux tressés et habillés d'étrange façon. À Londres, la rumeur publique donnait maintenant au projet de loi sur l'émancipation de réelles chances d'être accepté.

Je confiai à Easter Rose un message urgent pour Bennebah. Depuis qu'elle connaissait mon intérêt pour son amie, Rose me tournait autour. Elle qui n'avait jamais fait attention à moi, elle s'arrangeait maintenant pour nettoyer ma chambre quand j'y étais, laissant nonchalamment le tissu de sa robe glisser de son épaule, espérant sans doute que ma passion pour Bennebah n'était qu'un cas particulier d'une prédilection plus générale pour les croupes rebondies et africaines, qu'elle pourrait satisfaire elle aussi, contre espèces sonnantes. Le fait de la savoir si disponible, la vue de son épaule et parfois de son sein dénudés, le ton de camaraderie de sa conversation, tout me troublait dans ces visites. Rose le sentait bien. Quand elle venait dans ma chambre, je m'efforçais de m'occuper, je lui tournais le dos, je faisais tout pour rester le plus loin possible d'elle, je répondais par de simples grognements à son babillage ambigu. Mais à l'idée que chaque matin si tel était mon désir, dans l'intimité d'une pile de draps et de serviettes fleurant bon le savon, j'aurais pu glisser ma main sous sa robe et goûter la chaleur de sa peau, j'étais pris d'un vertige auquel je résistais à grand-peine, dressant le souvenir de Bennebah entre nous comme un talisman.

On allait lentement vers la saison des pluies. Dans la baie de Carlisle, derrière l'auberge, la mer était de plus en plus agitée. Presque chaque jour maintenant, des orages subits forçaient les passants à chercher refuge sous les arbres et les balcons d'immeubles, dans un mouvement de masse précipité qui rappelait le troupeau de moutons fuyant le chien berger. Les orages ne duraient jamais longtemps. Les gens reprenaient vite leur chemin tracé, laissant là les conversations entamées dans la camaraderie des auvents, jurant contre les sabots et les roues qui faisaient voler les flaques d'eau.

Je me baignais quand même tous les jours malgré le mauvais temps. Je nageais vers le large, couvert décemment cette fois, ou bien je me laissais emporter par les vagues et le ressac, aussi passif qu'une épave. Le bruit des vagues était parfois si fort qu'il me réveillait en pleine nuit. Une fois, je rêvai que j'étais au Covent Garden, à Londres. On y jouait une pièce particulièrement cacophonique de cet enragé de Beethoven, que j'exècre. J'entendais clairement chaque roulement de tambour, chaque coup de cymbale. La salle était immense et resplendissait de dorures et de cristal. De mon fauteuil à l'arrière de la salle, je distinguais au premier rang les turbans colorés du sultan et de sa suite. Quand une succession interminable d'accords fracassants annonça la fin de la symphonie, la salle entière se leva et applaudit à tout rompre. Je restai cloué sur mon siège, incapable de bouger. Devant moi, des milliers de dos s'agitaient dans des claquements rythmés de mains gantées, les hommes en uniforme, étincelants de boutons cuivrés et de galons d'or, les femmes en longues robes de soie. Le roulement feutré des applaudissements s'enflait, puis s'affaiblissait jusqu'à devenir presque inaudible, ensuite reprenait pour décroître à nouveau. Les silhouettes qui m'entouraient se dressaient comme

93

une épaisse forêt sonore. J'essayais toujours de me lever, de participer à l'ovation, mais en vain. Mes muscles refusaient de bouger. Finalement, au bout d'efforts inouïs, je réussis à m'arracher de mon siège et, les bras et les jambes endoloris, je commençai moi aussi à applaudir. Mais le son qui sortait de mes mains était trop fort et tombait dans un moment d'accalmie. De même que je n'étais pas arrivé à me lever un moment plus tôt, mes mains refusaient d'obéir et claquaient frénétiquement l'une contre l'autre. Toute la salle se tut brusquement et des milliers de visages indignés se tournèrent vers moi. Les visages étaient tous africains. Je me réveillai en sursaut, les draps en désordre. Le bruit de la mer se déplaça lentement des franges de mon sommeil vers les rochers qui s'étalaient en contrebas sous ma fenêtre.

* * *

Le lendemain, Easter Rose m'apporta enfin la réponse de Bennebah: je devais la rejoindre dimanche prochain vers onze heures dans un petit bois d'acajou sur la côte ouest de l'île. Charmeuse, Rose m'expliqua que le coin était inhabité, que les amoureux s'y rencontraient souvent en secret et que, sauf erreur, je lui devais trois pence comme promis, merci bien, maintenant que j'avais reçu ma réponse.

«Et pour deux shillings de plus, monsieur Thomas…» murmura-t-elle contre mon oreille, laissant ses doigts glisser doucement le long de ma joue. Elle recula et défit le premier bouton de sa robe, guettant ma réaction. Je ne sais trop pourquoi elle avait décidé ce jour-là d'être si directe. Je ne bronchai pas. Encouragée, elle s'assit sur le lit et se mit à relever ses jupes. Le coton blanc se soulevait avec une lenteur infinie, quêtant mon acquiescement à chaque nouvelle parcelle de peau dénudée. On aurait dit que les mains de Rose cherchaient à éviter tout mouvement brusque, comme si j'étais un animal sauvage qu'elle tentait d'apprivoiser, comme si la dompteuse craignait que l'envoûtement que faisaient naître ses formes ne se rompît soudainement. Je ne disais toujours rien. Rose se cala plus haut sur le lit et releva complètement ses jupes, le sexe offert. «Allons, monsieur

Thomas, il n'y a pas que Bennebah. Il ne faut pas avoir peur de moi! Ils sont jolis, non, les pétales de la petite Rose?» Avec un sourire entendu, elle me tira par la manche, m'assit à ses côtés, posa des lèvres épaisses et mouillées sur mon oreille, faisant descendre son souffle jusqu'au creux de mon échine. Je fermai les yeux et sentis, très loin, ses doigts sur les boutons de mon pantalon. Le poids de Rose remua à côté de moi sur le lit et mon sexe déjà dressé jaillit tout d'un coup à l'air libre, aussitôt happé par sa bouche. Jamais ma cousine Anastasia ni les prostituées de Londres ne m'avaient touché ainsi!

Je ne savais plus où j'étais. La conscience aiguë de mon sexe tout à l'heure pressé contre mes vêtements, l'idée vague que je me faisais habituellement de sa position et de son mouvement, tout avait disparu. Mon sexe n'était plus situé quelque part entre mes jambes, il ne sentait plus le contact rassurant de l'étoffe ou de la mer, il volait quelque part entre des nuages soyeux et lisses, il flottait dans un vide mouillé, il était rendu immatériel par la magie de l'activité la plus physique qui soit, comme s'il fallait aller à l'extrême des corps pour que l'esprit s'en affranchît parfaitement. Rose se releva, me tira au-dessus d'elle et me poussa dans son corps. Pendant tout ce temps, je pensais: «... Non, il ne faut pas… tu trahis Bennebah…» Mais le même bonheur qui m'avait pénétré partout à ma redécouverte du soleil me secouait maintenant de frissons. Les hanches de Rose m'assaillaient de ruades mœlleuses, et avant même de me rendre vraiment compte de ce que je faisais, j'éclatai en elle. Honteux, je me retirai rapidement, rajustai mes vêtements et déposai les deux pièces de monnaie sur le lit. Rose se leva, posa son index dressé contre ses lèvres, me souffla un baiser en riant et sortit.

Le reste de la semaine s'écoula trop lentement. Pour tuer le temps et pour éviter Rose, je me rendais chaque matin jusqu'à mon ancienne plage et passais des heures à me baigner. Le vendredi, j'aperçus mon vagabond. Il était toujours nu et parlait à la mer. Il s'éloigna dès qu'il me vit. Dans le sable, il avait dessiné une longue série de formes humaines. Leurs contours étaient massifs, géométriques, des têtes rectangulaires posées sur des troncs musclés, des bras très courts et simplement insérés en bandes horizontales entre la tête et le tronc. Les formes dégageaient une espèce de force silencieuse, une tranquillité sans âge. Le vagabond m'épiait de derrière un rocher. Son regard n'avait rien de celui des mendiants de Londres. Il était tout à la fois précis et blasé, ni défait ni embrumé par l'alcool, peut-être un peu fatigué mais en tout cas loin du délire ou de l'agressivité meurtrière que j'avais constatés à Bethnal Green et à Stepney. Intimidé, je rentrai à l'auberge.

La mer. Où que j'aille sur cette île, l'âme cherchait toujours la mer. Les falaises, les collines, les cimes des palmiers n'étaient que des tours de vigie qui donnaient sur l'infini du large. La mer. Le vagabond lui parlait, lui offrait ses dieux de sable. Sur l'horizon, les regards des Blancs s'envolaient vers une Angleterre mythique, croulant sous les richesses qu'ils se payeraient à leur prochain voyage. Mais que voyaient les esclaves quand ils regardaient au loin? Les côtes de l'Afrique évoquées par quelques nuages plus bas? Des terres inconnues qui les accueilleraient un jour?

Combien d'esclaves rêvaient encore en regardant l'horizon? Comme mon vagabond, combien signifiaient aux dieux qu'ils se souvenaient toujours d'eux? Et surtout, que venait faire mon empereur dans ce panthéon d'esprits africains?

11

La voiture qui me portait vers Bennebah traversa Bridgetown. Protégé par son mouvement, je pus, cette fois sans risque, regarder le marché. En franchissant la rivière, j'aperçus au loin les mêmes femmes tristes accroupies devant leurs tas d'ignames, les mêmes groupes d'hommes bavards et gesticulants. Des miliciens patrouillaient entre les étals. Il y régnait ce dimanche-là quelque chose d'encore plus tendu que d'habitude, un pressentiment de drame qui alourdissait encore l'air poisseux.

Là où l'espace encombré du marché s'ouvrait sur la rue, ma voiture se trouva bloquée un moment par un attroupement. Une petite foule s'était agglutinée autour d'une bande de musiciens. Des danseurs costumés s'agitaient sur un rythme rapide de tambours et de triangles de ferraille. L'un des danseurs avait grimpé sur des échasses et brandissait une poignée de branchages, un autre chevauchait un semblant d'âne. Mais le plus populaire auprès de la foule était un petit homme déguisé en femme qui frétillait de façon lascive et promenait parmi les spectateurs pliés de rire un énorme derrière rembourré. Son visage était couvert d'un masque vaguement animal. Aux hommes il tournait le dos et, penché vers l'avant, présentait son faux cul en relevant sa robe. Pour les femmes, il se dandinait de face, les hanches agitées de spasmes obscènes. La foule fut secouée d'un grand rire égrillard quand il releva sa jupe jusqu'à la taille, dévoilant une caricature d'organes génitaux.

La musique s'interrompit brusquement. Pendant quelques secondes, la foule garda le masque figé de son rire. Le danseur restait paralysé dans sa pose obscène, les mains crispées sur ses jupes. Les miliciens s'étaient regroupés et se frayaient un chemin à travers la foule. Ils firent tomber l'homme aux échasses et brisèrent à coups de crosse la tête du costume d'âne. Le danseur travesti s'était déjà éclipsé. Un officier posa par terre l'un des tambours et creva de son talon la peau de chèvre qui le couvrait. Les autres soldats repoussaient la foule. Profitant de ce mouvement, mon cocher fouetta son cheval et dégagea la voiture. Fasciné, je gardais les yeux rivés sur la scène. Les miliciens frappaient à l'aveuglette, le visage indifférent, comme s'ils fauchaient une chair inerte. Quand ma voiture tourna dans Broad Street, la dernière image que je vis fut celle d'une femme qui trébuchait dans le reflux des corps fuyant les baïonnettes.

À la sortie de Bridgetown, la route se mit à longer la mer, qui devenait de plus en plus calme à mesure que nous remontions la côte protégée de l'île. Lentement, avec le claquement régulier des sabots sur la route, les grincements du cabriolet, l'immobilité de l'eau, la vertigineuse alternance de l'ombre et de la lumière dans le feuillage au-dessus de ma tête, je me calmais. L'image d'horreur que je venais de voir perdait de sa netteté. Mon cocher, lui, n'avait pas réagi.

Il était temps que je pense à ce que j'allais dire à Bennebah. Tout dépendrait de ma façon de présenter la chose: Bennebah pouvait aussi bien me sauter au visage que se laisser émouvoir. Elle était comme une bête sauvage apparemment domestiquée, mais qui pouvait mordre à tout moment. Si j'achetais Bennebah, si je coupais ses entraves et ouvrais toute grande la porte de sa cage, que ferait-elle? Partirait-elle sans un regard ou se sentirait-elle liée par mon geste, attachée par des chaînes nouvelles, d'autant plus contraignantes qu'elles étaient invisibles? Tout à coup, je voyais que mon jeu était presque aussi truqué que celui des autres Blancs, qu'entre la reconnaissance éternelle que j'attendais de Bennebah et l'obéissance apeurée sur laquelle ils basaient leur pouvoir, il n'y avait qu'une différence de degré. D'autant plus que le comportement que j'aimais tant chez Bennebah était la négation même de ce pouvoir. C'était la liberté de Bennebah qui me séduisait, cette liberté intime qu'elle n'aurait jamais dû posséder ici, et ma première réaction était de me l'approprier, de la rendre dépendante de la prétendue noblesse de mes sentiments. Le chevalier qui sommeillait en moi et qui espérait s'emparer de l'âme de cette princesse noire qu'il allait délivrer était-il si innocent?

— Le bois de Folkestone, monsieur.

Sans que je m'en aperçusse, la voiture avait ralenti et le cocher s'était retourné vers moi, attendant mes instructions. Moyennant quelques pièces, je m'assurai qu'il ne m'oublierait pas comme l'autre soir à Saint-John et je m'engageai dans le bois. C'était une petite jungle touffue, remplie de figuiers barbus et d'acajous, coupée de rares sentiers très étroits, parcourue en tous sens par un enchevêtrement de lianes gonflées de mousse. La lumière arrivait à peine à traverser la haute voûte du feuillage et tombait çà et là en minces faisceaux jusqu'au sol. Sous la poussée de mon corps, les sentiers s'ouvraient et se refermaient comme une suite infinie de portillons, accentuant encore l'impression que j'avais de pénétrer très loin dans un monde inconnu. Au-dessus de moi, très haut dans la masse impénétrable du feuillage, des craquements trahissaient une présence animale. Une branche se mit à gifler l'air et quelque chose bondit d'une cime à l'autre, dans un ricanement sec. Une mangouste me fila entre les jambes, en une course à la fois élastique et rigide comme les gestes d'un mime. Ce fut précisément le moment que choisit Bennebah pour m'agripper le bras à travers le feuillage.

— Bonjour, mon baigneur! dit-elle en riant de ma frayeur.

— Mais est-ce que tu dois vraiment me faire mourir de peur chaque fois qu'on se voit?!

— Il vous en faut bien peu pour mourir, monsieur Evangelos. Dans l'eau pourtant, il vous arrive de vous prendre pour un héros…

La chaleur de sa main sur mon bras vint adoucir son ironie.

— Viens par là, dit-elle, il y a une petite clairière où on peut s'asseoir et parler.

— Tu viens souvent ici avec tes amoureux?

Elle sourit et ne répondit pas, m'entraînant par la main. Ce n'est qu'à ce moment-là que je remarquai ses bracelets et ses pieds nus. J'avais toujours vu Bennebah habillée en domestique. Son uniforme blanc la couvrait jusqu'au cou et d'horribles petites bottines noires pointaient leur museau sous les plis de sa robe. Mais aujourd'hui, un tissu léger flottait élégamment autour d'elle et ses bras et chevilles nus étaient parés de bracelets cuivrés. Ses cheveux, qu'elle portait normalement attachés ou recouverts d'une étoffe de madras, étaient finement tressés. Elle s'aperçut que je la regardais.

— Elle te plaît, la vraie Bennebah? Ou préfères-tu l'autre, celle que tu as connue à la pension Banbury?

— Tu es incroyablement belle comme ça.

— Alors, assieds-toi là et explique-moi pourquoi tu voulais me voir.

Je ne savais par où commencer. Je n'avais pas vraiment réfléchi à ce que j'allais lui dire sur moi, si j'allais m'en tenir à cette histoire officielle de spécialiste byzantin ou lui avouer le but réel de ma visite, si je lui décrirais le genre de vie que je menais à Londres, les raisons de mon départ et les changements qui étaient survenus en moi depuis Madère. Je ne savais pas s'il valait mieux prétendre avoir toujours été celui que j'espérais devenir ou lui parler de mon point de départ, de mes doutes et de mes espoirs. Peut-être valait-il mieux commencer par la vérité. Après, on verrait bien.

— Bennebah, commençai-je en cherchant mes mots, je... je voulais te voir pour te parler d'un projet que... enfin, vois-tu... je ne suis pas vraiment ce que tu crois, je ne suis pas venu ici pour une cure de repos...

Elle me regardait, d'un air de curiosité amusée, avec la patience bienveillante de celui qui attend une explication qu'il a devinée.

— ... C'est un peu compliqué. Je ne suis pas vraiment Anglais, mais Grec... c'est-à-dire que je suis à la fois Anglais et Grec... et à Constantinople, mon cousin...

Un vacarme épouvantable dans le feuillage me coupa la parole. Au-dessus de nos têtes, des formes grises couraient le long des branches en criant, une armée de nains barbus hurlaient leur terreur à travers d'immenses dents blanches, leurs petits yeux rouges exorbités derrière des masques de fourrure noire. Certains tenaient, pressés contre leur ventre, des bébés qui semblaient être des poupées.

— Les singes, murmura Bennebah en scrutant la direction d'où venaient les nains gris.

Des pas plus lourds fouettaient le feuillage du sentier. Un coup de feu claqua, une forme tournoya entre les lianes et frappa le sol près de nous. Renversé sur le dos, les yeux fermés, l'animal était secoué de spasmes. Sur lui, agrippé de toutes ses forces, un petit singe criait en soulevant sa tête démesurée. Les pas s'approchaient sur le sentier. Bennebah me tira par le bras et sauta sans bruit derrière un arbre. «Il ne faut pas qu'on nous trouve ici», me murmura-t-elle à l'oreille. Deux employés de plantation, semblables en tous points à ceux que je voyais boire chez Rachel Brade, s'étaient approchés du corps de la femelle et lui coupaient la queue d'un coup de coutelas.

— Voilà toujours un shilling, dit le plus gros des deux hommes. Prends le petit, toi, on l'offrira au fils Maxwell.

Bennebah retenait son souffle. Ses doigts me serraient tellement fort qu'elle me faisait mal à travers ma veste. Une fois que les hommes se furent éloignés, Bennebah s'approcha du corps du singe. Elle fouilla au fond de sa poche, en sortit une miette de pain séché et la déposa à côté du cadavre. Puis elle arracha quelques feuilles d'une énorme liane qui grimpait le long d'un tronc et en couvrit le corps.

— Viens, dit-elle, je ne veux pas rester ici.

Elle marcha longtemps devant moi sans dire un mot. Nous étions presque arrivés au bord de l'eau. Le sable blanc de la plage s'étalait entre les derniers troncs d'arbre, éblouissant dans la lumière crue de midi.

— Salauds, fit Bennebah d'une voix rageuse. Les planteurs détestent les singes. Ils les accusent de chaparder des fruits et de la canne, mais dis-moi ce que représentent quelques mangues à côté des richesses que ces bandits accumulent! Tu sais, il y en a parmi nous qui vouent un culte à ces singes, surtout les esclaves qui sont nés en Afrique. Moi, j'y crois plus ou moins, mais...

Elle se cala contre un cocotier.

— Les singes ont été importés d'Afrique tout comme nous, mais ils ont été assez malins pour s'échapper, eux, et ils vivent maintenant libres parmi les arbres. Il y en a qui disent que les singes sont les esprits de nos ancêtres, qu'ils se sont laissé capturer pour venir ici nous réconforter et nous rappeler ce que c'est que la liberté. Je ne sais pas. Parfois, dans la forêt, tu verras des petits morceaux de nourriture qu'on a laissés là pour eux, oh! presque rien, on n'a souvent pas assez à manger nous-mêmes. Mais l'important, c'est de leur offrir quelque chose, de leur faire signe. Les planteurs, eux, tout ce qu'ils savent faire, c'est chasser les singes à coup de fusil et de pièges, et capturer les petits. Ils les habillent de costumes ridicules et s'amusent des pitreries qu'ils leur apprennent à faire pour quelques morceaux de sucre. À la plantation où j'ai grandi, j'accompagnais souvent ma mère quand elle faisait le service dans les réceptions que donnait la patronne. Il y avait toujours un de ces petits singes costumés pour divertir les invités. Je me souviens d'une femme blanche qui avait dit un jour en riant: «Voilà à quoi ressembleraient ces nègres si on leur laissait porter des costumes.»

Bennebah s'était assise. Son visage était devenu très dur. Elle avait les jambes écartées, les coudes posés sur les cuisses. Sa posture avait quelque chose de combatif et d'impuissant à la fois, une pose d'enfant rageur qui m'émouvait.

— Bennebah, si tu veux, je t'emmène en Angleterre.

Cela m'était sorti tout seul et je regrettais déjà mes mots. Elle me regarda longuement.

— Qu'est-ce que tu veux que je fasse en Angleterre?

Sa voix était toujours aussi dure.

— Tu sais que tu y serais libre, qu'il n'y a pas d'esclavage là-bas.

— Peut-être, mais il y a des Anglais, des millions et des millions d'Anglais! Si ici ils ne sont que quelques milliers et qu'ils nous traitent comme ils le font, qu'est-ce que la petite Bennebah irait faire toute seule dans leur pays?

— Mais tu ne serais pas seule… je serais avec toi, si tu voulais.

Elle se mit à rire.

— Alors je serais là-bas la domestique de Monsieur, comme je suis ici celle des Banbury. Et quand Monsieur sentirait monter en lui certaines envies, il me prendrait sur un lit, le matin peut-être, quand je change les draps, comme il le fait avec les autres filles de chambre!

— ... Je... Ce... Ce qui s'est passé l'autre jour avec Easter Rose n'est pas de ma faute, Bennebah... c'est elle qui me tournait autour, c'est elle qui m'a attiré dans ses bras, je te le jure! Et puis, pourquoi es-tu toujours aussi cynique? Pourquoi es-tu incapable de t'imaginer que je te veux du bien?

— Quel homme blanc m'a jamais voulu du bien!

Elle avait bondi sur ses pieds, hors d'elle.

— Je ne sais même pas qui tu es, je te connais à peine et tu parles de m'emmener avec toi!

— Alors pourquoi es-tu ici aujourd'hui? Pourquoi es-tu venue me retrouver l'autre jour dans l'eau?

— Pour m'amuser, Monsieur, simplement pour m'amuser! Je veux savoir moi aussi ce que c'est que d'être courtisée par un Monsieur, d'accepter ses rendez-vous galants, de me promener sur une plage avec lui, mais sans pour autant signer un pacte pour la vie!

Son ton s'adoucit brusquement. Elle se pencha vers moi, conciliante.

— Écoute, tu es différent, tu es plus doux que les autres, mais tu es tellement sérieux! Je ne sais pas ce que je veux. Parfois tu me fais rire, parfois tu m'attendris, parfois je te hais comme je hais tous les Blancs. Les autres, au moins, ils sont directs, on voit tout de suite où ils veulent en venir. Mais toi, tu es si compliqué...

Sa main se posa sur mon épaule, légère, presque caressante.

— Allons, dit-elle, tout à coup enjouée et prenant ma main dans la sienne, n'y pensons plus. Viens, fais-moi tourner comme tous ces beaux officiers que je voyais dans les fêtes à la plantation Beckles!

Elle passa une main autour de ma taille, souleva un pan de sa robe de l'autre et m'entraîna dans un pas de danse confus, où se mêlaient plusieurs styles démodés. Pour une fois, mon éducation bourgeoise me servait! Mes pieds arrivèrent à recréer une valse assez convaincante, compte tenu des critères plutôt indulgents de mon auditoire de mangoustes et de singes. Ma partenaire, quant à elle, semblait transportée de bonheur.

— Oui... voilà... c'est merveilleux, c'est exactement comme cela qu'ils faisaient! La tête me tourne, mon estomac chavire, c'est bien cela que je lisais sur le visage de Katherine Beckles! Et si j'avais une tête d'oiseau comme cette bécasse, je ne saurais plus si c'est la danse qui me coupe le souffle et me donne le vertige ou l'étreinte de vos bras fiévreux, mon bel officier!

Bennebah tournait, tournait en fermant les yeux, la tête rejetée en arrière. Elle se laissait complètement flotter dans mes bras, et j'avais l'impression que ma main serrée contre sa taille ne servait qu'à l'empêcher de s'envoler. D'une voix presque inaudible, elle chantonnait un air qui avait été à la mode il y a longtemps. Elle était perdue dans son monde de planteurs et d'officiers, dans le tintement de la faïence et du cristal, dans la musique feutrée des rires et des conversations légères, dans le parfum des amandes qu'on ouvre, dans le chuchotement des robes de soie. Des centaines de chandelles illuminaient la nuit. Tout ce que les colonies comptaient de princes de la mélasse et d'amiraux pirates l'admirait du coin de l'œil, elle la fille de planteur la plus désirable de l'île, dont la fortune et la beauté ravageaient tous les cœurs d'hommes, de la Guyane jusqu'aux Bermudes, de Belize à Tobago!

— Tu sais, j'arrivais presque à les trouver jolies dans cet éclairage, dit tout doucement Bennebah contre mon oreille. Leur peau prenait la même texture que la porcelaine. Je regardais avec envie leurs petites langues roses sucer leur glace au bout de minuscules cuillères d'argent. Dans cette lumière magique des soirs de fête, ces gens devenaient pour moi des dieux et des déesses, j'arrivais presque à oublier que c'étaient les mêmes monstres qui me faisaient battre au moindre grain de poussière trouvé dans le vaisselier.

Elle s'assit, hors d'haleine.

— Et dans les coins du jardin, sur la balançoire entre les branches de frangipaniers, les joues de Katherine Beckles devenaient toutes roses quand le lieutenant MacDougall lui murmurait des petits mots doux dans l'oreille et lui embrassait le cou et les mains. Et si le lieutenant osait frôler le corsage de la pure Katherine, elle repoussait sa main, qu'il relançait, plein de galanterie, à l'assaut des boucles de ses tempes. Tu peux m'expliquer pourquoi le contremaître me giflait, moi, si je faisais mine de ne pas lui laisser mettre sa main sous ma robe?

Bennebah approcha son visage tout près du mien.

— Sais-tu embrasser les mains et murmurer dans les oreilles, toi aussi, ou ne sais-tu que lever les jupes, comme tous les autres?

— La seule chose que je ne peux te promettre, c'est de faire monter le rose à tes joues, Bennebah.

Elle rit doucement contre mes lèvres. J'essayai de poser le plus légèrement possible ma bouche contre son visage. Je ne pouvais compter sur l'expérience, comme le lieutenant MacDougall, mais j'étais sûr d'avoir un réservoir de douceur plus grand que le sien. Je promenai lentement mes lèvres du coin des yeux de Bennebah jusqu'à la saillie de sa clavicule. C'était beaucoup plus facile que je ne l'aurais cru: sa peau frémissait contre ma bouche, des dizaines de petits nerfs invisibles sautillaient, parfois plus fort ici que là, m'indiquant le chemin à suivre. Il suffisait de transformer mes lèvres en antennes à frissons, de suivre amoureusement la série de minuscules fanions que la peau de Bennebah agitait à mon passage.

— Ils sont bien, les livres que tu lis tout le temps, s'ils t'apprennent à embrasser comme cela, soupira-t-elle.

Elle prit mon visage entre ses mains et couvrit longuement mes lèvres des siennes. Sa langue parcourait ma bouche comme une musaraigne saoule.

— On va se promener un peu vers la mer?

Elle demandait maintenant au lieu de donner des ordres, pensais-je. Si j'avais refusé, bien sûr, elle m'aurait empoigné par la manche et tiré derrière elle sans un mot!

La marée devait être très basse, car la plage s'étendait ici sur une largeur que je n'avais jamais vue sur la côte où je nageais d'habitude. Des petits crabes blancs s'enfuyaient vivement devant nous, si rapidement et vers des trous si soigneusement camouflés qu'on se demandait si leur course n'avait été qu'un mirage. La mer était encore plus calme que tout à l'heure. Ça et là, quelques récifs affleuraient à la surface de l'eau.

Nous marchions déjà depuis quelques minutes, sans parler, quand le mouvement des vagues cessa presque complètement; un silence insolite sembla suspendre le temps. «La marée change, dit doucement Bennebah. Entre le moment où la mer cesse de descendre et celui où elle recommence à monter, il y a un instant où elle ne sait plus ce qu'elle doit faire, où elle oublie qu'elle doit toujours bouger. Alors c'est comme au début de la création, avant que les dieux ne mettent les choses en mouvement.»

Les mots de Bennebah, sa présence si intime, le silence, l'immobilité de l'eau, l'étendue déserte du sable; tout se conjugua pour faire naître en moi l'illusion, qui ne dura que le temps d'un clignement de paupière, d'assister à la naissance du monde.

— Il faut toucher l'eau pendant qu'elle oublie, dit Bennebah en se penchant. Alors le temps sera ton prisonnier et tu ne souffriras pas de le voir passer.

Je fermai les yeux. La sensation désagréable que quelqu'un venait de me verser de la soupe tiède dans les chaussures me ramena tout à coup sur terre. Bennebah était à vingt pieds de moi, les pieds bien au sec, et riait, la main devant la bouche.

— Quand la mer se souvient qu'elle doit bouger, mon baigneur, il faut s'éloigner!

Je montai vers elle dans un concert de ventouses mouillées et m'assis sur le sable. Gêné tout à coup, je laissai flotter un long silence entre nous.

— Tu sais, j'ai l'impression de t'avoir attendue toute ma vie, Bennebah, et pourtant, je ne sais rien de toi. Parle-moi. Tu es née ici? Tu as grandi dans une plantation?

— Oui. Mais ma mère, elle, a été amenée d'Afrique. Elle venait d'un petit village entre Ife et Apomu, au pays Yoruba.

— Elle te racontait comment c'était là-bas?

— Souvent, surtout quand elle était découragée.

— Cela devait te rendre triste d'entendre parler de ton pays.

— Oh, tu sais, si nous sommes prisonniers ici, c'est que quelqu'un là-bas a donné un coup de main aux Blancs. Ma mère me parlait bien de notre village et de nos ancêtres, de la forêt toute proche, des grandes maisons sculptées d'Ife. Mais elle m'a aussi décrit les attaques des soldats d'Oyo, le pillage, les viols, les massacres. Entre nettoyer les chambres dans une pension ici et vivre dans un village qui risque à tout moment d'être brûlé et ses habitants tués ou vendus comme l'a été ma mère, parfois je ne sais plus ce qui est pire. L'Alafin, le roi d'Oyo, lui, aurait quelque chose à regretter s'il était à ma place. Mais moi...

— Comment peux-tu dire une chose pareille?

— Le village de ma mère n'existe plus. Les âmes de nos ancêtres ont été dispersées dans la forêt. Quand ma mère était jeune, il n'y avait autour d'elle que pillages et massacres. Bien sûr que la vie est horrible pour nous dans les plantations, mais il n'y a rien à espérer non plus de l'autre côté de la mer.

— Et si Londres abolissait l'esclavage, comme on parle de le faire?

— Les planteurs n'accepteront jamais. De toute façon, quoi qu'il arrive, cela ne changera rien. Qu'ils fassent ce qu'ils veulent.

— Tu veux dire que si les planteurs désobéissaient aux ordres de Londres, il n'y aurait pas de révolte, comme il y a seize ans, quand les esclaves ont cru qu'on leur cachait leur affranchissement?

— Mais tu m'agaces à la fin avec tes questions! Je ne sais pas, moi! Je ne m'intéresse pas à ces histoires. Tout ce que je sais, c'est que je suis mieux chez les sœurs Banbury qu'à la plantation Beckles et qu'il n'y a pas d'autre solution pour Bennebah la villageoise. Ah, ce que tu peux être sérieux!

Elle se leva et marcha vers l'entrée du bois. Le charme était rompu.

— Il est tard, je dois rentrer. Ézéchiel et Hamlet doivent passer me reprendre bientôt avec la charrette.

Elle me regarda longuement et soupira.

— Cela ne sert à rien, mon baigneur. C'était doux d'être ici avec toi aujourd'hui, mais il ne faut plus recommencer. Ton idée de m'emmener en Angleterre, ce n'est pas sérieux. Tu sais bien que je serais malheureuse. Oublie tout ça. Entre des gens comme nous, il ne peut y avoir que du malheur. Allons, fit-elle en s'éloignant de moi, je dois partir.

Elle enleva les bracelets de ses chevilles et de ses poignets, les glissa dans sa poche et en sortit une étoffe et des épingles. Elle se couvrit les cheveux et rajusta le tissu de son vêtement, lui redonnant en quelques secondes la forme étouffante qu'il avait normalement. «Voila, dit-elle, la transformation est faite.»

Sur la plage derrière nous, un bruit de galop nous fit sursauter. Bennebah se cacha contre un arbre. Mais ce n'étaient ni les soldats d'Oyo ni ceux du roi George. Deux Noirs presque nus, qui devaient être des palefreniers, promenaient des chevaux de dressage sur le bord de mer. Les bêtes étaient luisantes de sueur, noueuses et fines à la fois. Les hommes les chevauchaient sans selle, habillés d'un simple caleçon brun très court. Ils menèrent les chevaux dans la mer, puis nagèrent devant eux en les tirant par la bride, aspergeant d'eau leurs naseaux récalcitrants. Sortis de l'eau, dégoulinants et rafraîchis, cavaliers et chevaux se confondaient dans une même couleur de peau, dans une même saillie des muscles. Ils repartirent au galop dans un mélange indistinct de rires et de hennissements.

Bennebah me mena sans un mot jusqu'à la route. Il s'était à la fois passé trop de choses et pas assez entre nous aujourd'hui. Peut-être que des années de vie partagée arriveraient à décanter à la fois son aigreur et ma maladresse. Mais cela me semblait peu probable. Jamais je n'avais réussi à toucher quelqu'un.

Quand la charrette arriva, Bennebah me quitta sans un regard. Les hommes entassés à l'arrière l'aidèrent à monter. Bennebah redevint une esclave comme les autres et fit tout son possible pour se fondre immédiatement dans la masse de corps noirs effondrés entre les paniers et les sacs. La charrette s'éloigna vers Bridgetown et j'entendis longtemps les éclats de voix des hommes qui riaient en regardant dans ma direction, mâchonnant des bouts de canne.

12

La mort dans l'âme, je me résignai à accompagner Cumberbatch à la fête chez le général Layne. Tout me déplaisait dans l'idée de cette soirée: son atmosphère mondaine, le fait que Layne soit un des plus grands propriétaires d'esclaves de l'île, les états d'âme imprévisibles de Cumberbatch, tantôt sombre, tantôt surexcité. Par certains côtés, ses changements d'humeur me rappelaient ceux de Bennebah, sauf qu'avec elle j'en étais la cible et non le témoin gêné. Je commençais à comprendre que ma gaucherie servait chez elle de révélateur à un nœud de sentiments contradictoires qu'elle pouvait enfin projeter en dehors d'elle-même grâce à ma présence. J'étais un Blanc certes, mais un Blanc suffisamment faible pour qu'elle pût s'adonner sans danger aux plaisirs ambigus de la séduction et de la haine. Ce que je n'arrivais pas à déterminer, c'était si au bout de ce jeu il me restait un espoir. Pour le moment, ma maladresse attendrissait Bennebah et l'exaspérait en même temps. Mais ce n'était qu'une question de temps, me disais-je, avant que ces lambeaux de mon ancienne peau ne tombent eux aussi, que ma faiblesse ne s'efface au soleil comme les autres avatars du reclus de Londres.

Pourtant, le dieu du soleil ne m'aidait plus beaucoup depuis quelque temps. Quand j'arrivai à Saint-John, cet après-midi-là, il se cachait à nouveau. À sa place, je trouvai Hurracan, le dieu du vent. Les rafales étaient tellement violentes qu'il était impossible de rester sur le promontoire où se dressait l'église. On aurait dit que le dieu du vent s'opposait à tout regard, qu'il voulait obliger les hommes à se tourner tout entiers vers l'intérieur, à se terrer dans la prison de leurs murs et de leur âme.

J'étais d'humeur exécrable. En plus de mes soucis de cœur, les caprices du temps faisaient bourdonner ma tête. Quand je croisai Mingo, j'avais presque oublié notre conversation de l'autre jour. Mais son air de chien battu réveilla en moi une méchanceté subite, une envie de déverser sur quelqu'un de plus démuni toute la hargne qui me dévorait. Mal à l'aise, le jardinier me dévisageait avec une sorte de crainte superstitieuse.

— Alors, Mingo, toujours d'accord pour m'aider dans la crypte?

Il baissa les yeux.

— Mais il ne faut pas avoir peur de moi comme cela, mon pauvre ami! Ou est-ce le fantôme des Paléologue qui t'effraie? Tu sais, si tu as peur, tu n'as qu'à te faire accompagner par ton collègue armé, comme l'autre nuit…

Il jeta sur moi un regard d'animal traqué. Une volupté bizarre traversait mon corps à la vue de ses yeux écarquillés. Le plaisir d'être la source d'une terreur aussi dérisoire était inattendu.

— Eh oui, tu vois, je sais tout. Ce n'est pas bien, ce que tu fais là, Mingo! Qu'est-ce que tu lui veux, à ce pauvre Ferdinand? Tu me disais toi-même l'autre jour qu'il fallait laisser dormir les morts! Qu'est-ce que tu as bien pu faire des mains de mon roi, espèce de détrousseur de cadavres?

Je ne me reconnaissais plus. J'avais empoigné le pauvre jardinier par le bras et approché mon visage à quelques pouces du sien. Il était au bord des larmes, mais ne disait toujours rien.

— Tu vas me dire ce que tu faisais dans la crypte l'autre nuit? Les deux hommes avec toi, qui étaient-ils? Tu veux que je te dénonce à l'armée anglaise? Ou encore mieux, à la milice? Il paraît qu'ils ont des méthodes très efficaces pour faire parler des gens comme toi! Tu te vois attaché sur une fourmilière? Ou le nez ciselé au couteau, Mingo? Ou alors une cartouche explosive enfoncée dans l'anus, avec une petite étincelle qui monte, qui monte! Le pilori, c'est démodé, Mingo, tu ne le savais pas?

Le jardinier s'était jeté à mes pieds. À travers ses larmes, il me suppliait de ne rien dire, ni à son maître, ni à la milice. Il ferait n'importe quoi pour moi, il me promettait tout ce que je voudrais, mais je ne devais parler de tout cela à personne, à personne.

— Mais ne te mets pas dans un état pareil, mon pauvre ami! Ce n'est pas si grave, après tout. Piller une tombe, c'est tout de même moins terrible que de voler quelqu'un de vivant, non? Que veux-tu que les morts fassent de leurs os et de leurs bijoux? Les grands professeurs comme moi passent tout leur temps à piller les églises et les cimetières et on ne les fusille pas pour autant. On les félicite au contraire, on leur offre des postes et on achète leurs livres. Allons, relève-toi! Je vais te dire quelque chose, Mingo: le plus risqué, ce n'est pas d'être découvert par la milice, c'est de déranger le fantôme du roi. Il pourrait se mettre en colère et te poursuivre partout, même dans ton sommeil. Fais attention! Un matin, tu vas te réveiller et tes mains à toi auront disparu! Le roi les aura prises pour remplacer celles que tes amis lui ont volées. Tu ne voudrais pas qu'une chose comme cela t'arrive, non?

Le pauvre homme tremblait maintenant de tous ses membres. Malgré mes exhortations, il était resté à genoux, s'était fait encore plus petit et avait croisé les bras, cachant ses mains sous ses coudes comme pour les soustraire aux forces maléfiques que je semblais manipuler. À la peur très concrète d'être dénoncé s'ajoutait maintenant une terreur insondable mais aussi plus violente, celle des esprits, que Mingo était prêt à voir partout. J'eus tout à coup pitié de lui. Ma cruauté ne m'amusait plus, l'étonnement devant la découverte de ce côté obscur de ma personne était passé. C'est curieux comme j'avais supposé que tout ce qui sortirait de ma nouvelle peau serait beau et bon. Le lézard prenait-il plaisir à capturer les insectes?

Je me penchai sur la figure recroquevillée de Mingo et le pris à nouveau par le bras, mais doucement cette fois, en le remettant sur ses pieds.

— Allons, calme-toi. Je ne dirai rien, je blaguais, c'est tout. Je ne voulais pas te faire si peur. Mais tu dois m'expliquer ce que tu faisais dans la crypte l'autre nuit. Vois-tu, Mingo, lui dis-je tout bas, je suis vraiment venu à la Barbade pour retrouver les descendants du roi. Si toi et tes amis vous savez quelque chose, vous devez m'aider. Je suis ici pour ramener les enfants du roi dans leur pays. J'ai des amis très puissants qui sont prêts à tout pour retrouver les descendants de Ferdinand Paléologue. Mes amis ont beaucoup d'argent, tu verras, ils sauront te récompenser.

Il se produisit alors quelque chose de très curieux: loin de calmer le pauvre jardinier, mes explications l'avaient mis dans un état de fébrilité indescriptible. Mingo m'embrassait les mains, il pleurait encore plus que tout à l'heure, mais de joie cette fois, il se jetait par terre, se tapait la tête sur mes souliers, puis se relevait pour me saisir à nouveau les mains. Je ne comprenais plus rien. Il marmonnait des bouts de phrases incohérents où il était question de rois, de prophètes et de retour. Il ne cessait de répéter le mot *Basoulo*, qui semblait désigner une personne. Le plus étrange, c'est que je lui avais parlé de ma mission sans vraiment y croire, plus pour rassurer le pauvre homme que pour solliciter son aide. Et voilà que ce jardinier se prosternait devant moi comme si j'étais l'annonciateur du Messie.

J'étais là, bouche bée, avec Mingo à mes pieds, quand la voix de Cumberbatch m'appela de la maison. Mingo se releva d'un bond. Il me saisit par le bras et me secoua. «Il ne faut rien dire à mon maître, rien. Mingo avertira le Basoulo que vous êtes là. Il ne faut rien dire!» Puis, après une dernière révérence, il détala par le sentier du jardin.

En montant vers Cumberbatch, j'essayai de comprendre ce qui venait d'arriver. Au hasard de mes phrases, j'étais de toute évidence tombé sur quelque chose de nouveau. Si j'avais bien compris ce que marmonnait Mingo, il y avait un lien entre le Basoulo et les os du vieux Ferdinand. Qui était ce Basoulo: l'homme aux nattes et à la tunique que j'avais aperçu l'autre nuit dans la crypte? Mingo semblait avoir particulièrement réagi quand j'avais parlé de ramener les descendants de Ferdinand dans leur pays. Savait-il quelque chose qui intéresserait Yannis et ses amis, ou tout cela n'était-il qu'un vaste malentendu? Après tout, Mingo était un peu simple d'esprit et son roi pouvait bien n'être qu'un minable plus grand ou plus fort qui jouait de son ascendant sur lui. Enfin, on verrait bien. Pour le moment, il y avait cette damnée réception.

— Mais qu'est-ce qui vous a retenu si longtemps? Venez, venez! Il est encore temps de nous verser un petit verre avant de partir! Il faut bien se donner un peu de courage avant d'affronter tous ces gens du monde!

Cumberbatch était dans une de ses journées sautillantes. C'était toujours cela de gagné. Il s'affairait autour de la carafe de vin, rajustant ses lunettes, lissant l'habit des beaux jours qu'il s'était contraint à endosser.

— Le cocher du général doit venir nous chercher dans vingt minutes. Juste de quoi nous servir un doigt ou deux de vin.

Il nous en versa plus qu'on en aurait pu compter avec deux mains. Tant chez Rachel Brade qu'ici, j'avais été stupéfié par la quantité d'alcool que consommaient les gens sur cette île. Toute la semaine, on voyait à Bridgetown des dizaines de petits Blancs saouls traîner dans les rues. Le dimanche, ils étaient relayés par les esclaves. Cela devait représenter une forme de patriotisme: la seule industrie locale étant celle du rhum, on l'encourageait aussi longtemps qu'on pouvait tenir debout. Cumberbatch, comme beaucoup de gens «civilisés», préférait le porto et le madère au tord-boyaux local. Mais c'était le même oubli qu'il cherchait à cultiver, la même lampe floue qu'il cherchait à allumer au fond de son indifférence.

* * *

Newcastle, le domaine du général Layne, était situé en bas du promontoire, derrière l'église, sur la bande côtière qui séparait l'océan de la falaise de Hackleton. On y accédait par une allée bordée de palmiers royaux, dont les troncs bien alignés se suivaient comme des colonnes de granit surmontées de grands plumeaux. Né parmi les palais ottomans, habitué comme je l'étais depuis des années aux châteaux et manoirs qui parsemaient la campagne anglaise et où j'avais souvent dû suivre des petits élèves en visite chez grand-papa, je fus très déçu par la maison du général. Quand l'indifférence des puissants se pare de grandeur, on peut parfois sentir l'envie de tout leur pardonner. Je comprends qu'un paysan breton enlève son chapeau devant Versailles, qu'un pauvre Italien se mette à genoux à Saint-Pierre de Rome. L'or arrive à cacher le sang. Mais que toute l'horreur que j'avais vue ici n'accouchât que de cette vulgaire maison carrée, sans charme ni envergure, cela me dépassait. Rien de l'élégance qui renforçait le droit divin des princes aux yeux du manant. Non, à la place, un simple cube en blocs de corail, étayé de contreforts et coiffé de vulgaires pignons rouges. Sur des gravures, j'avais vu de simples maisons de ferme lombardes plus imposantes que le château de ce roitelet de la canne.

— Je m'attendais à quelque chose de plus grandiose, après ce que vous m'aviez dit du général, murmurai-je à l'oreille de Cumberbatch.

— C'est qu'il faut voir la maison qu'il s'est fait construire en Angleterre, dans le Devonshire. Ils font tous la même chose, surtout depuis qu'on parle sérieusement d'abolition. Beaucoup d'entre eux ne viennent sur l'île que quelques semaines par an. Le reste du temps, ils vivent là-bas et dépensent l'argent que la maison de courtage leur a avancé en échange de la prochaine récolte. Ah, ce sont de vrais joueurs, nos bons planteurs! Quand ils arrivent ici, ils sont déjà hypothéqués jusqu'au dernier bâton de canne, selon le calcul le plus optimiste possible sur l'abondance de la production à venir. Chaque canne fauchée par le vent ou écrasée sous les charrettes leur coûte une cuisse de faisan déjà mangée, un verre de clairet déjà bu.

La voiture nous déposa près de ce que Cumberbatch appela «l'entrée monumentale»: cinq marches en brique rouge, surmontées d'un linteau où somnolaient deux petits lions en pierre de corail déjà usée. Je dois tout de même reconnaître que l'allée qui menait à cette porte était bordée de magnifiques fleurs, ce qui était du plus bel effet. Sous les Tropiques, les fleurs ne coûtent que la sueur du jardinier. Et, de la sueur, le général Rupert Layne en disposait en quantité!

Une galerie large et ombragée débouchait sur l'entrée et faisait tout le tour de la maison. Sur cette galerie et dans le salon que j'apercevais par la porte entrebâillée, des dizaines de redingotes et de crinolines jacassaient en riant. Pessimiste, je pris Cumberbatch par le bras.

— Courage, révérend, il faut plonger. Mais trouvons d'abord où ils cachent le madère.

13

Il y a des parties entières de cette soirée que j'ai oubliées tellement j'ai bu. D'autres sont plus présentes dans ma mémoire que je ne le voudrais, même aujourd'hui. Je crois que dans l'ensemble je suis resté assez poli. Je me souviens d'avoir fait un effort spécial pour plaire à une certaine miss Simpson, dont les petits seins pâles s'offraient comme deux choux à la crème sur le plateau de son corsage. Elle m'écoutait gentiment, croyant avoir affaire à un voyageur célèbre. C'est ainsi que Cumberbatch m'avait présenté à elle et je n'avais rien fait pour l'en dissuader. Au contraire, je m'inventais à son intention toute une carrière remplie d'aventures: des icônes enlevées de justesse à des bandits croates, des chapelles sauvées de la destruction grâce à mes liens avec le sultan, des reliquaires exhumés au péril de ma vie au fin fond des montagnes kurdes. Miss Simpson était très douée comme auditrice. Ses yeux s'arrondissaient, elle poussait sans cesse des «oh» et des «mon Dieu!», elle voulait connaître tous les détails de ma longue captivité chez les insurgés moldaves. Je dus m'éclipser à la fin par peur de trop m'engager et de trébucher sur quelque détail invraisemblable.

Quand autour de moi les conversations tournaient au sérieux, on parlait évidemment du projet de loi sur l'émancipation. Un cercle d'Hommes Gris entourait le maître de maison et l'écoutait religieusement exprimer son opinion sur «cette tragédie qu'il faut tout faire pour éviter, n'est-ce pas, cher Rupert?». D'un air suffisant, le «cher Rupert» les assurait que l'abolition n'avait aucune chance d'être votée: personne en Angleterre, disait-il, n'était assez naïf pour croire que ces paresseux d'Africains accepteraient de travailler volontairement après leur libération. «Après ce qu'ils ont fait à Saint-Domingue, tout le monde a clairement compris qu'on ne pouvait leur faire confiance. Ils ont tout brûlé là-bas, tout massacré, absolument tout!» Un frisson soigneusement exagéré parcourait le petit auditoire, comme le signe de reconnaissance secret des membres d'une loge maçonnique.

J'ai rarement ressenti envers quiconque une antipathie aussi immédiate que ce soir-là pour Rupert Layne. Quand Cumberbatch m'avait parlé du général, je m'étais imaginé une sorte de seigneur de la guerre, altier et dominateur, habitué à faire trembler son entourage. Mais Rupert Layne était petit, maigre, et faisait plus penser à un boutiquier qu'à un militaire. Sa voix, étonnamment haut perchée, avait quelque chose d'onctueux et de coupant à la fois, une suffisance gluante où planait l'ombre de menaces cachées. Quand Layne parlait, c'était toujours avec le sourire, comme si chacune de ses paroles allait illuminer son interlocuteur par sa justesse et son autorité. Ses yeux vous fixaient alors avec un air de défi amusé, sûrs de leur ascendant, savourant d'avance la conquête de votre âme.

Le pouvoir de cet homme était très réel et ne s'exerçait pas que dans des combats puérils de regards et d'intonations. La milice qu'il commandait était un genre d'armée parallèle, entièrement tournée vers la répression des troubles locaux. Elle était l'instrument sur lequel les barons du sucre pouvaient toujours compter si l'armée anglaise ne tirait pas assez vite sur les esclaves, dès le premier signe de révolte. L'Assemblée législative que présidait Layne était la deuxième pièce maîtresse des colons barbadiens. Elle faisait tout ce qu'elle pouvait pour bloquer les projets trop libéraux de la métropole. La Barbade était la seule île antillaise qui possédât une telle assemblée locale, vieille déjà de deux siècles. Les autres colonies étaient gérées directement par la Couronne ou dépendaient d'assemblées chancelantes, mal enracinées. À Bridgetown, le gouverneur qui exerçait théoriquement le pouvoir suprême au nom de Londres était en fait presque toujours du côté des planteurs. Malgré ce qu'affirmait Cumberbatch, la Barbade comptait beaucoup plus de propriétaires résidants que les autres îles. Les planteurs y étaient très présents, actifs au niveau politique et étroitement liés entre eux. Un cercle restreint de familles régnait de fait sur l'île. Les frères, cousins et beaux-parents de Rupert Layne possédaient en tout une douzaine de plantations et, par divers mariages et associations commerciales, avaient tissé des liens étroits avec la classe marchande qui contrôlait l'importation et l'exportation. Tout ce que produisait cette île était exporté; tout ce qu'elle consommait était importé. De là l'énorme pouvoir des Hommes Gris qui entouraient Layne.

Mais ce pouvoir à la fois si tentaculaire et si concentré s'exerçait sur une scène ridiculement petite. Encore plus que ces principautés allemandes qui m'avaient toujours fait rire avec leurs cours et leurs bureaucraties si disproportionnées à leur taille, la Barbade était un état nain, un parterre promu au statut de pays. Quand j'étais jeune, mon père m'avait acheté une ferme miniature, avec des petits bâtiments en bois et des vaches et des cochons en plâtre. Layne et ses amis régnaient certes sur un pays réel, avec des esclaves en chair et en os qui souffraient vraiment, avec une armée, un parlement et des cérémonies aussi vraies que celles d'un pays normal. Mais la démesure du pouvoir de Layne me rappelait cette ferme que j'avais eue il y a longtemps. Les hommes comme Layne manipulaient à leur guise des figurines dociles, les déplaçant selon leur bon vouloir. En fait, les esclaves et les Pattes rouges comptaient probablement moins pour eux que mes animaux de plâtre n'avaient compté pour moi. Par contre, Layne et ses amis oubliaient qu'ils faisaient aussi partie de cet univers miniature. À force de reproduire les institutions et les coutumes de la métropole, ils se croyaient importants et perdaient tout sens des proportions.

Cela était vrai pour toutes les colonies antillaises, mais ce mimétisme de nains était encore plus frappant à la Barbade, si comiquement fière de son surnom de *Petite Angleterre*. Même le paysage s'associait ici aux mœurs pour évoquer la métropole: ni volcans, ni vallées tropicales, ni montagnes inaccessibles. Toute l'île était cultivée, sa forêt originale rasée, ses plateaux coralliens transformés en douce campagne anglaise, ses routes jalonnées de petites églises à clocher tronqué et de murets de pierre grise. Pour briser l'illusion, il fallait regarder au-delà des allées d'acajous, vers l'épaisseur étouffante de la canne, tachée çà et là de corps noirs, il fallait tendre l'oreille derrière le tintement poli des cloches anglicanes et écouter la plainte sourde du dieu Hurracan.

Une légende très ancienne raconte que les Antilles sont un cadeau du dieu de l'eau au dieu de l'air. Le dieu de l'eau voulut un jour se concilier l'amitié d'Hurracan, qui règne sur le vent et les nuages et décide du temps et du lieu des pluies, nourriture des ruisseaux et des mers. Le dieu de l'eau plongea jusqu'au centre de la Terre dont, avec l'aide des divinités du feu, il fit jaillir un grand collier, qu'il déposa en forme d'arc-en-ciel dans un coin de l'océan. Hurracan fut enchanté par ce cadeau. Il fit souffler sur son collier d'îles le plus agréable des vents, l'alizé, qui rafraîchit tout en réchauffant. Un matin, Hurracan s'aperçut que des humains s'étaient installés sur ses îles. Mais ces humains ne le dérangeaient pas vraiment; paisibles, ils vivaient de la pêche et de la culture du manioc. C'étaient les Arawaks. Ils rendirent hommage à Hurracan et lui demandèrent la permission de rester sur ses îles. Hurracan accepta et les laissa en paix. Des siècles passèrent. Un jour, un peuple guerrier mit pied sur les îles et massacra presque tous ceux qu'il y trouva, ne gardant que quelques femmes comme esclaves. Un deuxième peuple arriva quelques années plus tard et chassa le premier. Ensuite un troisième peuple chassa le deuxième. Le collier d'Hurracan était rouge de sang. Pris de colère, le dieu du vent se déchaîna pour nettoyer ses îles de ces animaux meurtriers. Mais comme des fourmis, ceux-ci revenaient sans cesse, même quand le dieu était persuadé de les avoir chassés pour toujours. Jusqu'à aujourd'hui, Hurracan essaie chaque année de balayer ces animaux haineux avec les vents les plus violents de la Terre. Parfois, il est à deux doigts de réussir, mais chaque fois quelques fourmis tiennent bon et se mettent à tout rebâtir. Et Hurracan doit recommencer l'année suivante.

Sur la longue galerie ombragée de la maison Layne, Hurracan commença ce soir-là par éteindre quelques lampes. Puis il se mit à taquiner les robes des dames. Cela ne provoqua que des rires et quelques coups d'œil discrets. Des cris s'élevèrent cependant au premier vase de fleurs jeté par terre. Le vent se gonfla. En quelques secondes, la mécanique feutrée de la soirée était sens dessus dessous: des portes claquaient, des femmes décoiffées se précipitaient dans la maison, des hommes essuyaient en jurant le punch qui tachait leur redingote, les domestiques s'affairaient autour des tables renversées, un officier éteignait un début d'incendie dans les rideaux. Jouant à merveille son rôle de chef, Rupert Layne prit la situation en main, dirigeant vers le salon intérieur le repli des troupes. Les volets furent fermés, la porcelaine rentrée, les portes verrouillées, et toute la petite compagnie se trouva entassée, bien à l'abri, dans la maison. La pluie qui s'était mise à tomber rapidement avait trempé quelques dames; entourées par la sollicitude de l'hôtesse, elles clamaient très fort leur émotion. Elles ressemblaient à de la volaille mouillée, mais on les traitait plutôt comme des blessées de guerre. Madame Layne s'agitait autour d'elles comme si elle eût été personnellement responsable de l'orage.

Le général, pour rassurer tout le monde, avait ordonné au violoniste, auquel personne ne faisait attention cinq minutes plus tôt, de jouer quelque chose de très gai et de très fort. Des esclaves en livrée circulaient partout avec du punch. Mais l'atmosphère avait changé. La soirée avait perdu sa fluidité idyllique. Le salon où nous nous étions réfugiés était juste assez grand pour contenir tous les invités. Pour qu'une soirée mondaine soit réussie (j'avais eu l'occasion de bien étudier la chose chez mes parents), il faut permettre aux invités de circuler facilement d'un petit groupe à l'autre, éviter qu'ils ne soient trop longtemps prisonniers du même interlocuteur. La conversation doit se limiter à un léger butinage, et les corps doivent pouvoir flotter librement, au rythme de la musique, dans un mouvement qui tient à la fois d'une chorégraphie rigoureuse et du choc aléatoire des banquises dans une mer polaire. L'hôte ou l'hôtesse, selon le cas, doit faciliter ce mouvement en fournissant de fréquents prétextes de rupture, sous la forme d'offrandes de nourriture et de boisson. Épisodiquement, l'hôte doit servir lui-même de prétexte, en se coulant parmi les gens et en interrompant les conversations pour demander si tout va bien, si on a été convenablement servi, si on connaît le lieutenant Ifill. («Non? Alors venez, il faut absolument que je vous présente!») Ainsi les sourires perpétuels qui arment les visages restent vrais, parce que tous savent d'avance que la conversation sera brève, spirituelle et légère.

Imaginez maintenant qu'un chien doive battre de la queue pendant des heures. Il se fatigue. Ses mouvements commencent à être moins sincères, on s'aperçoit lentement qu'ils sont un peu forcés. C'est ce qui était arrivé dans le salon trop peuplé de la maison Layne. Tout s'était figé: les sourires restaient accrochés de force sur les visages, tandis que les conversations avaient dépassé depuis longtemps les quinze répliques prévues. On surprenait de petits coups d'œil hypocrites lancés vers des interlocuteurs plus attirants. La mécanique du butinage est très fragile; une fois cassée, elle ne repart pas toute seule. Il faudrait l'intervention d'un maître de maison particulièrement sagace qui se hisse sur une chaise, tapote sur son verre pour demander le silence et dise simplement: «Il est clair que la plupart d'entre vous en ont assez de la personne avec qui ils sont en train de parler. À mon commandement, vous allez tous changer de compagnon ou de compagne.» Les figures commandées des danses paysannes ne servent à rien d'autre: vous débarrasser du valet de ferme importun, vous guider par le plus enivrant des hasards dans les bras de l'élu secret de votre cœur. Il faudrait adapter l'honnêteté, certes maquillée en tradition, de ces fêtes populaires dans les bals parlés de la bonne société. L'on s'y ennuierait peut-être un peu moins.

Nous étions donc tous captifs et, paradoxalement, les seuls corps qui pouvaient décemment se faufiler entre les autres étaient ceux des esclaves qui assuraient le service. Pour se distraire, tout le monde buvait. Beaucoup de dames avaient les joues très roses et pouffaient de rire sans arrêt. Je saisis à l'autre bout de la pièce le regard insistant de miss Simpson, qui se mourait sans doute d'envie de venir rejoindre son aventurier. J'avais remarqué en parlant avec deux ou trois de ces dames combien il était facile d'impressionner une princesse des îles, dont les deux seuls points de référence dans l'univers étaient la Barbade et l'Angleterre. Elles vous parlaient de Brighton ou de Blenheim sur un ton hautain, mais pâlissaient d'envie quand vous mentionniez Venise. Elles promenaient ici avec ostentation leur hérédité britannique et se vantaient à Londres de leur noblesse créole. Elles étaient trop provinciales pour oser naviguer sur le Léman ou se payer une cure dans une ville d'eau rhénane, mais elles savaient que ces plaisirs existaient et tenaient secrètement pour des êtres supérieurs ceux qui savaient en jouir. Elles présentaient une image de raffinement et de grandeur, mais moi, du haut de ma chaire fictive, je pouvais les faire blêmir à tout coup en deux ou trois phrases évocatrices qui vantaient quelque lieu exotique et réputé.

Cumberbatch, au fait, avait réussi à trouver un des rares fauteuils libres et s'y était affalé, complètement saoul. Dans beaucoup de religions, les ecclésiastiques ont une allure et un statut presque féminins; j'enviais ce privilège qui permettait au pasteur d'être le seul homme assis parmi les dames. Cumberbatch dormait presque. Remarquant la direction de mon regard, l'épouse d'importateur dont j'étais temporairement prisonnier décida de se changer les idées avec un peu de médisance, le punch au rhum aidant.

«Oui, dit-elle, c'est vraiment terrible comme notre pasteur s'est mis à boire depuis que sa femme l'a quitté. Mon mari me dit qu'une caisse de porto n'attend pas l'autre au presbytère, et il sait de quoi il parle, c'est lui qui importe et vend tout le vin sur l'île. Une femme de pasteur, vous vous rendez compte, qui quitte son mari et repart en Angleterre avec ses enfants, c'est quand même un scandale! Ce pauvre révérend, il l'a très mal pris. Cette histoire l'a un peu détraqué, si vous voyez ce que je veux dire. Il s'est mis des idées bizarres dans la tête. Mon mari me dit même que l'évêque est assez mécontent de lui. Il outrepasse ses fonctions et va beaucoup trop loin dans l'évangélisation des esclaves. On lui demande quelques baptêmes, n'est-ce pas, et non une croisade contre l'ordre social! Mais j'y pense, vous qui êtes Anglais, fit-elle avec un gloussement de dinde, vous n'êtes pas d'accord avec cette loi d'émancipation, j'espère? J'aime savoir ce qui se porte comme chapeau cette année à Paris, à Vienne ou à Londres, mais entre les papistes, les abolitionnistes et les jacobins, il y a des modes européennes dont nous nous passerions bien!»

Elle semblait très fière de son trait d'esprit. L'arrêt de la pluie nous sauva tous. Avec de grandes exclamations satisfaites, portes et volets furent rouverts et des esclaves envoyés tout de suite sur la galerie pour la sécher. C'est quand l'air frais pénétra d'un seul coup dans la pièce que je me rendis compte à quel point il y faisait chaud, à quel point le mélange écœurant de quarante parfums avait rendu l'air irrespirable. Beaucoup d'invités étaient en sueur, mais personne n'avait osé s'éponger le visage, pour ne pas rompre le contrat fragile qui nous faisait tous feindre de ne pas être mal à l'aise.

La soirée put continuer comme elle avait débuté. Personne ne quitta précipitamment ses compagnons, mais trois minutes plus tard tout au plus, tous les invités avaient changé d'interlocuteurs.

14

J'avais besoin de bouger. Dehors, la nuit s'était remise à respirer. Le ciel s'était dégagé et la lune, presque pleine, éclairait violemment la mer. Le *pluie-pluie* omniprésent des grenouilles était passé de l'imploration à l'action de grâces. Je sortis par le grand portail.

Un sentier mouillé serpentait entre les fleurs. La pluie avait fait jaillir de partout des odeurs épaisses, certaines frôlant la pourriture. Après tout ce temps que j'avais passé à l'intérieur, la puissance de mes narines paraissait décuplée. Comme un chien, j'avais l'impression de pouvoir me diriger selon les odeurs, évitant, les yeux fermés, tel arbre grâce à son parfum de résine ou devinant le coude du sentier au brusque changement de l'air. Le vent avait fouetté les frangipaniers et le sol était recouvert d'épais pétales blancs, glissant comme des coussinets de soie sous le pied. D'étranges petites mains gantées semblaient m'appeler entre les pétales. L'illusion dura aussi longtemps que je restai sans bouger. Dès que je me remis à avancer, des centaines de petits crabes refluèrent, emportant dans leur fuite la pince démesurée qu'ils avaient brandie devant moi comme un signal muet.

Le sentier menait jusqu'au moulin, dont les pales étaient nues et immobiles en cette saison. Une fois soustraits les détours du chemin, le moulin n'était qu'à une cinquantaine de pieds de la maison. Pour bien dormir au moment des récoltes, le général devait avoir besoin d'entendre le craquement des ailes, le cliquetis des rouleaux compresseurs, le grincement des engrenages; il lui fallait savoir à toute heure du jour et de la nuit que le mécanisme de sa richesse tournait sans heurts.

D'expérience récente, je savais qu'après la sucrerie je tomberais sur les huttes d'esclaves. La pudeur m'empêchait de continuer. Par une nuit comme celle-ci, on ne me recevrait qu'à coups de regards hostiles, en ayant d'abord pris soin de cacher toutes les femmes sur le chemin de ce promeneur blanc si visiblement ivre. Avec ma redingote et mes souliers de chevreau fin, je ne serais jamais pour eux qu'un de ces messieurs de la fête. Pourtant, j'aurais tellement aimé pouvoir me promener dans la boue entre les cabanes, saluer d'un coup de chapeau les vieilles assises devant leur porte, bavarder avec elles en goûtant aux beignets de poisson sec qu'elles étaient en train de frire, grâce à un sauf-conduit imprimé sur toute ma personne et qui porterait le sceau de Bennebah: «Attention, celui-ci n'est pas comme les autres, il ne nous veut aucun mal. Ses yeux ne voient pas la couleur. Je me porte garante de lui, car il m'aime et veut me rendre libre.» Mais il ne fallait pas rêver.

Je tournai le dos au moulin et remontai vers la grande maison tout illuminée. De loin, le concert de rires et le bruit de vaisselle fine semblaient encore plus irréels. On aurait dit une pièce de théâtre, où une troupe composée uniquement de figurants aurait récité avec une conviction louable un texte sans surprise. Devais-je retourner tout de suite prendre ma place auprès des choux de miss Simpson? Ou réveiller Cumberbatch pour que nous puissions nous éclipser? Une seule fois, au mariage de ma cousine Anastasia, j'avais tenté d'échapper par le jeu à l'étouffement qui me fait fuir les soirées mondaines. Pour combattre ma paralysie, je me mis à circuler entre les convives et à inventer toutes sortes d'énormités sur leur compte, en prétendant tenir ces renseignements de quelqu'un d'autre, évidemment présent lui aussi à la réception. «Ah bon, votre père n'a pas fait fortune dans le commerce de l'opium? C'est pourtant ce qu'insinuait monsieur M... tout à l'heure.» «C'est curieux, madame V... semble penser que votre fille est la maîtresse de monsieur P..., c'est du moins ce qu'elle m'a dit au souper.» Au bout de trois ou quatre explications orageuses, dont une qui faillit finir en duel, on se rendit compte que l'origine du malentendu était chaque fois la même, c'est-à-dire moi. Ma cousine en larmes exigea de mon père qu'il m'expulsât. Il faut dire que j'avais beaucoup bu ce soir-là et qu'il y avait un peu de dépit et de jalousie mélangés à mon ennui.

Je ne pouvais quand même pas recommencer ce petit divertissement ce soir. Je continuai ma promenade. À la hauteur de l'entrée principale, le sentier contournait les cuisines, puis s'allongeait jusqu'aux écuries. Après la maison du maître, les écuries étaient de loin les bâtiments les plus luxueux du domaine, surpassant même les quartiers des contremaîtres. J'aurais dû le prévoir: pour un homme comme Rupert Layne, les chevaux devaient être plus dignes de respect que les hommes. Ce soir, des dizaines de voitures étaient stationnées dans la cour. On entendait dans la nuit des grincements d'attelages et le souffle sec des bêtes. Les cochers, attroupés plus loin sous les arbres, jouaient aux dominos.

Je passai sans bruit devant les arcades de l'écurie principale. Les cochers ne levèrent même pas les yeux. Le sentier s'insinuait entre les arbres et revenait vers la maison. Un peu avant les cuisines, il bifurquait vers une série de petites remises. Des bruits de voix étouffés attirèrent mon attention. Cela venait de la dernière remise et, dans la pénombre lunaire, j'entrevis confusément des formes qui luttaient à l'intérieur. J'entendais des froissements de tissu et des gémissements dominés par une voix d'homme.

— Allons, viens, desserre tes jolies jambes, il faut être gentil avec ton petit maître, surtout la veille de son départ.

— S'il vous plaît, monsieur Henry, il faut que je retourne à mon service. Vous allez tacher ma robe.

— Reste tranquille, veux-tu! C'est moi qui déciderai quand tu retourneras là-bas. Mais qu'est-ce que tu as, putain, arrête de gigoter comme cela, je n'arrive pas à viser. Ah non, par le diable, je crois que j'ai trop bu!

— Monsieur Henry, il ne faut pas aujourd'hui…

La voix de femme geignait. Celle de l'homme se mit à jurer, des gifles claquèrent comme des coups de fouet et dans la lumière grise de la lune je vis l'homme reculer et tirer entre le pouce et l'index un petit morceau de boudin rose qui sortait de son pantalon.

125

— J'ai trop bu, merde, j'ai trop bu. Et toi, espèce de putain, si tu la fermais au moins, ça irait mieux. Tu veux retourner aux champs ou quoi? Quand je te veux, tu lèves les jupes et tu te tais, c'est clair?!

Il la frappait à nouveau. Que pouvais-je faire? Me précipiter à l'intérieur et interdire au fils du général Layne de toucher à son esclave? J'étais aux Antilles, après tout, et ce soir même, sur des dizaines d'îles tout autour, des dizaines de fils de maîtres, du revers de la main ou avec leur petit morceau de boudin rose, touchaient leurs esclaves là où il leur plaisait.

Dégoûté, je remontai jusqu'à la maison et me précipitai sur le premier verre de punch qui passait. Il me fallut avaler au moins quatre de ces décoctions sucrées avant de cesser de penser à ce que je venais de voir et à la lâcheté de ma réaction. Il y aurait sûrement eu moyen d'intervenir, pensais-je, peut-être pas de façon directe, mais en faisant beaucoup de bruit, par exemple, ou en libérant les chevaux, ou...

Ma tête se mit presque tout de suite à tourner. Le punch barbadien est ainsi fait qu'on peut camoufler des quantités astronomiques de rhum sous la muscade, le jus de citron vert et le sirop de canne. De l'autre côté du salon, miss Simpson avait remarqué ma soif et déménageait ses petits choux à la crème dans ma direction.

— Si vous continuez à boire à cette vitesse, monsieur Evangelos, il faudra bientôt vous porter!

— Excusez-moi, mademoiselle, mais je n'ai pas vraiment envie de plaisanter en ce moment, je ne me sens pas très bien.

— Il ne fallait pas boire autant, alors!

— Qu'y a-t-il d'autre à faire dans ce genre de soirée?

Je sentais monter en moi une humeur meurtrière.

— Comment, vous êtes en si belle compagnie et vous vous plaignez? Il y a ici ce soir tout ce que la Barbade compte de citoyens éminents, toutes les grandes fortunes de l'île!

— Du sang et du sucre, miss Simpson, rien que du sang et du sucre.

— Pardon?

Elle me regardait, interloquée, son élan de sociabilité tout à coup freiné. Je saisis un autre verre de punch sur un plateau qui passait.

— Du sucre dans leurs boissons, du sucre dans leurs poches, du sucre dans les coffres de leurs banques, dans leurs lits, dans leurs décolletés, dans leurs choux à la crème! Partout du sucre, du sucre, du sucre!

— Vous avez raison, vous n'allez pas bien. Il faut cesser de boire, monsieur Evangelos.

— Et vous, miss Simpson, vous allez bien? Vous m'en voyez ravi! Dites-moi, quel lien vous unit, vous, au sucre? À part les choux à la crème, bien sûr!

— Mais qu'est-ce que vous racontez!?

Elle commençait à jeter des petits coups d'œil effarés autour d'elle, appelant silencieusement à l'aide. Indépendamment de sa méfiance envers mon ébriété certes un peu agressive, je rompais le contrat de légèreté qui était censé réglementer nos échanges. Selon les lois du commerce mondain, c'était encore plus grave.

— Vous avez raison. Non, ne vous fâchez pas, je ne fais que plaisanter, fort maladroitement, il est vrai. Je me ressaisis donc et vous redemande, très poliment et très sérieusement, ce que fait votre famille.

— Nous avons une plantation, comme tout le monde, pas très loin d'ici, dans Saint-Philip.

Sa voix était devenue cassante.

— Fort bien. Et de combien d'esclaves disposez-vous?

— Deux cent trente.

— Ils se plaisent chez vous, ces deux cent trente esclaves?

— Je dois vous avouer que je ne goûte plus tellement cette conversation, monsieur Evangelos. Je vous signale que nous traitons ces gens comme nos propres enfants et qu'ils nous sont très attachés, si je comprends bien où vous voulez en venir.

— Je ne doute pas qu'ils soient attachés, mademoiselle. Loin de moi l'idée de blâmer qui que ce soit, d'ailleurs. Vous faites comme tout le monde, après tout: le sucre, c'est ce qu'il y a de plus important, n'est-ce pas?

— Vous vous moquez de moi ou quoi? Je ne suis pas obligée de demeurer ici à écouter vos sottises!

— Monsieur plaisante, voyons, Sarah! Il s'amuse à faire monter sur vos adorables petites joues ce rouge qui leur va si bien!

Miss Simpson avait effectivement rougi, mais c'était de l'arrivée du général Layne en personne, qui venait de s'immiscer dans notre pas de deux manqué. À travers son sourire, le général me transperçait des yeux. J'avais l'impression qu'une main invisible venait de me saisir à la gorge et me tenait adossé contre le mur, suspendu à quelques pouces du sol, comme un insecte épinglé dans une boîte.

Une esclave d'une beauté frappante s'approcha de nous avec un plateau chargé de verres et me sourit comme je baissais les yeux devant Layne.

— Prenez, prenez, dit le général d'une voix où perçait déjà la moquerie, cela fait du bien. Il fait si chaud depuis que l'orage est passé! Présentez-moi, ma petite Sarah, je crois que je n'ai pas l'honneur de connaître ce monsieur dont les opinions semblent si intéressantes. C'est bon, ma mignonne, tu peux lever le camp, dit-il en se tournant vers l'esclave, il ne faut pas rester des heures comme ça plantée à côté de nous!

D'une voix sèche, miss Simpson me présenta. J'avais honte de la couardise qui me clouait à présent le bec devant le général, alors que j'avais si facilement attaqué la pauvre Sarah quelques secondes plus tôt.

— Bienvenue parmi nous, professeur. Si j'en juge par vos tentatives d'humour, vous êtes abolitionniste, je suppose?

Je bredouillai une réponse incohérente. Sûr de son pouvoir sur moi, le général se lançait déjà dans un long discours condescendant, comme s'il était à l'Assemblée.

— Vous êtes tous pareils, vous, les bien-pensants. Vous jouissez de la richesse de l'Empire, mais vous refusez de reconnaître d'où elle vient. Où seriez-vous sans les colonies? De quoi vous habilleriez-vous? Que mettriez-vous sur votre table? Pensez-vous sérieusement que tous ces peuples de l'Inde, de l'Afrique et des Antilles consentiraient à vous fournir tout ce qui fait votre bonheur si nous n'étions pas là, nous, pour leur tordre un peu le bras?

«Allons, soyez honnête et regardez les choses en face. La vie n'est pas donnée, il faut la gagner de haute lutte. Voilà la leçon que vous et moi nous devons porter au monde. Il y a des peuples qui se contentent de subir la faim, les catastrophes naturelles, la peur. Nous, les Blancs, nous réagissons, nous prévoyons, nous nous défendons. De deux choses l'une: ou bien vous baissez les bras, vous laissez la terre revenir à l'état de friche, la jungle repousser, et alors vous redevenez comme ces gens qui vous font tant pitié, passifs et peureux, assis sur une branche de baobab à attendre que les esprits leur fassent cadeau d'une bonne chasse. Ou bien vous bâtissez, vous abattez la forêt, vous tuez les loups, vous domptez la mer à coups de digues et de grands navires, vous faites reculer la barbarie, bref vous maîtrisez le destin. Tant pis pour ceux qui sont trop mous pour agir! Il y a des gens qu'on ne peut pas laisser à eux-mêmes, sinon la terre entière retournerait à l'état sauvage, l'humanité à la bestialité. La beauté du monde est ce que nous en faisons, professeur. Le Parthénon n'a pas été cueilli dans un manguier, il a été construit, que diable!

«Et puis, ce qui me déroute le plus chez les gens de votre espèce, c'est votre mauvaise foi. Les camées de monsieur Wedgewood, ceux qu'on voit aux boutonnières des abolitionnistes en Angleterre, avec leur nègre agenouillé qui supplie, les chaînes aux mains, vous croyez qu'ils sont fabriqués dans un salon de thé? Est-ce que je vais mettre mon nez dans les usines Wedgewood, moi?! Je traite mieux mes coupeurs de canne que cet hypocrite ne traite ses ouvriers. Demandez à un enfant qui passe ses journées chez moi, à l'air pur, à enlever cinq ou six mauvaises herbes dans un jardin, s'il préfère rester là ou aller crever, pour quatre pence par jour, dans une filature de Manchester ou au fond d'une mine du Yorkshire.»

Miss Simpson approuvait tout ce que disait le général à coup de petits hochements de tête. C'était étonnant d'écouter cet homme. Dans sa bouche, l'esclavage devenait le fer de lance du progrès, l'avant-garde du combat pour la grandeur de l'homme, au pire une forme bénigne et temporaire du despotisme éclairé, dont les peuples pour le moment contraints à s'élever de force au-dessus de leur animalité nous remercieraient un jour. Dans un siècle ou deux, assurait Layne, la prospérité des Barbadiens ferait l'envie de tous les Africains.

— Mais ne parlons pas que de choses déplaisantes! Vous vous amusez quand même un peu parmi nous, j'espère, malgré vos états d'âme! Vous poursuivez ici des recherches, d'après ce que disait Sarah. Ah, c'est beau la science, c'est une chose qui ennoblit l'âme, une des plus grandes conquêtes de la civilisation chrétienne! Et quel est le sujet de votre travail, plus précisément?

J'improvisai une autre réponse plus ou moins incohérente. Plus je parlais, plus je me rendais compte que Layne m'écoutait à peine, jetant des coups d'œil discrets par-dessus mon épaule, cherchant déjà d'autres interlocuteurs. Distraitement, comme tiré d'une rêverie, il enchaîna après quelques secondes de silence.

— Eh oui, quelle trouvaille quand même, cette tombe. Le vieux Cumberbatch était fou de joie quand il l'a découverte. Il voulait que je finance la venue d'une équipe complète de savants d'Angleterre, mais, vous comprenez, avec tout ce qu'il fallait re-construire après l'ouragan, nous avions d'autres chats à fouetter. Enfin, je suis quand même heureux que le pasteur ait eu son ex-pert, et sans que cela me coûte un shilling!

Le général riait étonnamment fort pour quelqu'un d'aussi petit. Miss Simpson profita de cette pause pour s'excuser, en m'envoyant un salut très formel.

— Délicieuses, n'est-ce pas, nos demoiselles barba-diennes? Vous êtes marié? Non? Vous avez bien raison, il faut garder les mains libres pour goûter tous les plaisirs qui passent!

Il éclata à nouveau de son grand rire. Les pensées égril-lardes qui lui trottaient dans la tête semblaient avoir ravivé son in-térêt pour notre conversation.

— Au fait, si vous aviez l'intention de séduire la petite Sarah, je vous avertis tout de suite que vous vous y prenez de la pire façon possible! Il ne faut pas la taquiner sur un sujet aussi dé-licat. Il y a seize ans, au moment de l'insurrection de 1816, elle a beaucoup souffert, vous savez. Sarah était encore une enfant, oh! une douzaine d'années tout au plus. Vous ne pouvez pas vous imaginer ce qu'elle a vécu, la pauvre! Ils ont tout brûlé chez elle. Son père était en Angleterre au moment de la révolte, et les esclaves l'ont gardée prisonnière pendant près de deux jours, avec sa mère et sa sœur, jusqu'à ce que la milice vienne les sauver. C'était horrible! Quand nous sommes arrivés, la petite était attachée aux poteaux de son lit, en larmes. Sa robe était déchirée. Vous savez de quoi ces animaux sont capables. Même en temps normal, ils ont une telle façon de regarder nos filles!

— Mon dieu, vous voulez dire qu'ils avaient…

— Non, pas vraiment. Cette fois-là, il y a eu plus de peur que de mal.

Layne avait presque l'air déçu. Il me parlait maintenant comme si je m'étais définitivement rangé à ses opinions, avec une touche de connivence masculine que je trouvais désagréable.

— Figurez-vous, reprit-il, que ces crétins s'étaient imaginé qu'une reine noire, rien de moins, venait de monter sur le trône d'Angleterre, qu'elle avait ordonné de libérer tous les esclaves et que nous, les méchants planteurs, nous refusions d'obéir! Pouvez-vous imaginer une histoire plus bête? Il a suffi que quelques meneurs propagent cette rumeur absurde, et en deux jours ils avaient mis le feu au quart des terres de l'île. Nous avons dû en pendre et en fusiller plus de quatre cents avant qu'ils se calment. Des animaux, professeur! À Saint-Domingue, vous avez vu ce qu'ils ont fait? Tout pillé, tout brûlé, tout massacré!

«Au fond je vais vous avouer quelque chose que je n'ai encore jamais dit à un abolitionniste: l'émancipation est une aberration logique, une utopie dangereuse. Même si, au nom de la morale chrétienne, je vous accordais que l'esclavage est une infamie, il est de toute façon trop tard pour la corriger. C'était à nos ancêtres d'y penser. Nous, nous n'avons fait qu'hériter d'un système dont nous ne sommes pas responsables. L'esclavage, ce n'est pas moi qui l'ai inventé, professeur.

«Comprenez-nous. Nous sommes chez nous ici, nous sommes devenus profondément attachés à cette île. Il y a près de deux siècles que des Layne vivent sur cet emplacement précis. La terre sur laquelle nous sommes en ce moment a été donnée à mon aïeul par le roi Charles lui-même, en reconnaissance de ses bons et loyaux services dans la guerre civile contre Cromwell. Ma famille vit ici depuis bien plus longtemps que n'importe laquelle de ces portées de nègres. Eh bien, professeur, le jour où vous libérez les esclaves, nous sommes tous morts, comme à Saint-Domingue. Il y va de notre vie, de celle de nos femmes et de nos enfants. Nous avons droit à cette terre. Comment voulez-vous qu'après tant de générations d'esclavage, ces gens soient capables de travailler de concert avec nous, librement, pour notre bien commun? C'est terrible à dire, mais je crois que malgré tout ce que nous avons fait pour eux, ils nous haïssent profondément, ils nous égorgeraient à la moindre occasion. La noirceur de l'âme humaine est parfois terrifiante! Essayez de voir les choses de notre point de vue. Notre opposition à l'émancipation, ce n'est en somme que de l'autodéfense. Nous ne sommes quand même pas des monstres! Ho, petite, viens ici avec ce plateau!»

Il appelait la servante de tout à l'heure, qui passait derrière moi.

— Servez-vous, professeur, allons, c'est sans cérémonie chez nous. Non, non, allez-y, moi je ne prends jamais ce qui passe sur les plateaux. Une vieille superstition! Je garde le même verre tout au long de la soirée et je le surveille. Un accident est si vite arrivé! Quand on est dans ma position, on est envié par tellement de gens qui vous veulent du mal! N'est-ce pas, ma jolie? Mais n'ayez aucune crainte, professeur, vous, vous ne risquez rien!

De nouveau ce rire trop grand pour un si petit homme. Il passa sa main sur la nuque de la fille et l'attira vers lui.

— Allons, approche, petite. Monsieur ici s'imagine que tu es malheureuse chez moi, il croit que je te maltraite. Dis-lui qu'il se fait des idées, explique lui toi-même qu'il se laisse berner par la propagande abolitionniste.

La fille battit des cils, arbora son plus beau sourire et nous enveloppa, Layne et moi, d'un regard langoureux.

— Voyons, tout le monde sait que vous êtes le maître le plus juste de toutes les Antilles, monsieur Layne. Vous avez toujours été si bon pour moi!

Elle s'inclina très bas, entraînant nos yeux dans l'échancrure de sa robe, puis s'éloigna d'un pas fier.

— Délicieuse, non? Ah, elles ont quand même du charme, une fois bien savonnées! Celle-là, elle a une de ces croupes! Mais dites-moi, entre hommes, est-ce que vous avez eu la chance de goûter à nos fruits locaux depuis que vous êtes ici? Les Anglaises, c'est bien joli, mais il n'y a rien au monde comme une petite Africaine bien rebondie! Je peux vous arranger quelque chose, si vous voulez, vous m'êtes sympathique, après tout. Ce n'est quand même pas avec Cumberbatch et son macchabée que vous avez pu vous distraire!

Il rit et me poussa l'épaule de façon étonnamment vulgaire pour quelqu'un d'aussi haut placé. C'était de toute évidence le genre de questions qu'il lançait pour désarçonner, sans s'attendre à une réponse sérieuse. Depuis tout à l'heure, je ne pensais qu'à fuir cet homme. Je me sentais comme une marionnette entre ses mains. Je savais qu'il utiliserait le moindre détour de la conversation. Tout était écrit d'avance, tout devait se faire dans les règles. Lui pouvait pérorer sur tout, du droit de cuissage le plus grossier aux sophismes les plus transparents, il pouvait me dire ouvertement que j'étais un imbécile et un naïf. Mais moi, le scénario m'interdisait de lui répondre qu'il n'était qu'un satyre et un bourreau. De toute façon, je n'en aurais pas été capable. C'était ainsi entre un homme comme Layne et un homme comme moi.

Lentement, ma paralysie me menait vers une sorte d'autodestruction. Je sentais que j'étais sur le point de faire n'importe quoi pour sortir de cette impuissance rageuse, pour effacer l'humiliation de ce rapport de pantin à meneur de jeu. Et comme je n'avais pas le courage de porter les coups là où j'aurais si violemment désiré le faire, je savais que mon exaspération allait se retourner contre moi, que j'étais sur le point de m'immoler devant Layne et de briser mes chaînes en taillant ma propre chair. C'était cela ou lui sauter à la gorge, lui jeter mon verre en pleine figure!

Pour me calmer, je vidai mon verre d'un seul trait, mais dans un endroit moins dangereux, au fond de mon gosier. Cela faisait beaucoup de verres que j'avalais depuis une demi-heure.

— Mais vous buvez comme un vrai Barbadien, professeur! Voilà qui est excellent. À votre santé!

Ses yeux s'étaient remis à fureter par-dessus mon épaule.

— Écoutez, il faudra nous donner une conférence quand vous aurez terminé vos travaux. Au Colony Club, nous aimons bien nous tenir au courant des derniers progrès de la science. Le mois dernier, un ingénieur de Glasgow est venu nous entretenir des développements récents dans le domaine de la machinerie à vapeur. Prodigieux! Jusqu'où ira le génie chrétien, je vous le demande?! Imaginez tout l'effort qui sera épargné à nos pauvres ouvriers quand l'usinage du sucre se fera au moyen de cette force colossale! Imaginez le rendement! Enfin, j'espère que vos conclusions seront spectaculaires, j'ai horreur de perdre mon temps dans ce genre de réunion. Du concret, voilà ce que j'aime.

— Cela dépendra du jardinier, général.

— Vous dites?

Layne avait déjà partiellement amorcé son mouvement de retraite. Suspendu entre deux gestes, il avait l'air d'un bas-relief égyptien, la tête dans un sens, le tronc dans l'autre. Il me fixait d'un air à la fois distrait et agacé.

— J'ai dit que cela dépendrait du jardinier. Celui qui doit avertir le Basoulo.

— Qu'est-ce que vous me chantez là? Vous y allez trop fort avec le rhum, professeur. Il faut quand même vous méfier, vous savez, ce punch est plus fort qu'on ne pourrait le croire. Bon, allez, je vous laisse, j'ai des amis à voir. Soyez sage maintenant, vous me le promettez?

— Qui est ce Basoulo, vous allez me le dire? L'homme armé avec la tunique et les nattes? Le vieil esclave qui venait de votre plantation? Je n'en sais rien pour le moment, mais je vais bientôt l'apprendre. Je ne suis pas aussi stupide que j'en ai l'air, vous savez. Cela fera un très joli sujet de conférence. J'arriverai un jour à vous intéresser, général. Très spectaculaire, la conférence du petit Thomas, vous allez voir! Le Basoulo et le général! L'empereur du sucre!

Le rhum avait fait son chemin jusqu'au bout de ma cervelle. Mes lèvres étaient gonflées et difficiles à faire bouger, et j'avais toutes les peines du monde à réprimer le balancement de mon corps. Je voulus m'appuyer contre un dossier de chaise, mais ma main le manqua et je m'affalai sur le plancher.

Tous les regards se tournèrent vers moi. Layne ne dit pas un mot. Il adressa un simple signe des yeux à deux esclaves qui m'empoignèrent sous les bras et me traînèrent jusqu'à un fauteuil. On remplaça mon verre de punch par de l'eau. La fille que Layne avait appelée tout à l'heure pour témoigner qu'il était un homme éclairé était maintenant assise à mes côtés, en train de m'éventer. Elle était vraiment ravissante, avec un petit visage tout rond, très différent de celui de Bennebah.

— Merci, mademoiselle, lui dis-je, cela me fait grand bien. Dites-moi, vous aimez les baignades?

— Je ne sais pas nager, monsieur. Je ne vais jamais à la mer.

Elle continuait machinalement à agiter son éventail, en faisant à peine attention à ce que je disais dans mon délire.

— Je vous emmènerai une fois avec Bennebah. Vous verrez, c'est très agréable de se laisser flotter sans penser à rien.

— Monsieur est bien aimable.

— Cela va déjà beaucoup mieux maintenant, merci, vous pouvez arrêter. Quelle soirée! Il ne faut pas abuser des choux à la crème, vous savez…

— Si monsieur se sent remis, je vais continuer mon service. Bonne soirée, monsieur.

Elle avait détalé, laissant un vide parfumé derrière elle. Dans l'embrasure de la porte qui menait aux cuisines, je reconnus l'esclave qui se débattait tout à l'heure dans les bras de Henry Layne. Elle était presque aussi jolie que celle qui venait de me quitter. Le boudin avait-il eu ce qu'il voulait? Je revoyais dans ma tête les longues jambes nues de la fille, auréolées de tissu froissé. Les porcs! La tête me tournait, le sucre de leur punch fermentait avec le rhum dans mon estomac. Du sucre, toujours du sucre!

C'était donc si simple? Des filles belles comme la nuit, des filles qui auraient pu être des princesses africaines! Comme ça, dans une remise, tout bêtement, dès que l'envie leur en prenait! C'était plus fort que moi, mais je n'arrivais pas à détacher mes yeux de ces deux esclaves qui allaient et venaient dans le salon.

Ce que leurs maîtres faisaient était terrible. Mais ivre comme je l'étais, je désirais violemment ces filles, avec une sensualité désespérée, et la facilité avec laquelle ces monstres pouvaient jouir de leur beauté me faisait blêmir. Pourquoi Bennebah était-elle si compliquée? Pourquoi me fallait-il toujours quêter le plus petit instant de passion? Je répugne à l'avouer, mais ce soir-là, affalé dans mon fauteuil, j'enviais le général. Avec les femmes, j'avais toujours été comme un enfant pauvre qui venait coller son nez à la vitrine d'une pâtisserie. Et voilà que ce salaud de Layne possédait tout un magasin, lui, et qu'il s'empiffrait chaque fois qu'il le voulait de pralines, de nougats, de gâteaux au miel, de tartes à la pâte d'amande, de sablés aux fruits confits!

Je me levai tant bien que mal et me mis à la recherche de Cumberbatch. À l'autre bout de la pièce, Rupert Layne, l'air très sérieux, parlait tout bas avec un personnage blond. L'homme se tourna vers moi, me dévisagea longuement sous ses épais sourcils, puis haussa les épaules. J'aurais mieux fait de graver bien profondément ce visage dans ma mémoire, au lieu de détourner tout de suite le regard et de chercher Cumberbatch. Miss Simpson, qui revenait de l'extérieur, fit un grand détour pour m'éviter. Je trouvai enfin le révérend, couché dans un fauteuil d'osier, qui ronflait au grand air sur la galerie. Nous formions un beau couple, lui et moi! Il ouvrit des yeux vitreux quand je le secouai et loucha vaguement dans ma direction.

— Ah, c'est vous, dit-il. Vous vous êtes bien amusé? Formidables, n'est-ce pas, les soirées du général! Je me suis bien diverti moi aussi, mais j'ai dû manger un peu trop de ces pâtés d'oie, ce n'est pas tellement dans mes habitudes. Il faut se méfier de toutes ces nourritures trop riches.

Il bâilla et expulsa à grand peine un rot sonore.

— Excusez-moi. Dites, continua le révérend, je crois que j'irais bien présenter mes hommages à nos hôtes et me coucher. Vous êtes le bienvenu chez moi, si vous voulez. Sinon, le cocher ira vous ramener en ville après m'avoir déposé.

Je préférais de loin rentrer à l'auberge. J'étais vaguement conscient de m'être humilié devant le général et je me sentais un peu honteux. Un découragement plus global pesait de plus en plus lourdement sur mes épaules. Il me semblait que ces jours derniers je n'avais accumulé que des échecs. L'euphorie que je ressentais au début de mon voyage s'était dissipée. Le soleil et l'eau n'arrivaient plus à me faire du bien. Je me sentais redevenir le même reclus maladroit qu'à Londres. L'espace se resserrait autour de moi, je m'empêtrais sans cesse dans des filets invisibles. Même ma mauvaise humeur chronique était revenue, comme les jours où je sanctionnais la moindre faute de mes petits élèves d'un coup sur la nuque. Je commençais alors à entrevoir ce que je sais aujourd'hui au plus profond de moi: que partout où je vais, je traîne le même rapport avec les choses, la même façon de voir, que ce soit le brouillard de Londres ou la lune au-dessus de la Corne d'Or. Aucune sensation n'est absolue dans ma tête, aucune émotion entière. Mon cerveau ne connaît pas la plénitude de l'idée unique, indivisible et sans échos, celle qui remplit chaque recoin de la conscience et qui l'apaise. Je sais pour l'avoir lu que de telles sensations existent. Mais je n'ai jamais su de l'intérieur ce que cela pouvait représenter. Tout ce que je sens, tout ce que je pense se joue au milieu d'une arène infinie où des milliers de voix comparent sans cesse l'instant présent à tous les autres possibles. Ma tête est une démocratie poussée jusqu'à l'absurde: que je sois seul chez moi à grelotter devant un livre ou sous l'alizé avec la plus belle fille du Nouveau-Monde, le tumulte qui règne dans mon crâne pose toujours les mêmes questions. L'incertitude me paralyse. J'ai appris maintenant que je n'y peux rien. Tout au moins puis-je espérer que quelqu'un verra un jour dans cette mécanique étrange un exemple amusant des mille incarnations possibles de l'esprit humain.

Nous saluâmes le général, sa femme et son fils. Cumberbatch souhaita bonne chance au jeune Henry, qui partait jeudi pour Southampton. Je l'imaginai à Londres, troussant par habitude la première servante qui lui ferait envie et se faisant découper en rondelles par les patrons de l'offensée. L'idée me plaisait. Je lui offris mes vœux.

Le général me serra la main.

— Au revoir et bonne nuit. J'espère que votre malaise n'a été que passager. Donc, c'est entendu, n'est-ce pas, pour cette conférence, nous comptons sur vous!

Il fit une pause, puis m'adressa un clin d'œil:

— Si le jardinier le permet, bien sûr.

15

Avec le début de la saison des pluies, la houle avait presque complètement emporté la petite plage où j'avais l'habitude de me baigner. La douceur de l'alizé avait laissé la place à un temps à deux visages, tantôt immobile et lourd, tantôt féroce. On ne pouvait plus se fier au soleil. Certains jours, il brûlait si fort dans l'épaisseur quasi solide de l'air qu'il fallait chercher l'ombre toutes les cinq minutes. Le lendemain, des trombes de pluie s'abattaient partout. Tout sentait le moisi. La mer devenait brune, remplie de débris charriés par la crue des ruisseaux. On sentait dans la nervosité ambiante la crainte de l'ouragan. Jamais, de mémoire de Barbadien, le vent n'avait osé frapper deux années de suite avec la même force dévastatrice. Mais n'étions-nous pas dans une époque funeste, faite de bouleversements et de calamités à répétition? Et si l'on délaissait ces fantaisies métaphysiques pour le monde ordonné des lois du hasard, n'avait-on pas vu le même numéro sortir cinq, six fois de suite certains soirs sur le tapis des salles de jeu?

J'essayais quand même de nager tous les jours, quel que soit le temps, pour m'engourdir dans un corps à corps monotone avec l'eau. Par défi, j'allais chaque fois un peu plus au large. Un jour, j'allai si loin que je tombai sur un banc de poissons volants. Des centaines de formes ailées passèrent au-dessus de ma tête dans un chuchotement mouillé, comme de grosses libellules musclées, argentées et bleues. Comme dans un rêve, je restai longtemps à nager sur place, le cœur affolé, fixant la surface impassible de l'eau, doutant de la réalité de ce que je venais de voir et d'entendre.

Bennebah m'avait fait savoir par Easter Rose qu'elle ne souhaitait pas me revoir. Fait étonnant, Rose n'en profita pas pour me proposer de nouveau ses services. Elle m'évitait, comme si un pacte avait été conclu entre elle et Bennebah, s'occupant de ma chambre seulement quand elle était sûre que j'étais sorti.

Le mardi soir, j'étais tranquillement installé à ma place habituelle pour souper quand Rachel Brade vint s'asseoir à côté de moi. C'était la première fois qu'elle m'adressait la parole depuis le soir où Josiah Griffith avait été tué. D'un geste brusque de la tête, elle congédia la serveuse qui venait de m'apporter mon assiette de poisson frit et ma bière. La patronne me dévisagea longuement, comme si j'étais un insecte bizarre qu'elle remarquait pour la première fois dans un coin sombre de son auberge. Elle hocha la tête, émit un petit rire sceptique et planta ses deux coudes sur la table. Le choc se répercuta dans ses bras qui furent secoués d'un tremblement gélatineux.

— Le poisson vous plaît?

Elle accueillit ma réponse avec une moue indifférente et retomba dans son silence, se contentant de me regarder manger.

— On m'a chargée d'un message pour vous, dit-elle après un moment. Vous êtes un petit cachottier, monsieur Evangelos, avec votre air de moine. Ma foi, à chacun ses petits secrets, non? Quoi qu'il en soit, on m'a dit de vous dire que dimanche vers deux heures, sur la route qui longe la falaise de Hackleton, il y aura quelqu'un qui veut vous parler. Environ deux cents pas après le carrefour qui mène à Newcastle, il y a un grand figuier sur le bord de la route. On vous attendra là. Ne me demandez pas plus de précisions, c'est tout ce que je sais. Vous connaissez le chemin pour vous rendre là-bas? Bon. Ah oui… il faut que vous soyez seul. Pas de cocher.

Elle se leva en grimaçant, s'appuyant lourdement sur la table, comme si chaque mouvement de son gros corps était tout à coup devenu douloureux.

— Vous m'excuserez, j'ai à faire à la cuisine. Ah, ces pluies me font toujours tordre les os! Chaque année, c'est pire que la fois d'avant. Ce n'est pas drôle de vieillir, monsieur Evangelos! Décidément, fit-elle, hochant la tête et s'en allant en boitillant, on ne devinerait jamais à vous voir...

Je laissai de côté le reste de mon assiette. Les amis de Mingo donnaient enfin signe de vie. Tout n'était peut-être pas perdu. Cette histoire de Basoulo me permettrait de me racheter, de sortir de cette torpeur où je m'enfonçais chaque jour plus profondément. Je me souvenais vaguement d'avoir trop parlé devant Rupert Layne, mais cela ne devait pas être très grave, sinon on m'aurait déjà interrogé. Enfin, mon heure allait venir. Et Bennebah allait voir.

Le temps parut s'éterniser jusqu'au dimanche, encore plus que la fois où Bennebah m'avait donné rendez-vous dans le petit bois de la côte ouest. Je passai encore presque toutes mes journées à la mer. Immobile dans l'eau, les yeux rivés sur les nuages, j'essayais de faire le vide dans mes pensées. J'imaginais un nouveau Thomas, ferme et décidé, qui marcherait le dimanche suivant vers une nouvelle vie faite de gestes d'éclat et d'actions viriles. Yannis avait raison, il n'y a de vérité que dans le mouvement.

Quand un orage éclatait maintenant, je ne me donnais même plus la peine de regagner le bord. Je regardais bouger la colonne grise au-dessus de la mer et, nageant à toute vitesse, je m'amusais à essayer de la déjouer. Si je plongeais pendant que la pluie passait, je voyais son ombre avancer sur le corail, éteignant les couleurs, j'entendais son crépitement assourdi se perdre au-dessus de moi dans l'espace mou de l'eau. Une fois, j'arrivai si bien à tout oublier que je faillis laisser un clipper me passer sur le ventre. J'entendis juste à temps son gréement qui craquait et le sifflement du vent dans ses voiles. Ses occupants ne me virent pas; je dus me précipiter au fond de l'eau pour l'éviter. La coque resta suspendue sur moi pendant une éternité et je me crus condamné à mourir étouffé.

Dimanche arriva enfin. Le cocher de l'auberge, habitué à mes excentricités, me laissa sur le bord de la route et s'en alla sans un regard. J'attendis. Vers l'est, une éclaircie perçait parfois la chape des nuages et un rayon de soleil, presque solide contre l'arrière-plan grisâtre du ciel, allumait pendant quelques minutes une tache de métal incandescent sur la surface terne de la mer. Le vent, qui rafraîchissait à peine un air lourd et difficile à supporter, s'engouffrait en sifflant dans les champs. Je commençais à ressentir le même étouffement que le jour où je m'étais promené sur les terres de Ferdinand.

Tout à coup, j'eus l'impression très nette que quelqu'un m'épiait derrière les cannes. À deux ou trois reprises, j'avais cru entendre le froissement d'un pas dans la végétation. La première fois une troupe de mainates s'étaient envolés, pris de panique, et s'étaient posés plus loin dans les arbres. Les cris d'alarme qu'ils se renvoyaient d'une branche à l'autre mirent de longues minutes à se calmer. Je repensai au cavalier qui était passé au galop tout à l'heure, le chapeau enfoncé sur le visage, la tête tournée de l'autre côté de la route, comme s'il avait voulu se cacher. Cette impression d'être suivi ne m'avait pas vraiment quitté depuis la réception chez le général. Chaque fois que je sortais de mon auberge, il me semblait que des hommes, embusqués dans des encoignures quelques secondes avant mon apparition, se mettaient à marcher nonchalamment dès qu'ils me voyaient, à l'inverse de ce jeu d'enfant où l'on ne bouge que lorsque le meneur a les yeux fermés, pour s'arrêter dès qu'il les ouvre. Tout à l'heure encore, à plusieurs reprises, j'avais cru voir le même nuage de poussière derrière moi sur la route, toujours trop loin pour que je distingue les traits du cavalier.

Cette fois-ci, sur ma gauche, le craquement dans les cannes parut délibéré. Les tiges s'écartèrent et je fus soulagé de voir apparaître l'inimitable sourire de Mingo. Il me fit signe de le suivre. Le rideau dense des cannes se referma derrière moi. Mingo se faufilait le long d'un sentier quasi invisible, où je n'aurais jamais su trouver de chemin; une ou deux fois seulement, le jardinier dut abattre un plant récalcitrant d'un coup sec de son coutelas. Nous atteignîmes le bord de la falaise. Le sentier continuait sur une pente raide et boisée, plus large maintenant mais réduit à la hauteur d'un tunnel grossièrement découpé. Le plafond végétal devait rendre le sentier invisible d'en haut. Il fallait marcher le dos courbé et les genoux pliés, ce qui devint vite inconfortable. Mingo n'avait toujours pas dit un mot. Quand je tentai de le questionner, il se contenta de sourire et me fit signe de me taire. Ses yeux avaient repris leur ironie habituelle. Ici, je n'étais plus l'annonciateur du Messie, mais un simple Blanc essoufflé qui trébuchait sur les racines et s'égratignait le visage aux broussailles. Pendant tout le trajet, il ne ralentit qu'une fois, très brièvement, l'oreille tendue, le regard inquiet. Au-dessus de nos têtes, des singes s'enfuirent en criant.

Le sentier serpenta longtemps parmi les pierres, longeant le pied de la falaise. D'après la direction du vent et le bruit de l'océan, nous marchions vers le nord. Au bout d'une vingtaine de minutes, Mingo s'arrêta enfin. Nous étions dans une petite clairière, entourée de deux côtés par des éboulements. Il me fit signe d'attendre et disparut entre les broussailles. J'entendais tout près le chant d'une tourterelle. La forêt grouillait de sons et de présences sournoises. À force de décomposer chaque vibration de l'air pour y surprendre l'ennemi caché, je percevais toute chose comme démesurément forte et angoissante.

Le premier signe clair que je reçus fut le reflet d'un canon de fusil braqué sur moi à travers le feuillage. Je me levai d'un bond et me retournai pour fuir, mais un deuxième canon me barrait la route. Un homme s'avança vers moi. C'était le même que j'avais vu dans la crypte avec Mingo, et il portait à nouveau son étrange tunique.

— Qu'est-ce que tu nous veux, le Blanc?

Il me dévisageait d'un air mauvais. Son cou était entouré de colliers et le haut de sa tunique était décoré du même genre de petits coquillages que Cumberbatch avait trouvés dans la tombe de Ferdinand. Ses cheveux, qui tombaient en nattes épaisses autour de sa tête, lui donnaient un air de lion ébouriffé.

— Qu'est-ce que tu veux? répéta-t-il, faisant passer son fusil dans sa main gauche.

Je demeurai interloqué. Jusqu'à cet instant, j'avoue que je n'avais pas pris Mingo très au sérieux. J'étais certes intrigué de savoir ce que je trouverais au bout de cette promenade, mais mon attente était entièrement abstraite, je n'avais envisagé aucun de ces détails qui auraient dû m'effrayer. Je m'étais contenté de suivre, en voyageur passif et étonné, le cicérone muet qui me conduisait aux enfers. La réalité me rappelait maintenant à l'ordre, sous la forme d'un canon de fusil et de deux yeux noirs chargés de haine. Je ne jouais plus au petit soldat sur les remparts de Théodose.

— Tu es sourd, le Blanc? Je t'ai posé une question.

— Où... où est passé Mingo? C'est lui qui m'a entraîné ici. Il m'a dit que vous vouliez me voir. Rachel Brade m'a transmis...

— Tu as raconté à Mingo que tu nous avais vus dans la crypte, l'autre nuit. C'est vrai?

— Non... oui... c'est-à-dire que... je ne suis pas vraiment sûr que c'était vous...

— Ne me prends pas pour un imbécile, petit Patte rouge. Je ne suis pas Mingo, moi. Lui, tu peux lui faire peur avec des fantômes, tu sais très bien qu'il est comme un enfant. Mais pas moi. Un petit geste de mon doigt ici et tu es mort. On ne te retrouvera jamais. Personne ne vient ici, ni l'armée, ni la milice. En quelques jours, il ne restera rien de toi, les fourmis auront tout mangé. Pour la forme, tu auras disparu en mer, tu seras allé te noyer au large. Rachel Brade t'aura vu partir à la nage et ce jour-là, la mer aura été très, très agitée.

Sa voix se faisait plus menaçante.

— Pourquoi as-tu raconté à Mingo que tu cherchais les descendants du roi et que tu allais les ramener à la terre de leurs ancêtres? Qu'est-ce que tu sais de nous?

Il n'y avait plus moyen de feindre. J'étais pris et je ne voyais pas comment m'en sortir sans révéler ma propre mission. Résigné, je m'affalai sur une pierre et me mis à tout expliquer: qui j'étais, comment le mouvement grec s'était intéressé à Ferdinand, comment mon cousin et ses amis espéraient mettre l'éventuel descendant des Paléologue sur le trône de Grèce. Je me sentais revenu à Londres, en train de faire la leçon à un élève turbulent.

— Paléologue, voyez-vous, c'est le nom de famille de l'homme qui est enterré dans la crypte. Ferdinand Paléologue est le descendant des empereurs de mon pays, la Grèce. Enfin, de l'Empire byzantin...

L'homme me regardait d'un air perplexe, sans dire un mot.

— Mais oui, Byzance, l'Empire qui nous a légué tout l'esprit de l'Antiquité grecque et romaine… Pardonnez-moi, ce sont des détails… Écoutez: l'empereur, c'est comme un roi, un grand chef de tribu, un chef de village, mais un grand, grand, grand village…

— Écoute, Patte rouge, je t'ai dit que je ne suis pas Mingo, dit-il d'une voix sourde. Tu n'as pas à me traiter comme un enfant. Si tu me parles encore une fois sur ce ton, je te découpe au coutelas.

— J'essayais simplement de vous expliquer. La Grèce, c'est un pays qui est loin vers l'est, beaucoup plus loin que l'Angleterre. Jusqu'à tout récemment, la Grèce était occupée par les Turcs ottomans. Yannis, mon cousin, et quantité d'autres patriotes ont réussi à libérer une partie de ce pays avec l'aide des Anglais, des Russes et des Français. Mais la plus grande partie du territoire est encore aux mains des Turcs, et en particulier Constantinople… enfin Istanbul… Byzance, quoi… l'ancienne capitale de l'Empire…

— Tout cela me semble bien compliqué. Viens-en au fait. Tu ne m'as toujours pas dit ce que tu savais de nous.

— Mais je ne sais rien de vous, je vous jure! Depuis que je suis ici, j'ai seulement fait quelques recherches avec Cumberbatch, le pasteur de Saint-John. Nous avons fouillé dans les registres pour voir s'il n'y avait pas quelque part des traces des descendants de Ferdinand Paléologue. C'est tout. Je n'ai rien trouvé. J'étais sur le point de tout abandonner et de retourner chez moi quand je vous ai vus par hasard l'autre nuit.

— Tu cherches mal. Tu perds ton temps dans les registres. Les hommes ne sont pas dans le papier. Si tu veux trouver un homme, il faut t'adresser aux autres hommes, pas aux livres.

— Mais comment voulez-vous que je sache à qui m'adresser? En tout cas, que ce soit par les livres ou par les hommes, je n'en sais pas plus que quand je suis arrivé. Moins, si c'est possible! Il me semble que tout ce que je sais s'embrouille et s'emmêle constamment ici.

— Pourquoi as-tu dit à Mingo que tu avais besoin de notre aide? Qu'est-ce qui te fait croire que nous savons quelque chose de ton roi?

145

— Mais rien du tout! J'ai seulement vu que, vous aussi, vous vous intéressiez à lui, que vous étiez descendu dans la crypte. J'ai pensé que vous pouviez m'apprendre quelque chose de nouveau, quelque chose qui n'est pas dans les livres, comme vous dites. C'est Mingo qui m'a laissé entendre que vous saviez quelque chose. C'est vrai que je l'ai un peu bousculé l'autre jour et que je me suis amusé à lui faire peur. Je l'avoue et je m'en excuse. Je disais un peu n'importe quoi. C'est Mingo qui s'est excité quand je lui ai parlé de ma mission et qui s'est mis à me traiter en prophète. C'est lui qui a mentionné ce mot de *Basoulo*. Avant qu'il se jette à mes pieds et qu'il me dise qu'il allait vous parler, j'ignorais complètement qu'il y avait un lien entre vous et celui que je cherche. Je vous le jure!

— Qu'est-ce qui me dit que tu n'es pas un agent anglais?

— Mais vous pouvez vérifier… Voyez ici… non, baissez votre fusil, je cherche simplement mes papiers… Mais, Bon Dieu, où sont-ils?… ah, voilà… Regardez , c'est écrit ici: Evangelos, Thomas Aristote. C'est très grec comme nom, cela, vous savez! Aristote est un de nos plus grands philosophes. Et ici: lieu de naissance: Constantinople, Empire ottoman. Vous voyez?

— Non. Tu peux prétendre n'importe quoi. Ton histoire est très confuse.

— Mais demandez à Cumberbatch! Il vous le dira, lui! Où est passé Mingo? Bon Dieu…

Je ne savais plus quoi raconter pour convaincre cet homme. Mes mains étaient désagréablement moites et je me surpris à les essuyer de façon presque convulsive sur les pans de mon costume. L'homme m'examinait avec soin. Comme Bennebah l'autre jour, il semblait évaluer chaque trait de mon visage, cherchant à séparer le vrai du faux, avec l'extrême application de quelqu'un qui peine à déchiffrer une langue étrangère. Au bout d'un moment, ma peur dut lui paraître convaincante, car il sembla enfin en arriver à une décision. Il baissa son arme, fit un signe à l'homme qui me tenait en joue de l'autre côté derrière le feuillage et s'assit sur un tronc d'arbre.

— Tout ce que tu viens de me raconter sur l'homme de la crypte, je le sais déjà. Nous savons que cet homme venait d'un pays très lointain dans la direction du levant et qu'il était fils de roi. Nous savons qu'il était venu ici pour fuir l'Angleterre et qu'il n'y avait de repos pour lui nulle part. Il était comme nous. Il était ici loin de chez lui, mais il avait gardé son pays vivant dans son cœur. Il n'était pas comme les autres Blancs, même s'il était forcé comme nous de vivre parmi eux.

L'homme à la tunique éclata de rire.

— Toi et le pasteur de Saint-John, vous avez été tout étonnés de voir que le Basoulo était enterré à l'africaine, le regard vers le pays de ses ancêtres. Mais nous, nous savions déjà tout cela bien avant. Bien avant!

— Le Basoulo, c'est Ferdinand Paléologue?

— Le roi géant, le Basoulo. C'était le nom qu'il se donnait. Cela veut dire *le roi* dans la langue de son pays.

Il rit de nouveau, mais avec une teinte de menace dans la voix.

— Tu ne sais même pas cela et tu essaies de me faire croire que tu viens du même pays que lui! Les Anglais parlent, parlent, ils disent n'importe quoi et s'attendent chaque fois à ce que les Africains les croient!

Son visage se figea d'un coup.

— Mais plus maintenant. C'est fini tout ça, petit Patte rouge.

Sa main gauche trancha l'air d'un geste sec. Il laissa passer un long moment avant de reprendre.

— Tiens, je vais te dire encore une autre chose que tu ne sais pas. L'homme que tu cherches existe. Oui, tu m'as bien entendu: le fils du Basoulo existe, il est aussi vivant que toi et moi.

Devant ma stupéfaction, il éclata à nouveau d'un grand rire.

— Mais qui sait après tout combien de temps tu vivras, hein? Toi qui le cherchais dans les livres! Les livres, c'est mort. Les livres, c'est écrit par des gens comme toi, qui ne savent rien.

— Comment… comment est-il cet homme, ce fils du Basoulo? Est-ce qu'il est comme moi, les cheveux droits, la peau brune, le visage carré?

— Si le Basoulo avait les cheveux crépus et la peau noire, tu ne voudrais rien avoir à faire avec lui?

— Pas du tout! Quelle que soit son allure, si cet homme est vraiment celui que vous dites, je dois absolument lui parler. Mais il faut qu'il puisse me prouver qu'il descend des Paléologue, c'est très important. Vous vous moquez des registres, mais c'est la seule preuve qu'ils accepteront en Europe.

— Le Basoulo est ce qu'il est. Les livres ne peuvent rien prouver sur les hommes. Les livres ne savent parler que d'autres livres. Les livres disent que je m'appelle Ezra et que j'appartiens à James McConnell. Mais moi je sais que je n'appartiens à personne. Tous les hommes avec moi le savent aussi, mais les livres continueront à dire le contraire.

Il rit.

— Il y a bien une place où le mensonge des livres m'est très utile. C'est là où il est écrit qu'Ezra McConnell est mort l'an dernier dans l'ouragan, que son âme repose en paix dans le paradis des nègres chrétiens. Mais qu'ils croient ce que disent leurs livres! Pendant ce temps-là, je fais ce que je veux. Ils me reverront bien assez tôt. Bien assez tôt.

— Écoutez, laissez-moi au moins voir cet homme. Je peux vous aider. S'il est vraiment de la lignée des Paléologue, nous nous débrouillerons pour le prouver. Donnez-moi seulement un signe, un petit élément qui me permette de convaincre mes amis. Je m'occupe du reste.

L'euphorie qui montait en moi avait complètement balayé la peur.

— C'est incroyable! Vous ne vous rendez pas compte. Cette découverte va bouleverser l'Europe. C'est Yannis qui va être surpris! Je suis sûr qu'il ne s'attendait pas à ce que je trouve quelque chose, sinon il ne m'aurait pas envoyé, il aurait trouvé un moyen pour venir lui-même. Vous ne connaissez pas mon cousin! Ha! Vous nous voyez entrer à Nauplie sous les acclamations! Moi, Thomas Evangelos, j'ai retrouvé l'empereur! Vous verrez, la Grèce est un pays magnifique, vous vous y plairez beaucoup. Le Basoulo, comme vous dites! Le roi, le *basileus* dans la langue de son pays! C'est fantastique!

Je m'étais approché de l'homme aux nattes, j'étais presque sur le point de le prendre dans mes bras. Il recula et remit la main sur son fusil.

— Non, non! Ne vous inquiétez pas. Vous avez raison, je me calme! Il faut que je parle à votre Basoulo, vous m'entendez! Si vous me laissez agir, les Anglais ne pourront rien faire contre vous. Je m'en porte garant. Mes amis ont des relations très puissantes et aussi beaucoup d'argent. Je ne peux vous en dire plus long pour le moment. Mais sachez que, dès que l'affaire sera ébruitée en Europe, il ne pourra rien vous arriver. Vous n'aurez plus à vous cacher, je vous le promets. Nous vous ferons tous sortir de l'île sains et saufs, votre Basoulo et tout son entourage. En Grèce, vous vivrez comme des princes, vous verrez!

Il me regardait comme si j'avais la fièvre. Lentement, il se leva et posa son fusil sur son épaule. Il fit un signe de tête dans la direction des broussailles, se racla bruyamment la gorge et cracha par terre. Je compris que notre entretien était fini.

— Ton histoire est bien étrange, le Blanc. Cela fait trop de signes, je me méfie. Il faudra que nous en discutions entre nous. Pour le moment, tu vas retourner chez Rachel et continuer tes baignades. Et en attendant, un mot de ce que je t'ai dit aujourd'hui et tu es mort. N'oublie pas: nous savons tout de toi, nous sommes derrière chaque visage noir sur cette île. Tout ce que tu manges, tout ce que tu bois passe entre des mains noires. Une parole de travers et ta prochaine bouchée te fera éclater l'estomac en moins de dix secondes, crois-moi. Maintenant reste ici, Mingo viendra te chercher.

Il tourna sur ses talons et disparut entre les arbres. Devant moi, un canon de fusil sortit du feuillage. Je redevins conscient des mille bruits de la forêt.

Au bout de quelques minutes, Mingo arriva. Je ne sais pas s'il avait entendu (et encore moins compris) notre conversation mais il affichait son éternel sourire édenté mi-stupide, mi-ironique. Il s'engagea sans un mot sur le sentier. Le trajet de retour fut sans incident. Mingo me laissa où il m'avait trouvé, sur le bord de la route, où j'attendis, euphorique, ma voiture jusqu'au coucher du soleil. Peu avant six heures, le cavalier qui était passé plus tôt dans la journée refit son apparition. Mais cette fois, il s'arrêta dès qu'il me vit et rebroussa chemin. Il faisait noir depuis longtemps quand je rentrai à Bridgetown.

16

Bennebah refusait toujours de me voir. J'insistai. J'étais un homme nouveau, après tout! Je n'avais plus l'intention de regarder passer les événements. La perspective d'un retour en Grèce au côté de ce *basileus* oublié m'avait donné des ailes. Pourvu qu'il ne fût pas trop foncé. Je ne savais pas jusqu'à quelle nuance de peau la classe politique en Grèce serait prête à aller. Si ce Basoulo descendait vraiment des Paléologue, il ne pouvait tout de même pas être aussi noir que l'homme à la tunique, qui, lui, était du plus pur type africain. Pourquoi le Basoulo s'entourait-il alors d'esclaves échappés? Pourquoi était-il si difficile à trouver? Il y avait là un mystère qui allait sûrement s'éclaircir très bientôt.

Au troisième refus de Bennebah, je décidai de prendre les choses en main. Je me fis conduire tard le soir à la pension Banbury. À travers son regard blasé, mon cocher laissa cette fois percer une pointe d'étonnement, comme s'il s'était enfin rendu compte que je ne faisais jamais rien comme les autres. Grâce à mon séjour à la pension, je me souvenais clairement de l'endroit où logeait Bennebah. C'était un petit réduit sans fenêtres, à peine assez grand pour qu'elle pût y étendre une natte, coincé entre le poulailler et le cabinet d'aisances.

Je me fis déposer un peu après la pension et revins par la plage, un chemin que je connaissais par cœur, même la nuit. Sur les rochers, les crabes marins, tout aplatis et striés de vert, fuyaient comme des cambrioleurs dérangés. Je coupai à travers le rideau de mancenilliers qui bordait la plage et m'approchai sans bruit de la chambre de Bennebah. J'entendais sa respiration régulière à l'intérieur. Dieu de mes ancêtres, pouvoir dormir à côté d'elle, épier son souffle, la regarder somnoler le matin, me presser contre l'arc de sa croupe! Je repoussai le sac de toile qui lui servait de porte et entrai. Une vague odeur de présence humaine, faite surtout de sueur et de savon, surnageait avec difficulté parmi les effluves d'excréments qui pénétraient par tous les murs de la cabane. Je m'agenouillai au-dessus de Bennebah et, dans cette pose tout à fait appropriée d'adoration, j'entrepris doucement de la réveiller à coup de petits baisers sur la nuque.

La main de Bennebah claqua violemment contre mon nez. Je laissai échapper un juron: elle m'avait pris pour un moustique! Je sentis un filet chaud couler le long de mes lèvres et le goût salé du sang se posa sur ma langue.

— Qui est là? Qui est-ce?

Elle s'était éveillée en sursaut et, comme j'aurais dû le deviner, elle avait immédiatement attaqué, repoussant de ses poings la forme inconnue qui flottait au-dessus d'elle.

— Arrête, c'est moi, Thomas! Mais arrête, je te dis, tu m'as brisé le nez!

Quand elle réussit enfin à allumer une chandelle, j'étais assis dos au mur, les deux mains contre le visage, un mouchoir sur le nez.

— Mais qu'est-ce que tu fais là? Tu es fou? Tu veux me faire vendre ou quoi? Je t'ai dit que je ne voulais pas te voir.

Les poules s'étaient mises à bouger à côté. Bennebah tendit l'oreille.

— Si les poules se mettent à piailler, quelqu'un va sûrement venir voir. Tu es vraiment le Blanc le plus stupide que j'aie jamais rencontré! Mais est-ce possible? Dans mon lit!

Elle leva les yeux et les mains vers le ciel.

— Ce Blanc vient me retrouver dans mon lit!

J'avais de la peine à bien la voir à travers les larmes qui m'inondaient les yeux. Mon sang commençait à dessiner une traînée sombre sur ma chemise. Le mouchoir plaqué sur le nez, je tentais maladroitement d'arrêter à la fois l'hémorragie et l'absurde envie d'éternuer qui me démangeait. Je devais avoir l'air ridicule, car Bennebah éclata tout à coup de rire, les mains devant la bouche.

— Thomas, cela ne pouvait que t'arriver à toi!

C'était la première fois qu'elle m'appelait par mon nom. J'étais malheureusement trop occupé pour me réjouir. Elle prit un chiffon dans un coin de la pièce, le plongea dans un broc et se mit à éponger le sang qui caillait autour de ma bouche. Un énorme cafard, dérangé dans ses ablutions, quitta précipitamment l'ombre du broc.

— Mais qu'est-ce qui t'a pris? Tu te rends compte du risque que tu me fais courir?

Sa voix s'était adoucie, elle me parlait maintenant comme à un enfant turbulent.

— Il fallait que je te parle, Bennebah.

Ma voix sortait comme une caricature de l'accent aristocratique anglais, la douleur me forçant à parler sans bouger les lèvres.

— Il n'y avait pas d'autre moyen de te rejoindre. Chaque fois que je t'envoyais un message par Easter Rose, tu me faisais répondre que c'était impossible, que tu ne pouvais pas me voir. Je n'étais plus capable d'attendre.

Réfugié sous la natte, le cafard tâtait prudemment l'air de ses antennes.

— Écoute, il y a du nouveau. Je ne peux pas te donner de détails tout de suite, mais il se peut que j'aie trouvé un moyen de te faire sortir d'ici. Non, non, il ne s'agit pas de la même histoire que l'autre fois, je ne veux pas t'emmener en Angleterre. Cette fois-ci, c'est beaucoup plus grandiose, crois-moi. Tu pourras partir avec les tiens, enfin plusieurs des tiens, vers un pays où personne ne pourrait plus jamais te faire de mal. Et je serai là moi aussi, si tu veux de moi. De toute façon tu seras libre, tu ne me devras rien. Je ne peux pas t'en dire plus pour le moment, j'ai promis de garder le silence. Mais très bientôt, si les choses se passent comme elles le doivent, tout va éclater au grand jour, tout va changer, tu verras.

— Habituellement, pour coucher avec moi, les hommes me disent que je suis la plus belle femme du monde et que de toute leur vie ils n'ont jamais aimé que moi. Mais toi, on peut dire que tu t'en donnes de la peine avec tes légendes! Tu ne me promets pas un palais aussi et un bateau tout décoré d'or pour m'arracher à mon île?

Encore ses sarcasmes. Je l'aurais étranglée, tant mon exaspération était grande. Étranglée de caresses. Mon nez avait cessé de saigner. Le cafard était sorti de sa cachette et grimpait maintenant le long du mur. Bennebah attendait, ses longs yeux en amande fixés sur moi. Sous la minceur de sa chemise, l'ombre de sa peau nue luisait dans le feu vacillant de la bougie. J'avais si envie de la prendre dans mes bras que j'en tremblais.

— Tu as froid maintenant? Ton nez est tout bleu, tu sais. Si tu étais vraiment le moustique que je croyais chasser tout à l'heure, tu serais très aplati, je crois. Allons, ne fais pas cette tête-là, voyons. Parfois je t'aime bien, tu sais, tu m'attendris comme aucun Blanc ne l'a jamais fait. Mais ce n'est pas suffisant.

Elle fit une pause, la main sur le front.

— De temps en temps, moi, un beau grand coupeur de canne, ça me convient. Ils ne portent pas d'uniforme à boutons dorés, ils ne vous murmurent pas des poèmes en vous embrassant les mains. Mais au moins, avec eux, c'est plus simple; le lendemain matin, quand ils partent, on a envie de chanter, on ne sent pas que le dégoût de votre odeur leur est revenu dès que leur sexe s'est ramolli ou qu'ils se souviennent tout à coup dans la lumière du matin que votre peau n'a pas la couleur des nuages.

Elle disait cela pour me provoquer, c'était clair. La douleur, concentrée jusqu'alors dans mon nez, irradiait alors dans tout mon visage.

— Tu verras, fis-je d'une voix menaçante, un jour tu changeras d'opinion. Je ne suis pas aussi bête que tu le penses.

Elle me fit signe de parler plus bas.

— Je me moque de tes poules! Il se passe ici des choses fondamentales, des choses dont tu n'as aucune idée. Tu as beau rire de moi, mais j'en sais beaucoup plus que tu ne le crois sur la face cachée de ton monde. Le marché du dimanche! Une promenade pour dames à ombrelle! Ce que je sais, moi, est drôlement plus important. Bientôt, tout cela éclatera au grand jour et tu seras surprise, ma petite Bennebah, très surprise.

J'arrachai le chiffon taché qu'elle avait pressé sur mon visage et le lançai à l'autre bout de la pièce. Le cafard se crut personnellement visé et s'enfuit vers le plafond. Au dehors, le grondement des vagues croissait; le mauvais temps se levait à nouveau.

— Va-t'en maintenant, Thomas.

Elle s'était levée et avait repoussé d'un geste sec la toile de l'entrée. Une envie inexplicable de la frapper, de me jeter sur elle, montait du fond de moi. Je sentais durcir mes bras, je sentais poindre l'argument de dernier recours, celui que garde toujours en réserve l'homme qui n'accepte pas de perdre devant une femme. D'un coup de pied, je fis basculer le broc, qui se renversa sur la natte et s'en alla frapper le mur. Les poules à côté se mirent à crier.

— Tu entends ce que tu as fait! Va-t'en, je te dis, tout de suite, avant que quelqu'un ne vienne. Fais-le pour moi, si c'est vrai que tu me veux tant de bien. Allons, calme-toi, je te verrai un de ces dimanches. Mais maintenant pars, je t'en supplie!

Elle me poussait devant elle. Une part de moi se cabrait, persuadée que son changement d'attitude était purement tactique. Je rejoignais tout juste le rideau de mancenilliers, prêt à revenir vers elle, quand un volet s'ouvrit bruyamment à l'étage. Bennebah se rejeta vers la porte du cabinet d'aisances.

— Ce n'est rien, maîtresse, c'est moi, Bennebah, j'ai eu un malaise et j'ai dû aller au cabinet. Pardonnez-moi de vous avoir réveillée. Vous savez comment les poules s'énervent pour un rien.

Le volet claqua. Bennebah continua vers sa chambre. Arrivée près de l'entrée, elle se retourna vers moi, me fit signe de déguerpir, puis de façon totalement inattendue, me lança un sourire complice. Le double sens de sa dernière réplique semblait l'avoir remise d'aplomb. Avant de disparaître dans les plis de la toile, elle me fit un clin d'œil.

La pluie se mit à tomber quelques minutes plus tard. Trempé jusqu'aux os, je marchai en sifflotant vers mon auberge, partagé entre la colère et l'espoir de voir bientôt Bennebah changer d'attitude. Un chœur lointain de chiens m'accompagna à travers les rues désertes. L'homme blond à cheval qui me dépassa peu après la route de Needham Point fut la seule personne que je vis sur le chemin du retour.

17

Le message que j'attendais me parvint de nouveau par la bouche de Rachel Brade. Depuis quelque temps, je semblais décidément effectuer une remontée spectaculaire dans son estime. Elle se faisait de plus en plus prévenante avec moi, s'enquérait maintenant chaque jour de ma santé, maudissait les orages qui retardaient mes baignades. Elle m'entraîna cette fois vers les cuisines pour me transmettre ses instructions. Mon nez me faisait-il un peu moins souffrir, me demanda-t-elle? En tout cas, il avait beaucoup désenflé depuis l'autre jour et les cernes mauves autour de mes yeux avaient presque disparu. Quelle idée aussi de grimper dans un cocotier! J'aurais très bien pu me tuer! Il fallait laisser ce genre d'exercice aux enfants. Au fait, on l'avait chargée de me dire que je devais me rendre samedi, à la tombée de la nuit, sur la route de Welchman Hall, seul et avec mon propre cheval. Il y aurait une fête à la plantation Hopefield, dans les quartiers des esclaves, et je devais attendre là que l'on me fît signe. Est-ce que je voulais un peu de bière? C'était la maison qui offrait, disait-elle.

Par désœuvrement, je me rendis vers la fin de la semaine à Saint-John pour prendre des nouvelles de Cumberbatch. Sur le chemin, je croisai plusieurs détachements de soldats. Le pasteur était absent, et je ne réussis pas non plus à trouver Mingo. La promenade me fit quand même du bien. Je me rendis jusqu'à Martin's Bay et restai longtemps à regarder les hautes vagues de l'Atlantique s'écraser tout près de moi sur les rochers. En passant devant Newcastle, la maison du général Layne me parut étonnamment tranquille. Tous les volets étaient clos, comme si la maison était inhabitée. Seuls quelques esclaves chargés de l'entretien du terrain balançaient lentement leurs faux sur l'herbe, dans un mouvement de pendule ramolli par la chaleur.

Je devenais de plus en plus nerveux à mesure que le samedi approchait. L'un de mes principaux soucis était le cheval que je devais louer. J'étais très mauvais cavalier et il y avait des années que je n'étais pas monté à cheval. Chaque fois que je devais me rendre quelque part, que ce fût à la ville ou à la campagne, je me faisais conduire en voiture. J'aimais bien l'illusion de richesse que me procurait la présence muette d'un cocher. Mais grimper moi-même sur le dos d'un cheval, c'était une autre histoire. Je n'arrivais jamais à prendre un rythme convenable et je me retrouvais vite courbaturé, la tête douloureuse et les reins réduits en bouillie. Je n'étais pas très doué des hanches, comme m'avait dit un jour ma cousine Anastasia. Au cours d'une récente et obligatoire promenade que j'avais faite avec les parents d'un de mes élèves, le palefrenier avait oublié de préciser que la petite jument docile que l'on m'avait réservée était en chaleur. Je faillis mourir écrasé sous l'étalon qui insista tout au long du trajet pour offrir ses hommages à ma monture. Les dames qui nous accompagnaient gloussèrent tout l'après-midi, amusées sans nul doute autant par ma terreur que par la condition encombrante du soupirant frustré.

Ce samedi-là, le loueur de chevaux de Bridgetown me promit lui aussi une jument d'un calme à toute épreuve. Il trouva très drôle ma question sur les chaleurs. Je fis quelques pas avec ma monture dans la cour des écuries. Tout semblait bien se passer. Le loueur, entre deux énormes crachats rendus bruns et presque solides par le morceau de tabac qu'il déplaçait sans arrêt dans sa bouche, me souhaita bonne chance. Je me rendis à Saint-Ann's Savannah et fis quelques tours d'entraînement. Ma maladresse dut étonner, car je remarquai plusieurs fois qu'on me regardait, surtout du côté des officiers de milice.

Je me mis en route vers le milieu de l'après midi. Heureusement, le chemin de Welchman Hall était, au début du moins, assez facile et fort convenablement entretenu. Une fois qu'on était sorti de Bridgetown, la route se faufilait paresseusement entre les plantations. Ce n'est qu'au milieu de la paroisse de Saint-Thomas qu'elle se rétrécissait et bifurquait vers la région la plus sauvage de l'île. Pour le voyageur averti, le mot *sauvage* peut paraître ici un peu exagéré: la Barbade n'est qu'un petit plateau de corail mort, un squelette tropical sans jungles ni montagnes. C'est le néant qui vous y guette plutôt que le foisonnement du danger. La solitude et le vent remplacent ici les affres de la soif, les dents du jaguar, la piqûre du scorpion, l'étranglement des lianes. En souvenir de la mère patrie, la *Petite Angleterre* a donné le nom de *Petite Écosse* à ses confins inhabités. Des collines pelées, battues par le vent, où la terre a été balayée de la surface nue de la roche. C'est là que l'île expose sa matrice originelle, la crête qui, jaillissant du fond des mers, a servi de piédestal à l'architecture de corail. À la lisière des collines, le peu de végétation qui mérite encore l'appellation de tropicale s'infiltre dans les craquelures du linceul corallien, rendant impénétrables ces petits ravins où règnent les singes.

Voilà pour le voyageur averti. Moi, je n'avais connu que Constantinople et Londres. Dans la lumière orangée du soleil couchant, les ravins denses qui bordaient la route de Welchman Hall me paraissaient aussi terrifiants que les forêts les plus sauvages du Brésil et de Sumatra. Ma peur sembla se communiquer à ma jument; à plusieurs reprises, elle s'immobilisa, comme si elle craignait d'invisibles serpents sur la route.

La nuit était tout à fait tombée quand j'arrivai à Hopefield. Rachel Brade m'avait averti qu'il fallait tout de suite prendre à droite à l'entrée du chemin de la plantation, afin d'éviter la maison du maître et couper directement vers les huttes d'esclaves. Hopefield était le dernier grand domaine avant les collines inhabitées, une espèce d'enclave entre les ravins et les premiers contreforts de la Petite Écosse. Un martèlement de tambours me parvenait de derrière les arbres. Dès le premier tournant du sentier, je vis sautiller au loin les lueurs d'un grand feu, dont la cadence incertaine semblait chercher à suivre celle des tambours. Un orchestre semblable à celui que j'avais vu l'autre jour au marché se démenait au milieu d'une foule grouillante, entassée entre deux rangées de huttes. Une odeur de friture épicée nageait partout dans l'air.

Personne ne sembla s'étonner de voir un cavalier blanc se joindre à la fête. J'attachai ma jument sous un arbre et ramassai quelques poignées d'herbe jaunie pour lui donner quelque chose à mâcher. Surpris dans son repos, un petit mouton rachitique et sans laine se précipita dans l'ombre des cabanes.

Une centaine de personnes de tous les âges se pressaient les unes contre les autres au son de la musique. On aurait dit un énorme animal en rut, une masse de corail vivant agitant sa myriade de petits appendices convulsés. Le rythme des tambours était diabolique mais fascinant, si rapide et syncopé que les hanches et les pieds des danseurs semblaient obéir à un ordre plutôt qu'à une séduction. Mon cœur cognait très fort dans ma poitrine. Appuyé contre le mur de boue d'une hutte, je me sentais à l'étroit dans ma redingote et ma cravate, j'avais de la peine à réprimer les hochements de ma tête, le balancement de mes hanches, le fléchissement de mes genoux. Les esclaves, hommes, femmes, enfants et vieillards confondus, dansaient comme le mulâtre et la serveuse que j'avais vus le premier soir à l'auberge du Cocher. Qu'un homme et une femme, jeunes et de belle allure, miment les gestes de l'amour dans une sarabande publique était certes de nature à me choquer, mais cela demeurait quand même dans les limites du compréhensible. Mais que deux ou trois hommes à la fois chevauchent une femme par l'avant et par l'arrière, qu'un vieillard à la bouche pourrie se frotte contre une adolescente belle comme la nuit, qu'une vieille femme fasse virevolter ses jupes au milieu des encouragements lubriques d'un cercle d'hommes, que des petites filles encore impubères pressent leurs sexes contre les croupes cambrées de leurs compagnes, tout cela me dépassait. Et pourtant, là où je me serais attendu à ce qu'une telle fête dégénère en orgie, tous les visages arboraient de larges sourires, comme si leurs déhanchements étaient à la fois une célébration et une dérision de l'accouplement.

Un vieil homme hilare s'approcha de moi et me tendit une calebasse décorée d'incisions géométriques. Il me fit signe de boire. C'était du rhum, très fort et non dilué. Par politesse, j'y trempai les lèvres. Il insista: il me fallait tout boire. Je ne voyais pas comment je pouvais refuser. La calebasse était presque pleine, et les longues gorgées que je me forçai à avaler creusèrent un sentier de feu jusqu'au fond de mon ventre. Un petit volcan éclata dans mon crâne, mes yeux se remplirent de larmes, mon souffle ne parvint plus à trouver le chemin de ma poitrine. L'homme se mit à rire, me lança en dialecte quelque chose d'incompréhensible, reprit sa calebasse et disparut dans la foule.

Mes genoux étaient devenus spongieux. J'avais extrêmement chaud et je défis ma cravate. Je ne pensais plus qu'à me fondre moi aussi dans la masse ondoyante. Bacchanale: le mot que Cumberbatch avait utilisé pour décrire ces fêtes était tout à fait juste. Il les désapprouvait, bien sûr. Mais ce soir-là, caressé par le rhum et la lumière des flambeaux, j'aurais donné n'importe quoi pour changer vraiment de peau pendant quelques heures, pour connaître de l'intérieur et sans obstacle moral la sensualité joyeuse que j'étais forcé de contempler des coulisses. Pour quelques heures seulement.

J'étais à la fois en dehors de la fête et suffisamment près de sa lisière pour pouvoir faire semblant d'y participer. Je dansais avec une partenaire invisible, séparé des derniers corps de la masse par quelques pieds seulement. Une main sortit de la foule, m'agrippa par le bras et me tira dans la gueule du monstre. J'étais terrorisé. Je m'attendais d'un instant à l'autre à recevoir une lame anonyme dans le ventre. Je n'arrivais pas à me dégager, imbriqué de toutes parts dans un mur de corps ondulants, pris dans les polypes grouillants de la bête en rut. La main qui m'avait saisi avait disparu.

Un semblant d'espace se créa autour de moi. Une femme s'avança en dansant, sans me jeter un regard, les pieds nus, sa robe trouée laissant voir de longues étendues de peau très noire. D'épaisses nattes cendrées tombaient de part et d'autre de son visage, qui était allongé et fin. La femme posa son corps tout près du mien et se mit à balancer les hanches, les bras levés vers le ciel. J'essayai de reculer, mais la foule bloquait ma retraite et me poussait vers l'avant. Dans un tremblement de chaleur, je sentis le ventre souple de la femme se presser doucement contre moi, comme le museau d'un tout petit cheval qui aurait cherché à se glisser entre mes jambes. Elle avait écarté les cuisses et, les genoux pliés, les pieds pressant le sol au rythme des tambours, elle agitait langoureusement son bassin contre le mien. Sous le tissu de sa robe, je sentais nettement la rondeur de ses jambes et le coussin soyeux de son sexe. Je ne sais pas comment les hommes sont tenus de réagir dans de telles circonstances, mais, moi, je ne pus réprimer mon excitation. Je crois bien qu'elle me sentit enfler contre sa cuisse, car elle déplaça ses mains vers ma taille et se pressa encore plus fort. Je n'étais pas un cas aussi désespéré que tu voulais bien le croire, Anastasia: mes hanches pouvaient encore apprendre.

Même si nos ventres avaient noué des relations étonnamment intimes, nos yeux ne s'étaient toujours pas rencontrés. La musique s'adoucit quelque peu, son rythme se fit moins frénétique. Le joueur de flûte qui quelques secondes plus tôt aiguillait les batteurs en promenant son roseau frondeur sous leur nez faisait maintenant circuler une partition plus calme. La femme à la robe trouée leva enfin les yeux sur moi. Elle posa ses doigts autour de ma nuque et, ses hanches ondulant contre les miennes, colla une bouche humide et chaude contre mon oreille. Un long frisson, comme un éclair mou, me parcourut jusqu'au creux des reins.

— Écoute bien ce que je vais te dire, murmura la bouche posée sur mon oreille. Retourne sur la route de Welchman Hall. Un quart de mille après le grand virage, tu verras une allée de palmiers royaux qui ne mène nulle part. Tourne à droite sur le premier sentier, avance lentement et tends bien l'oreille. Tu entendras le chant d'une tourterelle. Tu te souviens à quoi cela ressemble? Suis ce chant. Il se déplacera et te mènera où tu dois aller. Maintenant, va.

Elle arracha ses mains de mon cou, recula ses hanches et disparut dans la foule. Le parfum de sa sueur flottait tout autour de moi, son haleine poivrée réchauffait encore mon oreille. Mais la femme à la robe trouée s'était envolée. Elle n'avait peut-être jamais été là tant son message tranchait avec l'envoûtement d'une danse que je doutais maintenant d'avoir vécu. La femme m'avait parlé d'une voix rapide, à l'accent haché et rocailleux, très différent de l'anglais chantant du dialecte local.

La tête encore alourdie par le rhum, je retournai vers mon cheval. Personne ne s'était préoccupé de mon arrivée, personne ne sembla remarquer mon départ. En rejoignant la route de Welchman Hall, j'eus à nouveau l'impression d'être épié. Il me sembla voir une forme se rejeter dans l'ombre des arbres, mais dans l'état où j'étais, je n'y prêtai pas vraiment attention. J'aurais dû.

Un peu après le grand virage annoncé par la femme, la pluie se mit à tomber. Le vent se leva, balayant la cime invisible des arbres. Mon cheval recommençait à s'énerver. Je baissai mon chapeau sur mes yeux, mais la pluie, fouettée par le vent en longues stries obliques, continuait à me battre le visage, aussi violente que de la grêle. J'avais peine à voir devant moi, d'autant plus que l'orage masquait maintenant le quartier de lune qui avait vaguement souligné les contours les plus grossiers du paysage. Quelque chose qui devait être une mangouste ou un rat s'élança au travers de la route. Mon cheval prit peur, tenta de l'éviter, glissa dans la boue qui ruisselait des talus et tomba sur le côté. Je fus désarçonné, ma jambe coincée sous le poids de la bête. Dans ses tentatives pour se remettre sur pied, la jument me broyait douloureusement le genou. Elle réussit enfin à se relever et s'enfuit, me laissant au milieu de la route, à demi couché dans une flaque d'eau boueuse. Ce que je craignais tant depuis des jours venait d'arriver: le stupide et inévitable accident de cheval.

En boitant, j'arrivai à me réfugier sous les arbres. Ma jambe n'était pas cassée, mais une douleur me paralysait le genou, dont la face intérieure était aussi gonflée et rigide qu'un nœud de bois. Que faire ici, seul au milieu de la nuit? La meilleure chose était de continuer à pied jusqu'au lieu de rencontre, qui ne pouvait plus être très loin. Je me mis en route en traînant de la patte. La pluie cessa bientôt, le ciel se dégagea sur le rideau froid des étoiles. L'épée de Sirius me montrait le chemin. Mon corps était trempé, mais la brûlure ambrée du rhum me réchauffait encore la tête. Tous les bruits, toutes les odeurs de la nuit, qu'un instant plus tôt je dominais de ma monture, semblaient maintenant courir à ma hauteur, s'amusant de ma déconfiture dans une espèce de colin-maillard fantomatique.

Le lecteur aura déjà compris que je ne suis pas très brave. Dans l'eau, paradoxalement, il m'arrive parfois de me sentir invulnérable. Mais sur terre, je vois le danger partout. La pluie, la douleur, le rhum, les mille petits sons et mouvements de la nuit, tout s'additionnait alors pour faire danser l'intérieur de ma tête. J'étais dans un état second. Je ne savais plus ce qui était réel et ce qui ne l'était pas, j'oscillais follement entre l'absence la plus totale et une peur irraisonnée de chaque petit détail. Ce grillon qui chantait là-bas, se frottait-il vraiment les ailes ou était-il en train d'affûter un couteau? À force de tout craindre, j'en venais deux secondes plus tard à ne rien craindre du tout. Les signes du réel, bons, mauvais ou neutres, se confondaient en une masse hostile, d'où plus rien ne ressortait.

Comme l'un de ces automates si chers aux princes du siècle dernier, je parvins à l'allée de palmiers que m'avait décrite la femme. La route était depuis longtemps retournée à l'état sauvage, encombrée de broussailles. Presque tous les palmiers avaient perdu leur feuillage et leurs troncs démesurés, comme les colonnes d'un temple abandonné, se dressaient nus contre le ciel piqué d'étoiles.

À droite au premier chemin, m'avait murmuré la femme. Derrière moi, sur la route, je crus voir la silhouette d'un cavalier. Je songeai un instant à lui demander de l'aide, à rentrer à Bridgetown dans la chaleur de mon lit et à oublier toute cette histoire invraisemblable qui me poussait plus avant dans la nuit, traînant ma patte raidie comme un animal blessé. Mais l'haleine de la femme à la robe trouée me revint tout à coup, remontant le long de mon dos dans un frisson presque tangible. Je plongeai entre les branches qui fermaient le sentier.

18

Aujourd'hui encore, je me demande si je n'ai pas rêvé cette nuit. Il est vrai que dans l'état où j'étais, il est presque normal que le rêve et la réalité se soient mis à se confondre. Sur mon cheval, j'étais parti de Bridgetown la tête haute, persuadé que je ne faisais que marquer les premiers pas du cortège cérémonial qui me mènerait bientôt au bras de mon empereur à Sainte-Sophie. Et voilà qu'au lieu de cela je me traînais en boitant sur un sentier plein de broussailles, seul, à pied, saoul, trempé, les joues griffées par le feuillage, le genou paralysé de douleur, l'oreille aux aguets, les sens encore échauffés par la danse provocante de ma messagère à la robe trouée, à l'écoute d'un improbable chant d'oiseau.

La tourterelle siffla quelque part sur ma gauche. Dans la pénombre incertaine du quartier de lune, ce chant était encore plus triste qu'en plein jour. Le sifflement reprit quelques pieds plus loin. Je le suivis. Le sentier se mit à descendre le long des parois d'un ravin. J'avais énormément de difficulté à marcher, mon genou refusant toujours de se plier. Lorsque je fus arrivé en bas, la tourterelle se tut. Entre les troncs d'arbre, le sol était percé de trous et grouillait d'énormes crabes rouges, aussi corpulents et furtifs que des rats, qui circulaient comme des égoutiers en armure, bardés pour quelque travail particulièrement risqué. J'attendis, appuyé sur une jambe, les mains accrochées au tronc d'un petit figuier. Un bruit de serpent s'éleva derrière moi, un *ssss* accentué et coupé très net à la fin. Je me retournai. C'était l'homme à la tunique, qui tenait toujours son vieux fusil.

— Tu es en retard, le Blanc.

Il écouta mes explications d'un air moqueur.

— Bah, tu es arrivé, c'est ce qui compte. Approche.

Quand j'arrivai devant lui, il me prit par les coudes et me fit pivoter. Je sentis glisser sur mes yeux une étoffe épaisse, qu'il noua solidement derrière ma tête. «Avance!» dit-il d'une voix sèche. Avec ma jambe, marcher les yeux ouverts dans cet étroit sentier rocailleux était déjà assez difficile. Mais, les yeux bandés, je trébuchais toutes les cinq secondes. J'avais beau tâter le sol devant moi du bout du pied, je butais sans cesse sur une pierre ou sur une racine. Le trajet me parut d'autant plus long. Nous montions, nous descendions, nous tournions dans tous les sens. Peut-être n'avons-nous pas vraiment bougé, toutes ces manœuvres n'étant finalement destinées qu'à me désorienter. Si c'était le cas, elles étaient superflues, car même les yeux ouverts, j'étais dans un tel état que je n'aurais jamais su retrouver mon chemin.

Quelque part au bout de ce labyrinthe, l'homme à la tunique m'ordonna de m'arrêter. Je l'entendis agiter des branchages, puis souffler comme s'il faisait un effort. Une pierre glissa contre une autre pierre, très lourdement. L'homme me plaqua au sol et m'orienta vers une cavité humide de la roche.

— Maintenant, rampe en te guidant avec les mains, dit-il. Au début, tes yeux ne te serviront à rien, mais tu pourras enlever ton bandeau une fois que tu seras bien engagé dans le tunnel. Au bout d'un moment, tu verras une lumière. Quelqu'un sera là pour s'occuper de toi. Va.

Le tunnel était juste assez large pour que je puisse ramper sans me racler contre les parois. Il descendait en pente légère. L'homme avait raison: on n'y voyait strictement rien. Mes seuls points de repère étaient le vide devant moi et le faible courant d'air qui passait le long de mon visage et me rassurait. Chaque dizaine de pieds dans cet univers de taupe s'étirait sans fin, comme si j'avais subitement pris la taille d'une bête microscopique.

Le tunnel semblait peu à peu s'élargir, mais devenait en revanche de plus en plus mouillé. La douleur de mon genou s'était un peu calmée, car la position que j'étais tenu de garder ne lui demandait presque pas d'effort. J'avançais d'une façon mécanique, enveloppé par cette chape d'inconscience épuisée qui me portait depuis la route de Hopefield. Je n'étais plus vraiment curieux, je ne pensais plus à épater Yannis ou Bennebah, j'allais simplement où l'on me disait d'aller, emporté par une crue d'événements incontrôlables.

Une lueur éclairait enfin les parois du tunnel. Cela était loin de me rassurer: chaque araignée, chaque insecte gluant, chaque suintement d'humidité était à présent clairement dessiné, avec la perspective étrange et l'ombre démesurée que créait l'éclairage. Mais au moins j'avais un but. Je rampais de plus en plus vite, pressé de voir le bout de ce boyau étouffant.

Mon arrivée à la lumière fut décevante. Alors que j'avais espéré toucher enfin le fond du mystère, je tombai sur un deuxième homme armé, lui aussi les cheveux nattés, qui tenait dans sa main une lampe. Le tunnel débouchait sur une petite salle à peine assez haute pour que l'on pût s'y tenir debout. Le plafond était couvert de cônes mouillés, lisses et blanchâtres comme des pains de savon. On aurait dit la gueule d'un monstre, tapissée de petites dents. L'homme me fit signe de le suivre. Le mouvement de sa lampe révélait à chaque pas un décor neuf de clairs-obscurs. Ce que j'avais d'abord pris pour une salle n'était qu'une petite abside mineure dans un enchaînement ahurissant de voûtes plus hautes. À la chapelle des dents succéda une galerie aux murs plus doux, qui semblait presque poncée de main humaine. Puis vint une pièce d'eau, comme dans une cour de mosquée ottomane, suivie d'un temple piqué de phallus dressés, émergeant d'un liquide boueux. Plus loin, dents et phallus se rejoignaient, formant d'épaisses colonnes luisantes comme les piliers de corail que je voyais souvent dans mes baignades.

J'entendais devant moi des bruits de voix indistincts, déformés par l'écho des cavernes. L'enfilade des chapelles et des galeries se poursuivait, étonnamment différentes les unes des autres, comme si chacune d'elles avait été conçue pour les besoins d'un dieu particulier. Au fur et à mesure que nous marchions, le murmure des voix s'amplifiait. Après un coude et une légère montée, j'aperçus un petit groupe d'hommes armés, campés dans des poses militaires, le corps raidi, le visage cérémonieux et méfiant. Ils me dévisagèrent, impassibles, tout le temps que je passai devant eux. La galerie où ils se tenaient surplombait un immense espace ouvert, haut de quelque soixante pieds, de forme quasi circulaire. D'où je me trouvais, la vue sur la grande salle était spectaculaire. J'étais enfin arrivé: dans cette cathédrale engloutie au fond de la terre résidait le cœur de ce que j'étais venu chercher.

* * *

Une vingtaine d'hommes noirs se tenaient debout au centre de la salle. Comme les deux guides qui m'avaient mené jusqu'ici, ils portaient presque tous des nattes. Contre les parois, des paniers et des caisses entassés pêle-mêle regorgeaient de nourriture: mangues, ignames, manioc, citrouilles... Les habitants des profondeurs ne semblaient manquer de rien, comme si de grands jardins souterrains s'étendaient juste derrière les cloisons rocheuses. Des coutelas s'empilaient entre deux paniers remplis de poisson séché. La légende des esclaves échappés dans l'ouragan était donc vraie: c'était ici qu'ils se terraient depuis tous ces mois, insaisissables mais omniprésents, cachés sous les pieds mêmes de ceux qui les croyaient disparus.

Une espèce d'éboulis grossièrement équarri et renforcé de pierres servait d'escalier entre le balcon où je me trouvais et le sol de la grande salle. Poussé par mon guide, je me mis à descendre, conscient des regards qui se tournaient dans ma direction. J'affectai une démarche aussi solennelle que possible, comme si j'étais vraiment l'ambassadeur de Grèce faisant son entrée dans une cour hostile. Je croisai des regards curieux, d'autres délibérément neutres, d'autres encore franchement meurtriers. Le cercle des hommes s'ouvrit lentement devant moi, dégageant celui qui trônait en son centre, assis sur une caisse de bois. L'homme était immense tant en hauteur qu'en largeur, d'une taille vraiment spectaculaire, si bien que, même assis, il dépassait plusieurs des hommes qui se tenaient debout autour de lui. Comme l'homme que j'avais vu dans la crypte, il portait un étrange composé de tunique et de pantalon, et son cou était couvert de colliers, dont plusieurs lui descendaient jusqu'à la taille. La peau était foncée, mais le nez beaucoup plus droit que celui de ses compagnons, le bas du visage presque triangulaire, les lèvres fines, les pommettes hautes mais étonnamment plates. Les yeux étaient d'un vert intense, presque phosphorescent sur l'arrière-plan noir de sa peau. Paradoxalement, son siège portait le blason de la Bristol Trading Co., reconvertie depuis quelques années dans l'exportation des aliments, mais plus connue au siècle dernier comme le plus gros marchand d'esclaves des îles. Pour toute devise, les mots *bœuf salé* s'étalaient en lettres grasses entre les pieds de l'homme.

C'était de toute évidence à lui que je devais m'adresser. Tous les regards convergeaient vers nous. Un silence lourd d'attente était tombé sur la grande salle, qui paraissait encore plus vaste vue d'en bas et qui dégageait la même solennité triste et vide que ces églises catholiques dénudées à la Réforme, si évidemment conçues pourtant pour le faste chatoyant du culte romain. Je ne savais pas si je devais parler ou attendre que l'homme m'interroge. Inexplicablement, je me sentais très calme: l'irréalité même de ma situation commençait à obéir à une logique propre, et ce que je voyais devant moi m'étonnait de moins en moins. Une sorte de sérénité, dépourvue de morgue, émanait du géant assis, qui me rassurait, m'inspirait presque confiance.

— Baisse les yeux devant le Basoulo, avorton de brebis!

Ce n'était pas l'homme assis qui avait parlé, mais le personnage barbu qui montait la garde à sa gauche et dont les joues et le front étaient traversés de cicatrices d'une géométrie si parfaite qu'elles ne pouvaient être que délibérées. La prononciation de l'homme était incertaine, comme si l'anglais dialectal de l'île lui était étranger.

— Efanto, calme-toi, s'il te plaît, sois poli envers notre invité.

La voix de l'homme assis était très basse, presque doucereuse et semblait chercher à séduire plus qu'à impressionner.

— Pardonnez le manque de tact de mon collègue, monsieur Evangelos, et soyez le bienvenu parmi nous.

Il se tourna vers le barbu et lui serra affectueusement le bras.

— Efanto est un peu brusque avec les Blancs. S'il n'a pas notre patience, c'est qu'il n'est pas né comme nous sur cette île de malheur. Voyez-vous, il a été amené directement de son village de la côte africaine. Cela le rend parfois un peu hargneux, car sa colère contre les Blancs est plus récente que la nôtre, elle lui chauffe la peau comme le souvenir du fer. Nous brûlons du même feu, mais Efanto, lui, est vif comme la flamme. Nous qui sommes nés ici, nous sommes plutôt comme la braise, la colère couve chez nous sans faire d'éclats, mais elle n'en est pas moins vivante, rassurez-vous. Ne crains rien, Efanto, cet homme n'est pas dangereux, tu sais bien que nous avons pris toutes nos précautions. Il faut le traiter avec déférence, car il peut être appelé à nous rendre service très bientôt, qui sait!

À mon étonnement, l'accent de l'homme était impeccablement britannique, avec une pointe d'affectation à peine perceptible.

— Asseyez-vous, monsieur Evangelos, je vous en prie.

Il fit un signe aux hommes qui l'entouraient et quelqu'un poussa vers moi une autre caisse de bœuf salé.

— Je suis heureux que vous soyez venu. D'autres à votre place auraient eu peur. Cela vous honore. Mes amis et moi avons longuement discuté pour savoir si, oui ou non, nous devions vous mettre dans le secret de nos petites activités. Efanto, comme vous pouvez le deviner, était contre. Mais il y a longtemps que nous nous intéressons à vous, depuis votre première visite à ce vieux soûlard de Cumberbatch, en fait. Votre intervention auprès de Mingo nous a permis d'éclaircir un peu les choses, mais je vous avoue que votre fascination pour la crypte de Saint-John nous avait intrigués dès le début. Nous avons bien des choses en commun, je crois, malgré tout ce qui nous sépare. Contrairement à Efanto, je suis d'avis que nous pouvons vous faire confiance. Est-ce que je me trompe?

Il me fixait avec un sourire.

— Vous semblez vous intéresser beaucoup à moi, continua-t-il. J'en suis flatté. Je crois que nous pouvons vous apporter quelques éclaircissements sur les questions qui vous préoccupent, n'est-ce pas, Ogbowé?

Il se tourna vers le petit homme grisonnant et maigre qui se tenait à sa droite. L'homme hocha la tête et me sourit lui aussi.

170

— Voici ce que nous vous proposons, reprit l'homme assis. Vous allez d'abord m'expliquer ce que vous voulez de moi. Ni Sam ni Mingo n'ont été très clairs là-dessus. Vous dites qu'il y a un royaume pour moi si je vous suis dans votre pays. Vous comprendrez que je m'étonne et que je me méfie: sur la tête d'un nègre, ici, il tombe habituellement autre chose que des couronnes! Après, je vous expliquerai ce que j'attends de vous. Car vous vous doutez bien que si nous vous laissons sortir d'ici vivant, c'est que vous pouvez nous être utile. Vous êtes sympathique à la cause des esclaves, si je ne me trompe pas? Je vous offre alors une chance de faire un geste concret pour nous aider. L'opinion d'un abolitionniste, c'est gentil, mais cela offre pour le moment une protection bien mince contre les coups de fouet.

Il fit une pause et se cala sur son siège, les coudes sur les genoux, comme s'il se préparait à une longue attente.

— Voilà. À vous de parler. Vous avez examiné la crypte de Saint-John, vous avez fouillé les archives de Bridgetown, vous avez assisté à une réception chez le général Layne et vous vous êtes lié à une certaine jeune personne qui travaille dans une pension où vous êtes resté quelque temps au moment de votre arrivée. Vous voyez, nos yeux et nos oreilles sont partout! J'ose espérer que certaines de ces activités sont de nature strictement mondaine. Éclairez-nous donc maintenant sur les autres, monsieur Evangelos, et parlez-nous de ce prétendu royaume qui m'attend.

À travers sa politesse et son pur accent de Londres, du fond de sa voix de basse perçait quelque chose de ferme et de presque menaçant. J'expliquai, aussi clairement que je le pus, le but de mon séjour sur l'île et les espoirs que fondaient Yannis et ses amis sur le retour des Paléologue. Je feignais de croire en la réussite de l'entreprise, je lui décrivais avec enthousiasme l'accueil que les Grecs réserveraient au descendant oublié de la famille impériale. Mais je savais bien que je parlais uniquement pour la forme: jamais l'homme qui était devant moi ne pourrait réclamer de trône en Europe, quelle que soit son ascendance. Jamais le parti phanariote et encore moins le paysan grec moyen n'accepteraient que leur roi puisse avoir une peau aussi noire. Le Macédonien le plus humble se voyait comme l'héritier direct

171

d'Alexandre le Grand et frémissait d'indignation quand on tentait de lui trouver quelques gouttes de sang turc ou bulgare. Qu'au cours des siècles, des hommes aient perpétué le patronyme de la dynastie impériale en diluant leur sang byzantin dans d'innombrables mariages avec des princesses russes, des filles de commerçants italiens, des fermières anglaises et des filles de rue parisiennes, cela importait peu. L'honneur national était sauf. Le prétendant au trône pouvait même être étonnamment blond, tout était dans l'ordre pourvu qu'il fût plus pâle que le berger moyen et non plus foncé. Plus le roi ressemblait à cet idéal marmoréen d'Hellène éternel qui hantait les musées d'Europe, mieux c'était. Malheureusement pour lui, l'homme à qui je parlais faisait très peu penser à l'Apollon du Belvédère.

Le problème n'avait pas échappé à mon interlocuteur.

— C'est un peu plus compliqué que vous ne semblez le croire, dit-il avec un petit rire. Vous êtes terriblement naïf, monsieur Evangelos. Je ne peux pas imaginer de peuple d'Europe qui accueille à bras ouverts un homme comme moi. Hollandais, Portugais, Espagnols, Français, Anglais, Danois, tous paraissent penser qu'un Africain n'est bon qu'à être fouetté et à suer dans les champs comme un animal. Cela m'étonnerait que votre peuple soit différent. Je suis bien renseigné, vous savez, et j'ai très peu d'illusions. La question n'est pas là. J'ai autre chose à faire que d'aller recevoir des pierres et des crachats dans un pays de Blancs. Pardonnez-moi d'être si direct. Votre histoire est peut-être vraie, votre offre sincère, mais l'une et l'autre manquent singulièrement de réalisme. Un nègre sur un trône de Blancs! Non, il y a des tâches beaucoup plus importantes qui m'attendent. Et puis, dans cette affaire, il y a beaucoup de choses que vous ne savez pas. Pour commencer, dites-vous bien ceci: l'homme qui vous intéresse tant, ce Ferdinand, fait autant partie de notre histoire que de la vôtre. Pour nous, le Basoulo a toujours été une figure de héros. Il est entré dans nos légendes. Voilà pourquoi nous nous intéressons tellement à sa dépouille. Pour les Africains des îles, cet homme a toujours représenté l'espoir, l'espoir qu'il existe quelque part des hommes de votre couleur qui ne soient pas tous des monstres, l'espoir du retour vers nos pays perdus. Contrairement à ce que pensent les Blancs, nous ne nous sommes pas résolus à la haine et à l'oubli. Nous avons toujours gardé ce besoin de croire en l'exception. Le Basoulo est devenu le symbole de cette croyance.

«Bien des légendes ont survécu parmi nous au cours des siècles. La légende du Basoulo n'est qu'une histoire parmi d'autres, enjolivée au fil des années, déformée par chaque mémoire qui la transporte, mais c'est une légende fondamentale pour nous parce qu'elle a su perpétuer l'espoir. Ne me regardez pas de cet air étonné. Vous croyez sans doute que les esclaves sont tous des chiens battus, trop fatigués pour rêver d'autre chose que de rhum, de danse et d'amour. Mais il y en a parmi nous qui n'ont jamais cessé d'espérer. Moi, j'ai appris à lire et à écrire chez les pasteurs moraviens, qui ont toujours essayé de nous aider. Tout ce que le hasard m'a mis entre les mains, je l'ai lu, le soir à la chandelle, au fond de ma cabane de boue. J'ai aussi écouté raconter les vieux et les vieilles et j'ai réfléchi à tout cela, séparé ce qui était bon de ce qui était mauvais. Ne pensez pas en effet que j'accepte tout ce qui est africain. Il y a aussi chez nous des bandits et des charlatans qu'il faut combattre, comme ces sorciers de l'*obeah*. Mais parmi les histoires racontées par nos vieillards, il y en a qui réchauffent le cœur, qui le gardent vivant. Il y a celles qui font rire, comme les contes de l'araignée Anansi, qui est la ruse en personne. Et il y a aussi des légendes utiles qui, lorsque le bon moment arrive, peuvent redonner courage à l'esclave le plus endormi, le plus blanchi au fond de sa tête, le plus avachi dans l'acceptation de son destin et de l'invincibilité des maîtres. La légende du Basoulo fait partie de ce genre d'histoires, monsieur Evangelos.»

À mesure que le gros homme parlait, j'éprouvais pour lui une affection grandissante. Il y avait là un miracle. Entre la haine pure d'Efanto, le cynisme de Bennebah et la résignation teintée de colère rentrée qu'affichaient la majorité des esclaves, les propos qu'il tenait étaient tout à fait inattendus. Ce mélange de courtoisie et de fermeté avait quelque chose de séduisant, comme l'était sa foi dans le pouvoir des légendes. Là où d'autres ne voyaient que des mots ou se persuadaient au contraire que les esprits des ancêtres chuchotaient à l'oreille du conteur une vérité venue d'ailleurs, l'homme avait trouvé une magie plus troublante.

Puisqu'ils attisaient la mémoire et redonnaient courage, les contes étaient beaucoup plus que de simples paroles. Si la raison faisait naufrage, la fiction se chargeait jusqu'à la renaissance prochaine de transporter l'espoir et le souvenir. Le rêve sommeillait dans les histoires. Quand les hommes arrivaient à tenir tête au sort, les légendes se faisaient toutes petites. Mais si les malheurs prenaient le dessus, le rêve se réfugiait dans les contes, comme une rivière qui se cache un temps sous terre pour ressortir plus forte et gonflée d'affluents secrets. Dans la mémoire des peuples blessés, chaque légende était une réserve de poudre. C'est dans les contes qu'il fallait d'abord sonner l'appel du soulèvement. Voilà ce que me disait l'homme aux yeux verts.

19

— Aujourd'hui, nos peuples enchaînés pleurent. Des hommes comme toi sont venus nous prendre dans nos villages et nous ont amenés ici par la force. Beaucoup des nôtres sont morts dans les cales de vos bateaux, beaucoup sont morts épuisés et battus dans vos champs de canne. Mais ceux qui ont survécu n'oublient pas d'où ils viennent.

C'était Ogbowé qui parlait. Sur un signe de l'homme aux yeux verts, il s'était avancé au milieu du cercle et posté devant moi.

— Depuis le début des temps, ces îles de malheur n'ont connu que le néant de la pierre et la solitude des forêts. Cette terre a toujours appartenu au vent, car lui seul savait y vivre. Les dieux eux-mêmes y mouraient d'ennui s'il leur arrivait d'y mettre le pied. Mais pendant que ces îles dormaient dans la pierre, de grands royaumes naissaient et mouraient chez nous, des peuples grandissaient et fécondaient la terre de la semence de leurs os. La vie, de part et d'autre du ruisseau de la mort, y poursuivait son voyage obscur. Les hommes n'étaient ni meilleurs ni pires qu'ailleurs, ils connaissaient la guerre et le ventre rond de la faim, mais aussi le rire et le silence des esprits.

Périodiquement, comme s'ils connaissaient par cœur cette histoire, le cercle des hommes à tresses ponctuait les paroles d'Ogbowé d'une sorte d'approbation collective, un hochement de tête accompagné d'un grognement.

— Un jour, de grands bateaux aux ailes blanches sont venus s'ancrer le long de nos côtes. Des hommes en ont débarqué et sont venus parmi nous, parlant des langues étranges. Au début, ces hommes ne voulaient que du bois et de l'or, des épices, de l'ivoire et des herbes magiques. Les marchands de nos côtes s'empressèrent de leur vendre tout ce qu'ils désiraient. Mais au fil du temps, les hommes des bateaux s'intéressaient de moins en moins à l'ivoire et aux épices. Ils voulaient acheter des hommes. Leurs peuples s'étaient pris de folie pour le sucre et avaient décidé qu'il n'y avait qu'une façon de l'obtenir: avec la sueur et le sang des Africains. Les hommes des bateaux étaient riches et cette richesse ne tarda pas à monter à la tête de nos marchands et de nos rois. Bientôt, l'alliance des marchands et des Blancs se retourna contre nos peuples. Nos pays se mirent à ressembler à d'énormes terrains de chasse, où les hommes eux-mêmes étaient devenus le gibier. Les guerres que nous avions toujours connues n'étaient rien maintenant à côté des expéditions que montaient les mercenaires payés par les rois de la Côte Salée. Brass, Bonny, Calabar, des cités entières sont devenues riches en nous vendant aux hommes des bateaux ailés.

«Voilà maintenant deux siècles que nous sommes prisonniers ici. Dans cette longue captivité, nous n'avons jamais perdu l'espoir. Nous savons que tout cela prendra fin un jour et que nous retournerons chez nous. Un homme est venu nous le dire, un grand roi, un homme qui n'était ni noir ni blanc et qui a laissé son esprit parmi nous. Cet homme, c'est celui que tu appelles Ferdinand Paléologue, le Basoulo, l'homme de la crypte de Saint-John. Voici son histoire.

«Le Basoulo venait d'un pays lointain, de l'autre côté du grand océan, un royaume où le souvenir des temps anciens était la raison de vivre de ses habitants. Le pays du Basoulo était situé sur la couture du monde, là où les dieux ont amarré les terres du levant et celles du couchant en tissant l'univers. Tous les peuples enviaient ce pays placé au centre du monde, toutes les armées rêvaient de le conquérir. Mais les ancêtres du Basoulo veillaient, repoussant tous les envahisseurs. Un jour cependant, un peuple plus rusé que les autres fit son apparition et le royaume du milieu du monde fut finalement conquis. Les envahisseurs y massacrèrent presque tous les habitants, et les ancêtres du Basoulo durent s'enfuir. Génération après génération, ils parcoururent le monde en essayant de lever une armée capable de reconquérir leur pays perdu, mais sans succès. Chaque Basoulo se consacrait à cette tâche jusqu'à sa mort, pour céder la place au Basoulo suivant. Et ce fut ainsi pendant des siècles.

«Le Basoulo qui est venu finir ses jours ici, celui que tu appelles Ferdinand, a fait comme tous ses ancêtres. Il a voyagé de royaume en royaume, essayant de persuader les rois de ces pays de lui venir en aide. Mais aucun ne voulait l'écouter. Le Basoulo était un homme d'une force immense, un géant, et partout où il allait, il mettait sa force au service de ceux qu'il espérait gagner à son rêve. Il combattit les pirates sur la mer, les brigands dans les campagnes, les pillards dans les villes. Son bras était si puissant qu'aucune armure ne pouvait lui résister. On raconte qu'en une seule bataille il égorgea de ses mains plus de dix mille soldats ennemis.

«Après de longues années d'errance, le Basoulo se retrouva un jour en Angleterre et tenta là aussi de persuader le roi de l'aider. Mais celui-ci se trouvait aux prises avec une grave rébellion, et ce fut le Basoulo qui dut aider le roi anglais. Cette fois, hélas, la force du Basoulo ne put rien contre la fourberie de ses ennemis. Un groupe de rebelles réussit à le surprendre dans son sommeil et à lui trancher les mains avant qu'il eût le temps de réagir. Oui, le Basoulo fut horriblement mutilé, perdant à jamais le pouvoir de se défendre, tandis que le roi anglais fut capturé et décapité.

«Vaincu, mutilé, épuisé par tous ces combats et ces rêves inutiles, le Basoulo se retira ici, sur notre île de malheur, où le roi anglais lui avait octroyé une terre près de la grande falaise. Maintenant, tout ce que le Basoulo voulait, c'était oublier, vieillir et mourir en paix. Il se trouva une femme blanche pour s'occuper de lui dans ses vieux jours et lui donner un enfant. Privé de ses mains, il ne pouvait travailler sa terre et dépendait d'esclaves irlandais. Il passait toutes ses journées sur le bord de la falaise, à regarder l'océan et à prier ses dieux, qui n'étaient pas ceux des Anglais et qui étaient peints dans le bois. Il avait une vénération particulière pour la mère des dieux, Téotuko, qui était représentée sur toutes ses peintures. En silence, il gardait les rites et les coutumes de son pays perdu, mais il avait à tout jamais abandonné l'espoir d'y retourner un jour.

«Ce fut une esclave africaine qui le tira de cette mort vivante. L'esclave s'appelait Ménafé et elle était elle aussi fille de roi, comme le Basoulo. Ménafé ne venait pas des mêmes contrées que les autres esclaves, elle ne connaissait ni la forêt, ni la savane, ni les grandes rivières qui vont jusqu'à la Côte Salée. Elle venait du pays d'Aksum, terre sèche et dure comme les rochers, très loin vers le levant, qui n'avait pas été dévastée par les Blancs comme le reste de l'Afrique. Le pays de Ménafé avait les mêmes dieux que celui du Basoulo et ce furent ces dieux qui les firent se trouver. Ménafé avait entendu parler des rites étranges du géant aux mains coupées et avait compris que c'étaient les mêmes que les siens. Un dimanche que le Basoulo priait sur la falaise, Ménafé vint le voir. Elle lui parla de son pays et de ses dieux et le Basoulo reconnut en elle une sœur dans la souffrance.

«Ménafé était l'unique enfant du roi d'Aksum. Quand celui-ci vint à mourir, ses oncles et ses cousins la vendirent comme esclave et usurpèrent la couronne. L'homme qui l'acheta, un marchand arabe de la Côte Rouge, attacha Ménafé à sa suite et tenta par la force d'en faire sa concubine. Car Ménafé était très belle et son ascendance royale lui donnait une dignité qui rendait tous les hommes fous d'elle. Mais plus le marchand tentait de la posséder, plus la splendeur haineuse, absente et souveraine de Ménafé l'humiliait. Découragé, il la vendit à un capitaine portugais dans un port du sud. Mais ce capitaine devint aussi fou d'elle que le marchand. Au lieu de la battre, il l'installa dans les quartiers les plus somptueux de son navire, couverte d'or et de soieries. Ménafé ne refusait rien, profitait de tout comme si cela lui était dû, mais ne fléchissait jamais, malgré tous les efforts du Portugais. Finalement, au bout du désespoir lui aussi, il vendit Ménafé à un marchand hollandais. Celui-ci fut plus patient que les deux autres. Il l'enferma dans une pièce de la petite maison qu'il gardait dans un comptoir maritime, où il ne venait la voir qu'une fois tous les quatre mois, quand le hasard du commerce le menait jusqu'à ce port. Pensant ainsi venir à bout de sa résistance par la solitude et l'ennui qu'il lui imposait, il persévéra quatre longues années dans ses desseins. Mais rien n'y fit. Même s'il ne la voyait que quelques fois par an, Ménafé avait jeté sur lui le même sort que sur les autres. Son cœur se creusait de plus en plus de désir, mais le mépris de Ménafé le conduisait lentement vers la folie. Pour se protéger, le Hollandais la revendit donc à un Anglais de passage, qui l'emmena jusqu'ici. D'un acheteur à l'autre, Ménafé avait fait le tour de l'Afrique et se trouvait maintenant comme nous sur les îles du malheur.

«Quand elle vint parler au Basoulo ce dimanche sur la grande falaise, cela faisait presque une année que Ménafé était à la Barbade. Il se tissa tout de suite entre le Basoulo et elle une amitié profonde. Le Basoulo reconnut dans le pays de Ménafé celui du prêtre-roi que ses ancêtres avaient en vain cherché pour faire de lui leur allié contre les infidèles. Et quand le Basoulo lui eut raconté sa propre histoire, Ménafé reconnut dans son pays à lui le vieil empire du nord dont parlaient ceux qui avaient fait le pèlerinage jusqu'à la terre sacrée du Levant, où tous les justes voient le berceau de la vérité.

«Cette rencontre bouleversa le Basoulo et fit renaître en lui l'espoir. Il était maintenant incapable de se battre, trop vieux et trop affaibli pour espérer lui-même repartir à la reconquête de leurs deux pays. Mais il voulut à tout prix faire en sorte que ses descendants perpétuent son rêve. Il ne se sentait aucune affinité avec cet enfant qu'il avait eu de sa femme blanche. Il décida donc de faire un enfant à Ménafé, pour que cet enfant porte le combat dans leurs pays et les libère. Le Basoulo acheta Ménafé et l'installa dans une maison qu'il fit construire sur le bord de la grande falaise. Mais la femme blanche du Basoulo n'entendit pas laisser faire les choses ainsi. Au début, elle avait cru que le Basoulo achetait cette esclave pour elle, mais quand elle vit qu'il passait tout son temps avec Ménafé et, pire encore, que Ménafé était enceinte, elle fut prise d'une haine meurtrière. Elle essaya tout ce qu'elle put pour se débarrasser de l'esclave, pleurs, menaces, chantage, mais rien ne paraissait impressionner le Basoulo. La femme blanche se résolut donc à retourner contre Ménafé l'arme ultime des esclaves, le poison. Elle paya un prêtre de l'*obeah*

179

pour qu'il lui fournît de quoi tuer sa rivale et profita de l'accouchement de Ménafé pour lui administrer le poison. Ménafé mourut dans les convulsions les plus horribles, mais l'enfant survécut. Pris de rage, le Basoulo dit à sa femme qu'il savait très bien que c'était elle qui avait causé la mort de Ménafé, qu'elle s'était peut-être vengée, mais qu'à partir de cet instant elle ne devait plus jamais s'approcher de l'enfant, qu'il la tuerait si jamais quelque chose devait arriver à celui-ci.

«À partir de ce jour-là, le Basoulo n'adressa plus jamais la parole à la femme blanche. Il passa tout son temps dans la maison qu'il avait fait construire à l'autre bout de son domaine et vécut là le reste de sa vie, s'intéressant de moins en moins au monde des Blancs, qui le considéraient maintenant comme un fou. Il éleva l'enfant de Ménafé dans la conscience de sa double ascendance. Un jour, lui disait-il en lui montrant le levant, tu hériteras de tous ces royaumes qui t'attendent là-bas au-delà des mers, ceux de ton père comme ceux de ta mère. Moi, je suis trop vieux pour jamais partir d'ici mais, toi, tu réaliseras ce rêve. Il te faudra te battre, alors tu dois soigner ta sagesse et ton courage et te préparer à mener les tiens le jour où ils retourneront vers le pays de leurs ancêtres. Car le Basoulo savait qu'il avait enfin trouvé son armée et que les esclaves africains l'aideraient là où les rois blancs avaient toujours refusé d'agir.

«Quand le Basoulo mourut, il se fit enterrer à Saint-John selon le rite africain, pour bien montrer qu'il voulait que son esprit restât parmi nous. La femme anglaise n'osa pas toucher à l'enfant de Ménafé et se contenta de le vendre et de faire brûler la maison qui surplombait la falaise. Elle y entassa tous les biens de son mari, en particulier ces images de bois qu'elle haïssait tant, et regarda la maison brûler toute la nuit.

«Après la mort du Basoulo, beaucoup d'esclaves prirent l'habitude de venir le dimanche au cimetière de Saint-John pour se recueillir sur sa tombe et y déposer des offrandes. Sa légende se mit à grandir. Inquiètes, les autorités anglaises firent transporter en secret le cercueil du Basoulo dans la crypte sous l'église et le scellèrent dans un caveau. Avec le temps, le souvenir même de ce transfert disparut de la mémoire des Blancs et il ne resta plus qu'une légende cachée dans le cœur des Africains. C'est ainsi que le souvenir du Basoulo est resté vivant parmi nous jusqu'à ce jour. L'enfant de Ménafé ne put mener les siens vers la liberté, mais il transmit ce rêve à ses propres enfants, qui le léguèrent aux leurs, qui le remirent entre nos mains, aussi chaud et vivant qu'il l'était dans le cœur du Basoulo lui-même.»

* * *

Ogbowé se tut, baissant enfin les yeux. J'étais ému et perplexe. Je sentais bien que cette légende mêlait allègrement le plausible et le fabuleux, que le mythe avait été chercher sa grandeur là où il la trouvait. Mais au fil des ans, j'ai pu en décanter la part de vérités et la part de mensonges et je demeure sidéré par le nombre de détails réels qui avaient été transposés dans la mémoire des esclaves. Ces références à Constantinople, le pays du Basoulo, le royaume du milieu du monde; ce roi chrétien d'Aksum, père de Ménafé, qui ne pouvait être que l'empereur d'Abyssinie; les allusions au mythe du Prêtre-Jean, le roi chrétien d'Afrique que Byzantins et Occidentaux avaient cherché en vain pendant des siècles; la guerre civile d'Angleterre, où Ferdinand avait combattu aux côtés du roi Charle. Tant de détails coïncidaient, jusqu'à ces mots grecs déformés à l'africaine: Basiléus-Basoulo, pour désigner l'empereur; Théotékos-Téotuko, la mère des dieux peinte dans le bois, qui ne pouvait être qu'une icône de la Vierge.

Était-il possible que Ferdinand ait été comme Ogbowé l'avait décrit? Sur quels faits pouvais-je vraiment m'appuyer pour en juger? Après tout, entre deux dates sur un registre jauni, la vie d'un homme pouvait suivre de bien étranges méandres. Jusqu'ici, tout ce que j'avais réussi à apprendre sur Ferdinand s'était révélé ambigu et contradictoire. Si même les rares signes matériels du passé se contredisaient, que fallait-il alors imaginer de tous ces espaces flous qui s'étiraient entre les repères objectifs? C'était là que s'infiltrait la légende, dans ce vide parmi les signes où le rêve se sentait irrémédiablement aspiré.

Personne ne pouvait faire revivre le passé. Pourquoi mon image de Ferdinand serait-elle plus fidèle que celle qui m'avait été dessinée ici? Ce jour de panique dans les cannes, ne l'avais-je pas moi aussi mis en scène pour mes propres besoins? Yannis comptait bien utiliser le Paléologue qui lui convenait et, à défaut d'un ajustement parfait, il était prêt à le façonner à sa guise. Tout était étrange dans cette histoire, mais tout était possible. Je ne savais plus que penser, je ne le sais toujours pas aujourd'hui, plus de quinze ans après.

* * *

— Vous comprenez maintenant, monsieur Evangelos, pourquoi la légende du Basoulo me plaît. Elle est digne et colorée et porte en elle tous les germes de la révolte.

Le gros homme avait repris la parole après que l'autre, avec une courbette, se fut fondu dans le cercle des hommes à tresses.

— Que cette histoire soit vraie ou non m'importe peu. Ah, je vois que cela vous choque! Vous êtes décidément bien naïf, cher monsieur. Je vous ai pourtant clairement expliqué tout à l'heure que, pour être vivante, une légende doit servir. Si les hommes sont bien et peuvent se passer d'elles, les légendes les plus justes n'ont aucun intérêt. Même les enfants s'ennuient quand on les leur raconte. Une légende ne vaut que si elle fait bouger le cœur, que si elle remplace par le rêve un morceau de l'âme qui a été arraché de force.

«Je vous ai expliqué que les esclaves nés ici sont souvent trop mous, trop résignés. Ils méprisent ceux qui débarquent d'Afrique, ils les traitent d'oiseaux de Guinée ou de nègres d'eau salée. Ils se croient supérieurs à cause de leur naissance. Ils disent détester les Blancs mais ils s'habillent comme eux, ils parlent comme eux, ils s'enorgueillissent de la plus infime nuance de brun pâle sur leur peau. Ils en viennent même à adopter la religion des Blancs, qui est notre pire ennemie, parce qu'elle enseigne la soumission et le culte de la souffrance. Efanto ici déteste les Blancs, mais moi je me méfie parfois autant des nôtres. Combien de révoltes ont échoué parce qu'un esclave avait trahi les siens?

Efanto a toujours maintenu qu'il ne fallait pas vous faire confiance. Mais je lui ai toujours objecté que les Anglais ne seraient pas assez stupides pour tenter de permettre à un Blanc de s'infiltrer parmi nous. L'espion serait un peu visible, vous ne trouvez pas? Un Blanc comme vous en plus!»

Il éclata d'un grand rire.

— Pardonnez-moi, je ne voulais pas vous vexer. Soyez sûr d'une chose, monsieur Evangelos: vous pouvez nous être d'un grand secours. Grâce à nous, vous avez trouvé ce que vous étiez venu chercher ici, la mémoire du Basoulo. Je suis désolé pour le reste. Votre plaidoyer de tout à l'heure était touchant, mais vous comprendrez que je ne peux tout simplement pas abandonner les miens et vous suivre en Europe. Cela serait absurde. En premier lieu, personne ne nous croirait. J'ai bien peur que le genre de preuves que les Européens exigent ne soient assez difficiles à trouver chez les esclaves. Nous n'avons ni nom ni papiers. Nous mettons bas comme des bêtes, dans la boue, sans que personne se soucie d'enregistrer notre ascendance. On nous compte, monsieur Evangelos, cela s'arrête là. De toute façon, les petits Noirs qui naissent dans les cases survivent si rarement. Pourquoi se donner la peine de les inscrire sur des registres, puisqu'ils ne font que passer? Le seul papier qui porte mon nom est le livre comptable de mon maître. Il y met ce qu'il veut. On n'y parle ni de mon père, ni de ma mère, encore moins de cet aïeul lointain qui vous intéresse tant. Sur ce papier, je me nomme Ned Primus. Cela ne veut rien dire, le hasard aurait pu en faire le nom d'un cheval.

«Comment savoir si je suis vraiment le fils du Basoulo? On le raconte et cela me suffit. J'ai la taille et l'apparence qu'il faut pour le rôle et, surtout, j'en ai la volonté. Mon peuple a besoin d'un mythe, alors je lui en donne un. Cela suffit pour les hommes que vous voyez ici et, je l'espère, cela suffira demain pour tous les autres. En ce qui vous concerne, je ne peux pas vous fournir ce que vous appelez une généalogie officielle, je regrette. Je ne vous offre qu'une légende. Même pour les nôtres, il arrive que cela ne soit pas assez. Le conte fournit la poudre, monsieur Evangelos, mais il nous manque le détonateur. Entre écouter une histoire et risquer sa vie pour devenir libre, il y a là un pas que beaucoup hésitent à franchir. Ceux que vous voyez ici sont prêts à mourir pour se défendre. Ils vivent comme des taupes depuis des mois, enfouis dans ces cavernes, ne sortant que la nuit pour voler de la nourriture ou contacter ceux d'entre nous qui sont restés à l'extérieur. Autrefois, vous savez, tous les gens de l'île connaissaient l'existence de ces cavernes. Mais depuis, elles ont été oubliées; seuls quelques esclaves de la région les connaissent encore. Plus jeune, quand j'étais esclave à la plantation Hopefield, je venais ici pour être seul, pour réfléchir ou quelquefois pour partager l'intimité de ma cachette avec une fille. Lentement, l'idée m'est venue que ces cavernes pouvaient nous servir de refuge, pourvu qu'il y eût un réseau de soutien et d'approvisionnement suffisant à la surface. Pendant des années, je suis descendu ici et j'ai tout imaginé: ce qu'il nous faudrait pour manger, comment nous éclairer, comment protéger les entrées et les sorties, où voler des armes. J'ai parcouru en long et en large tous les recoins de ces cavernes, leurs ramifications les plus secrètes, les galeries les plus éloignées. Vingt fois au moins, j'ai failli mourir noyé, asphyxié, broyé. Mais je suis toujours vivant. J'ai tout rêvé, j'ai tout préparé dans ma tête jusqu'à ce que mon plan soit parfait et puis j'en ai parlé à quelques amis sûrs, qui comme moi refusaient de mourir dans l'esclavage. Et l'an dernier, à la faveur de l'ouragan, nous nous sommes tous envolés!»

Le gros homme éclata à nouveau de rire.

— La vie d'un esclave compte tellement peu pour les Blancs qu'ils ont simplement additionné les pertes en matériel, en bétail et en main-d'œuvre, et sollicité de Londres la permission d'importer une nouvelle cargaison d'esclaves pour remplacer ceux qui s'étaient volatilisés. Tant pis pour les nègres qui avaient disparu! Mais pour une fois, leur mépris nous arrangeait bien. Il ne leur est jamais venu à l'idée que des esclaves échappés puissent survivre ici, sur cette île qui n'est pour eux qu'un immense champ de canne où il est impossible de se cacher. Ils avaient oublié de regarder sous terre. Mais, me direz-vous, quel est l'intérêt de se sauver des champs s'il faut passer le reste de ses jours terré dans une caverne? Certes, la chauve-souris est plus libre que le mulet, mais ce n'est encore qu'une pauvre bête. Vous avez tout à fait raison, nous n'allons pas rester ici toute notre vie. Nous attendons le moment propice.

«C'est là où vous entrez en jeu. La légende du Basoulo a beau garder vivant le rêve d'un retour au pays de nos ancêtres, elle le fait d'une façon beaucoup trop vague. Il lui manque ce côté prophétique qui sied aux légendes utiles. C'est donc à nous de la compléter. La redécouverte de la tombe du Basoulo a été pour nous une occasion inespérée. C'est cela qui m'a donné l'idée de combiner ma fuite avec la résurrection de la légende. Quel hasard magnifique: l'ouragan permet à Ned Primus et à ses amis de disparaître au fond de la terre et en fait ressortir en même temps la dépouille du Basoulo! Hurracan lui-même me soufflait mon texte, ne diriez-vous pas? Il suffisait alors d'aider un peu ce hasard. Vous avez sans doute remarqué ces petits coquillages qui sont apparus tout à coup dans la crypte de Saint-John, il y a quelques semaines. Ils ont un sens très particulier pour nous. Au siècle dernier, des esclaves sont parvenus à cacher des objets africains sur leur personne avant d'être embarqués. Ces objets ont acquis parmi nous une grande valeur, parce qu'il est normalement impossible d'apporter quoi que ce soit d'Afrique. Les cauris, ces coquillages que vous avez vus, servaient de monnaie et de bijoux là-bas et sont vénérés comme un des rares liens qui existent encore avec la terre de nos ancêtres. C'est nous qui les avons glissés dans la tombe du Basoulo, pour l'africaniser un peu, disons, pour ajouter un soupçon de crédibilité à sa légende. Pour le squelette aussi, il a fallu aider un peu l'histoire: cet imbécile avait oublié de perdre ses mains. Certains des nôtres sont tellement difficiles à convaincre. La nuit où vous avez surpris Mingo et Sam dans la crypte, ils y emmenaient Zachariah, un esclave très influent dans la région, pour le persuader de se joindre à nous. Ici et là, nous avons favorisé l'apparition de quelques «phénomènes surnaturels», pour entretenir un certain climat d'impossible, pour préparer en quelque sorte l'éclosion des miracles. Des cercueils déplacés, des appels de conque dans la nuit, des arbres enduits d'œufs de lucioles. Oh! rien du tout, des petites choses, mais propres à troubler les esprits. Il n'y a pas que la terreur qui s'entretienne, monsieur Evangelos. Le merveilleux se prépare aussi.

«Avec un coup de pouce de votre part, ce serait tellement plus facile. Il faudrait que vous repreniez à votre compte la légende, en l'adaptant à la logique des Blancs, bien sûr, pour faire plus vrai. Il y a encore beaucoup de gens ici qui refusent de croire que le squelette de la crypte est bien celui du Basoulo. Imaginez l'effet que vous produiriez sur tous ces nègres blanchis! Vous, un grand professeur de Londres, vous débarquez chez nous et vous clamez bien haut que ce Ferdinand est véritablement le grand roi décrit par la légende. Puis vous ajoutez le détail crucial qui manque: vous dites que dans votre pays, il existe une prophétie selon laquelle le fils du Basoulo doit sortir un jour des profondeurs de la terre et mener son peuple vers la liberté. Ce jour est très proche, affirmez-vous, la découverte du tombeau de Ferdinand Paléologue en est le signe. Mes amis et moi, nous nous occupons du reste. Qu'est-ce que vous en pensez?»

Que devais-je en penser? Toute cette histoire était tellement absurde: Yannis qui m'envoyait au bout du monde pour lui servir d'espion, moi, Thomas le maladroit, Thomas le mou; des hommes à tresses cachés dans des cavernes; un semblant de Paléologue noir qui me demandait de contrefaire une réalité déjà suffisamment floue; une esclave qui tantôt m'enveloppait de sa tendresse et tantôt me traitait comme un pestiféré; une île où sous le soleil du jour je me sentais à chaque fois renaître, mais où la nuit n'apportait que l'impossible.

N'était-ce pas ce monde en soi qui était absurde, ce collier d'îles qui s'arc-boutait comme un chapelet de larmes entre les deux Amériques? Là-bas sur le continent, au nord comme au sud, les greffes de l'Ancien Monde proliféraient, créant des branches parfois monstrueuses, mais sur le collier d'Hurracan, qu'y avait-il? Du sucre et du sang, la combinaison la plus monstrueuse, parce que si dérisoire, que les hommes eussent jamais inventée. Pour adoucir leurs fruits amers, pour cuire leurs gâteaux, pour saupoudrer leurs desserts, pour sucrer leurs tisanes, les Européens avaient vidé un continent. Ils avaient pris possession d'îles qui avaient tout pour être un paradis et y avaient massacré des millions d'hommes au nom d'un petit goût tendre et fugitif qui disparaissait sur la langue. Dieu devait hésiter entre l'horreur et le rire devant un crime aussi disproportionné! Sur le collier d'Hurracan, ce n'était pas de la mélasse qu'on faisait dégoutter des barils de séchage, c'était le sang des Africains qu'on séparait du sucre, celui que les Européens voulaient le plus pâle et le plus inodore possible, pour que rien ne leur rappelle le sang noir avec lequel il était fait. C'était l'existence même de ces îles qui était invraisemblable et non la légende du Basoulo. Si on acceptait la logique du sucre, aucune des histoires qui en découlaient n'était absurde.

20

Si j'acceptais de propager le mythe, qu'allaient faire les rebelles? Un soulèvement général suivi d'un massacre ne résoudrait rien. Même s'ils arrivaient à prendre la garnison par surprise, il viendrait toujours d'autres navires et d'autres soldats, autant qu'il en faudrait pour venir à bout de la révolte. Les Britanniques ne lâcheraient jamais leur Petite Angleterre, qui était le noyau stratégique de toutes leurs opérations militaires dans la région, la colonie la plus stable des Antilles, la seule qui n'ait jamais été l'enjeu d'une guerre entre les puissances européennes. Le fils du Basoulo régnerait tout au plus pendant deux ou trois mois sur un pays dévasté, sur un peuple rendu fou par le meurtre, sans que les larmes et la fatigue aient jamais le temps de calmer la vengeance. Il fallait que je sache ce que le gros homme comptait faire.

— Mais qui vous a parlé de massacres? m'interrompit-il presque aussitôt. Où allez-vous chercher tout cela? Jamais nous n'avons eu l'intention de rester ici! Pour y faire quoi, je vous le demande? Devenir nous-mêmes planteurs? Y manger des ignames le reste de notre vie, en craignant chaque jour l'arrivée de la flotte anglaise? Cette île est indéfendable, monsieur Evangelos, nous ne sommes pas à Saint-Domingue ici. Il y manque les montagnes, les marécages, les forêts, et par-dessus tout la fièvre, l'arme la plus efficace contre les Blancs. Non! La légende du Basoulo parle de retour et c'est précisément ce que nous allons faire: retourner chez nous. Nous sommes des Africains et nous n'allons pas pourrir sur ces îles maudites. Chaque fois qu'un esclave meurt, on dit que son esprit s'envole au-delà des mers et s'en retourne vers la terre de ses aïeux. Écoutez le silence de l'île, vous n'y entendrez nulle part la voix de nos ancêtres. Ils ont tous fui. Le vent est vide ici, monsieur Evangelos. Il n'apporte aucun réconfort. Un peuple entier peut être transplanté de force, mais si ses dieux refusent de le suivre, il n'aura de cesse de vouloir rentrer chez lui. Il n'y a aucun avenir pour nous ici, aucun!

«Où irons-nous, me demanderez-vous? C'est très simple: nous retournerons d'où nous venons. Les Européens n'accepteront jamais qu'une île comme la Barbade tombe aux mains des esclaves. À Saint-Domingue, ils ne peuvent plus rien, mais ils ne permettront jamais que la situation se reproduise ailleurs. Nous mourrons tous inutilement si nous restons ici. Mais les Blancs ne se donneront jamais la peine de nous poursuivre jusqu'en Afrique. À quoi bon? Nous leur laissons leurs cailloux à sucre, nous allons même leur abandonner tous les Noirs qui sont trop résignés pour tenter l'aventure avec nous. Nous ne forcerons personne à partir, nous ne voulons pas de lâches ou de nègres blanchis. Ce qu'il nous faut, ce sont des hommes et des femmes qui rêvent aussi fort que nous de vivre libres et en toute tranquillité, entourés des esprits de leurs ancêtres. Même si les Blancs tiennent un jour leur promesse de libérer les esclaves, ceux qui choisiront de rester ici ne pourront jamais remplir que leur ventre. Leur âme sera toujours vide, parce que rien ici n'apporte le repos. Il y aura toujours le souvenir des chaînes.

«Alors voilà, monsieur Evangelos, nous ne voulons pas les champs et les maisons des Anglais, nous ne voulons que leurs bateaux et leurs armes. Avec dix, vingt bateaux, nous embarquerons tous ceux qui accepteront de nous suivre. Une fois qu'ils auront un fusil sur la tempe, les marins blancs se montreront suffisamment coopératifs pour nous mener jusqu'en Afrique, si le dieu du vent est avec nous. Surtout si nous leur promettons leurs bateaux, leurs vies et peut-être même un tout petit peu d'or s'ils se sont montrés aimables, une fois le voyage fini. En une seule opération de nuit bien planifiée, mes hommes et moi neutralisons la garnison et prenons le contrôle du dépôt d'armes. Le reste suivra de lui-même si la masse des esclaves a été bien préparée. Autrement dit, monsieur Evangelos, si vous avez correctement joué votre rôle!

«Imaginez la scène! Les Blancs, réunis au Carénage sous la menace de nos canons, n'en croyant pas leurs yeux d'être encore vivants, assistent au départ de la grande flotte d'Afrique! Ce sera comme une colonisation à l'envers. J'exigerai qu'ils mettent ce jour-là leurs plus beaux vêtements, les femmes en robes de soie, leur ombrelle à la main, les hommes en redingote d'apparat. Quelle fête! Peut-être même qu'ils nous tresseront des guirlandes de fleurs, qui sait? Peut-être agiteront-ils des mouchoirs blancs en versant des larmes! Un massacre? Pour qui me prenez-vous? Ce serait à la fois sale et inutile. Je ne veux pas finir comme Dessalines, hébété au milieu des flaques de sang. Il n'est pas bon qu'un peuple ait trop de meurtres sur la conscience, surtout au moment de sa naissance. Nous ne faisons pas tout cela pour ressembler aux Européens. Il y aura quelques morts, c'est inévitable, il y aura quelques vengeances ici et là. Comment faire autrement avec toute cette haine qui s'est accumulée au fil des années? Mais je veux que notre libération soit une fête et non un carnage. S'il faut absolument libérer ses bas instincts dans de telles circonstances, alors qu'on s'accouple dans les rues, mais qu'on ne tue pas. Je veux qu'il y ait le moins de sang possible. Et pour cela il n'y a qu'une solution: partir.

«Combien serons-nous? Quelques centaines? Quelques milliers? Peu importe, pourvu que nous ayons tous le même rêve, avec la même force. Que les maîtres et les esclaves résignés fassent ce qu'ils voudront quand nous serons loin. Je me fais très peu d'illusions. Beaucoup préféreront rester. Libre à eux de croire que les Blancs changeront. Je ne les méprise pas, j'aime autant ne pas avoir à me préoccuper d'âmes naïves. De toute façon, il n'y aurait jamais assez de bateaux pour embarquer tout le monde. Et je ne crois pas qu'on nous permette un second voyage! Il y a trop de chrétiens parmi mes compatriotes, il y en a trop qui espèrent que leur vie sera transformée le jour de l'émancipation. Mais rien ne changera, monsieur Evangelos. Ils s'appelleront Ézéchiel au lieu de Scipion, ils recevront des shillings au lieu de coups de fouet, mais ils crèveront quand même dans des champs de canne, ils vieilliront sur les planchers de boue de leurs cabanes, à regarder de loin les maîtres blancs rire au milieu de leurs dentelles et de leur argenterie, entourés de leurs chiens.

«Nos bateaux quitteront le port, et maîtres et esclaves retourneront à leurs occupations habituelles. Peut-être que ceux qui resteront seront traités avec plus d'honneur parce qu'ils auront témoigné de leur fidélité, ou tout au moins de leur indifférence. Qui sait? Je me trompe peut-être, il est possible après tout que les choses s'améliorent un jour. Je ne le crois pas, mais je le leur souhaite quand même. Pendant ce temps, sur les ponts de nos navires, l'euphorie gagnera même les plus calmes d'entre nous. La traversée sera comme un long, très long dimanche. Il nous faudra quand même rester vigilants, il nous faudra persuader les équipages que nous n'avons rien à perdre et que, s'il leur vient à l'idée de mettre le cap sur l'Europe, ils seront tout de suite démembrés et jetés vivants aux requins. Gare au plus petit souffle de vent froid, mes jolis! Pas une goutte de rhum à bord, pas une goutte du moment que l'insurrection aura été déclenchée. Quel beau feu cela fera! Tout le rhum de l'île réuni à Saint-Ann's Savannah et embrasé d'un seul coup pour fêter notre victoire! Quel bûcher grandiose! Les Blancs vont sûrement s'imaginer que c'est pour les faire rôtir et les manger que nous préparons tout cela. Qu'ils s'inquiètent un peu, cela leur fera du bien! Qu'ils maigrissent d'anxiété, ils sont de toute façon tellement gras! Finie la stupeur de l'ivresse, finie la colère qui ne sait plus d'où vient sa peine et qui frappe n'importe comment, fini l'esclave trébuchant et confus qui fait tant rire le maître. Plus une goutte de ce poison mou tant que c'est moi qui serai roi!

«Regardez dans cette direction, monsieur Evangelos. C'est l'est. Fixez votre regard de l'autre côté de la pierre. Imaginez. Le rivage de l'Afrique approche lentement. On le sent à l'odeur de l'air, on le voit à la couleur de l'eau. Efanto et ceux qui sont nés comme lui là-bas se souviennent, la mémoire de la côte leur revient peu à peu: «Non, plus loin encore, ici il n'y a que des marécages et là, la savane est trop sèche, la forêt trop étouffante.» Efanto a tout emmagasiné dans sa tête, il a gardé les yeux rivés sur la côte pendant toute sa captivité, sûr qu'un jour il reviendrait, sûr qu'il lui faudrait bientôt reconnaître son chemin. Les navires de négriers que nous croisons n'osent pas s'approcher de nous, inquiets de la taille et de l'allure étrange de notre flottille.

«Nous voilà presque arrivés. Nous sommes dans le grand delta des fleuves de la Côte Salée, devant Calabar, la cité des rois-marchands, là où tant d'entre nous ont été vendus. Ce sera notre seul massacre, monsieur Evangelos. Il faudra nous pardonner. Certains d'entre nous ont des comptes personnels à y régler, n'est-ce pas, Efanto? Avec les canons et les fusils que nous aurons apportés de Bridgetown, la question sera vite liquidée. Calabar flambera dans la nuit et le souvenir même de son existence sera à jamais effacé de la mémoire humaine. Ce sera un grand jour! Débarrassés à la fois du danger et de l'ignominie de la ville, nous remonterons les rivières jusqu'au pays d'Efanto. Jamais plus le peuple Ibo ne sera arraché de chez lui dans les chaînes. Nous y veillerons, nous serons son bras armé. Les Blancs devront chercher ailleurs, se trouver d'autres complices. Avec notre aide, les Ibos ne seront plus jamais une proie facile.

«Nous, les déportés des îles, il nous faudra apprendre la langue et les coutumes du peuple d'Efanto. Qui sait d'où nous venons? Qui sait si moi je suis Ibo ou Yoruba ou Ashanti? Il nous reste des mots et des gestes, des souvenirs souvent trop flous, une expression d'ici, une coutume de là. Le ragoût est africain, mais qui peut dire exactement d'où vient tel ou tel morceau de viande? Nous sommes tous des orphelins de la terre d'Afrique. Alors il n'y a qu'une solution: nous faire adopter par le peuple qui voudra de nous, en lui offrant en échange notre force et notre connaissance du monde des Blancs. Efanto m'assure que son peuple nous ouvrira les bras. Je n'ai aucune raison d'en douter, si nous respectons ses coutumes et sommes assez sages pour nous fondre en son sein. Il nous faut retrouver une vraie communauté, une vraie mémoire, des habitudes ancrées dans une tradition qui connaît la place et le pourquoi de chaque geste. Au bout de vingt ans, nous serons des Ibos comme les autres. Nos enfants s'étonneront en nous entendant parler des champs de canne. Quand nous leur décrirons notre départ, avec les milliers de maîtres tout à coup redevenus humbles et réunis sur les quais dans leurs plus beaux atours, ils riront jusqu'aux larmes, incapables de même imaginer à quoi ressemble une peau rose d'Anglaise tout enveloppée de soie, mais fiers du bon tour qu'auront joué leurs aînés. L'histoire de notre captivité deviendra aussi légère que les contes de l'araignée et cessera même un jour d'amuser. Je prie pour qu'elle ne redevienne jamais une légende utile. Qu'elle fasse bâiller les enfants, monsieur Evangelos, c'est tout ce que je lui souhaite.

«Depuis que nous nous connaissons, Efanto et moi, nous rêvons de ce jour. Imaginez la scène. Tous ses parents et amis le croient mort. Et voilà qu'une armée de pirogues remonte la rivière, chargée d'hommes en habits bizarres, qui parlent une langue étrangère et qui ont les bras remplis de fusils. Que se passe-t-il? Les soldats de Calabar reviennent-ils encore cette année, mieux armés que d'habitude? Qui est cet homme qui se tient debout à l'avant de la grande pirogue? Son visage a pourtant quelque chose de familier et on dirait bien qu'il parle notre langue. Efanto!?! Est-ce possible? Les enfants crient et se jettent dans la rivière, les hommes sortent du feuillage et les femmes du fond des cases. Efanto! Il est revenu! Il nous amène une armée d'hommes qui viennent de très loin, certains aussi pâles que la boue de la rivière. Et ce jour-là, enfin, je ne serai plus le fils du Basoulo, je serai seulement le gros ami d'Efanto, celui qui épate les enfants par sa force, celui qui a brûlé Calabar et qui sait repousser les attaques des négriers. Je pourrai alors enfin me reposer et devenir le patriarche gras et paresseux que j'ai toujours rêvé d'être, entouré de mes petits-enfants.

«Réfléchissez, monsieur Evangelos. Nos buts sont honorables. Je vous jure qu'il y aura le moins de morts possible. Je ne vous demande pas d'être complice d'un massacre, je vous demande d'aider à la réalisation d'un rêve. Si vous refusez, vous nous rendrez seulement la tâche plus difficile. Beaucoup des hommes que vous voyez ici vont mourir pour rien et la prise de l'île sera d'autant plus violente. Ce que je veux, c'est que grâce à vous l'inquiétude soit si grande chez les Blancs et la foi si profonde chez les esclaves que la situation basculera dès que je ferai mon apparition. Une seule déclaration de votre part, faite au bon moment, et tout se jouera en une journée, sans effusion de sang. La peur est partout en ce moment. Le souvenir du dernier ouragan est présent dans tous les esprits. Avec la venue des pluies, la crainte que la tempête ne se reproduise monte de jour en jour. Les

discussions sur l'émancipation à Londres et les nouvelles de la rébellion jamaïcaine ont mis tous les Blancs en émoi. Il faut agir
vite, pour profiter du climat d'angoisse. J'ai confiance en vous.
Je sais que vous ne nous trahirez pas. Si vous décidez de ne pas
nous aider, vous prendrez le premier bateau pour l'Angleterre et
vous nous laisserez régler nos affaires entre nous. Je ne peux pas
garantir votre sécurité si vous restez. Vous ne seriez qu'un Blanc
parmi d'autres. Si vous allez à la police anglaise, vous signez à la
fois votre arrêt de mort et le nôtre. Nous sommes partout, vous le
savez. Même si moi je disparais, il y aura toujours un des nôtres
qui sera assez près de vous pour vous faire payer. Mettez-vous
bien cela dans la tête. Je ne vous menace pas, je vous explique
clairement les éventualités. Mais je sais d'avance laquelle vous
choisirez, car je suis persuadé que vous êtes un homme juste. Ne
nous laissez pas mourir dans les chaînes, monsieur Evangelos.
Avec quelques mots, vous pouvez défaire une partie du mal que
les vôtres nous ont fait depuis deux siècles.»

* * *

Les possibilités qui s'offraient à moi étaient claires, comme
disait l'homme. Pour quelqu'un qui était habitué à agir, la question aurait peut-être été facile à résoudre. Mais moi, cela faisait
plus de vingt ans que j'évitais les choix. J'étais devenu précepteur
contre l'avis de ma famille. C'était là la dernière décision impor-
tante que j'avais osé prendre. À partir de ce moment, je m'étais
progressivement replié sur ma vie d'ermite, comme si cet unique
geste de courage avait épuisé toute ma combativité. J'avais rêvé
de devenir autre chose qu'un boutiquier, mais j'avais conservé
tous les réflexes d'un petit commis, en me privant seulement du
cadre rassurant de la continuité familiale et d'un pécule garanti. Il
me manquait la force de lutter chaque jour contre mes penchants
frileux. À défaut de me hisser à la hauteur de mon rêve, j'avais
entrepris le long travail de réduction du monde qui devait ramener
la vie à la seule échelle que je puisse tolérer. C'était pour échapper
à l'impression d'être un mort-vivant que j'avais accepté la mission
de mon cousin. Mais le miracle que j'attendais n'avait pas eu lieu.

Tout ce que je rencontrais ici me dépassait, sauf le monde inanimé de l'eau et de la lumière. Et maintenant, devant le cercle des insurgés, il ne s'agissait pas seulement de comprendre mais de décider, avec des centaines de vies accrochées aux plateaux de la balance. Quoi que je fisse, le sang coulerait. Il me fallait simplement en choisir la couleur et la quantité.

Le soulèvement pouvait très bien réussir. Ce n'était pas à moi de juger si l'idée d'un retour en Afrique était bonne ou mauvaise. Si je dénonçais les rebelles, il n'y avait aucune clémence à attendre des autorités. Ne serait-ce que pour donner l'exemple, les hommes que je voyais ici devant moi seraient tous exécutés. Fallait-il croire les promesses de modération que m'avaient faites le gros homme? Quelque chose me poussait à lui faire confiance. Son attitude était tellement inattendue qu'elle ne pouvait pas être feinte. Efanto, lui, n'aurait pas eu de tels scrupules, il aurait gaiement massacré tout ce qui se serait trouvé sur son chemin. Mais Ned Primus était différent. L'étrangeté même de son projet le rendait convaincant.

Je sais aujourd'hui que j'aurais dû me jeter à terre devant lui, lui promettre mon aide sur-le-champ, louer le ciel qu'un rêve aussi extravagant pût naître dans le cerveau d'un homme et qu'on me permît ce tout petit geste pour l'aider à se réaliser. Mais la seule chose dont je fus capable, ce fut de lui demander un peu de temps pour réfléchir. Du temps pour réfléchir! Dieu m'aurait demandé si je voulais l'aider à créer le monde et je lui aurais demandé un délai de réflexion! L'homme fut poli et me donna trois jours.

J'étais confus et épuisé. Je fis mes adieux à l'assemblée en évitant presque de les regarder. Leurs yeux n'avaient pas changé. Il y avait ceux qui espéraient en moi, ceux qui m'auraient tué et ceux qui avaient décidé que les Blancs n'étaient même pas dignes d'un regard. Accompagné du même gardien que tout à l'heure, je refis en sens inverse la traversée des chapelles, dans un silence étouffant qui rebondissait parmi les voûtes. Si j'essayais de voir clair dans ce nœud de sentiments confus qui s'entremêlaient dans ma tête, une seule chose ressortait clairement: je préférais Benne-bah à Sarah Simpson, Rachel Brade aux sœurs Banbury, Ned

Primus au général Layne. La raison ne m'était d'aucune utilité, ma morale se réduisait à une simple question d'affinités émotives. Tous ceux qui étaient arrivés à me toucher ici avaient la même couleur. Cumberbatch était l'exception à la règle, mais c'était en partie parce que ses sympathies penchaient du même côté que les miennes. Quoi que je décide, la mèche ne pouvait plus s'éteindre. À partir du moment où les hommes que j'avais vus s'étaient sauvés dans les cavernes, ils ne pouvaient plus revenir en arrière. Ma fuite ne changerait rien. Même si je décidais de partir et de fermer les yeux, ces gens qui m'avaient ému risquaient la mort.

Curieusement, pendant tout le temps que je rampai à travers le tunnel qui menait dehors, l'image qui resta collée dans ma tête fut celle de Henry Layne et de son esclave dans la remise le soir de la réception. On aurait dit que toute ma haine s'était fixée sur le fils du général. Je me voyais pénétrer dans la remise d'un coup de pied sec contre la porte et corriger de mes poings le petit maître, je sentais sa chair molle qui s'écrasait entre les os de ma main et ceux de son crâne, je voyais le blanc rose de son visage se tacher de bleu. La fille rabattait ses jupes et coulait vers moi un regard où se mêlaient la crainte et la gratitude, mais la position que j'avais prise au-dessus d'elle ressemblait étrangement à celle de Layne. C'est avec cette image de chevalerie puérile et ambiguë que j'atteignis enfin l'air libre.

Il était tard. La lueur de l'aube commençait à pointer à l'est, mais je n'eus pas le temps de repérer la silhouette de Sam. Un coup de feu claqua. Je sentis une traînée brûlante me traverser l'épaule. Une masse noire et lourde me poussait vers le sol. En tombant, je me souviens d'avoir repensé à la fille de la remise et de lui avoir dit tout haut: «J'ai choisi, j'ai choisi, va dire à Ned Primus que j'ai choisi, vite». Avant de perdre connaissance, j'eus le temps d'apercevoir tout près de moi, étendu sur le sol, le visage de Sam, qui me fixait de ses yeux grands ouverts et sans vie.

21

Quand j'ouvris les yeux deux jours plus tard à l'hôpital militaire, tout était fini. Ned Primus était mort, de même que les trois quarts de ses hommes. Les autres attendaient d'être jugés et exécutés à la prison de la Savane. Quatre ou cinq hommes manquaient encore à l'appel, mais ce n'était qu'une question de temps: ils allaient être capturés eux aussi. Parmi les chefs de la rébellion, seul Efanto avait survécu. On le traînait partout sur l'île, effroyablement battu, pour que sa figure torturée serve d'exemple. Les cicatrices de ses joues réveillaient une terreur immédiate chez les Blancs qui se déplaçaient pour lui cracher au visage, enchaîné au pilori mobile que les autorités avaient dressé sur une charrette. On avait bien choisi. L'Africain synthétisait sur ses traits, à la fois tuméfiés par les coups et ciselés avec une finesse barbare, toute la sauvagerie que les Blancs imaginaient derrière chaque regard noir, l'Afrique des esprits de la nuit, l'Afrique vengeresse et incompréhensible. Quand il avait la force de parler, quand les coupures de ses lèvres avaient eu le temps de se refermer, Efanto criait sa haine à tous ceux qui venaient le voir. Malheureusement pour moi, il appelait aussi les siens à punir les deux traîtres qui avaient fait avorter la rébellion: Zachariah et Thomas Evangelos. Caché comme je l'étais à l'hôpital militaire, j'étais en sécurité pour l'instant. Mais Zachariah ne fit pas long feu. Le vieil esclave que j'avais vu dans la crypte de Saint-John fut retrouvé mort un matin sur la route de Newcastle. Il avait un coutelas planté en travers de la nuque et sa langue avait été coupée et déposée à côté de lui sur le sol.

Mon nez et mon genou avaient cessé de me faire mal, mais une douleur perçante me déchirait toujours l'épaule. La balle avait traversé la chair sans toucher l'os et était ressortie de l'autre côté. Pour les médecins militaires qui s'affairaient autour de moi et qui avaient pour la plupart connu les champs de guerre napoléoniens, ma blessure était bénigne. Mais moi j'étais beaucoup plus impressionnable et il m'arrivait de perdre connaissance à la simple idée que l'armée m'avait tiré dessus et qu'un bout de métal avait traversé mon corps.

Petit à petit, au fur et à mesure de mes conversations avec les médecins et les officiers de l'hôpital, je commençai à voir un peu plus clair dans les événements qui s'étaient succédé depuis mes premiers contacts avec les rebelles. Cumberbatch vint me rendre visite à deux reprises et, outre le réconfort que m'apportait la possibilité d'expliquer à une oreille amie le rôle naïf que j'avais joué dans cette affaire, j'appris par lui quelques détails que les soldats m'avaient cachés. L'histoire était simple: j'avais trop parlé et je m'étais laissé berner sur toute la ligne. Depuis longtemps, les autorités soupçonnaient que quelque chose de grave se préparait sur l'île. On ne savait rien de précis, mais on voyait bien qu'il y avait trop de mouvements de nuit chez les esclaves, trop de coïncidences étranges. Quelques officiers plus perspicaces que les autres avaient compris que le nombre élevé de disparus au cours du dernier ouragan n'était pas normal. Même si les battues organisées dans les ravins et les quelques autres endroits sauvages de l'île n'avaient rien donné, on était certain qu'il existait quelque part un noyau d'esclaves en fuite. L'incident du concert nocturne de conques était venu renforcer cette conviction. Dans ces enquêtes, la milice locale et l'armée anglaise opéraient main dans la main, partageant à la fois le travail de chasse et l'information.

C'est mon bavardage à la réception du général Layne qui brisa cette belle entente. Même si j'avais cru qu'il ne m'écoutait qu'à moitié, le général avait noté ce soir-là chacune de mes paroles. L'homme blond avec qui je l'avais vu converser se nommait Michael Adamson et était capitaine dans la milice. À la suite de cette soirée, chacun de mes déplacements avait été suivi par Adamson ou par l'un de ses hommes. C'était moi qui avais directement mené l'armée au repaire des cavernes.

Mais voici où la situation se compliquait. D'après Cumberbatch, Layne n'avait nullement l'intention de partager avec les autorités anglaises les services de son espion vedette, monsieur Thomas Evangelos. Maintenant qu'à Westminster le projet d'émancipation était sur le point d'être voté, le général avait décidé qu'une révolte d'esclaves était le meilleur moyen de faire réfléchir la métropole. Loin d'empêcher le déclenchement de la rébellion, Layne voulait au contraire la laisser s'étendre pour mieux l'étouffer quand elle aurait pris des proportions suffisamment sanglantes. Le général était d'avis qu'une dizaine de morts parmi la population blanche aurait de quoi frapper l'imagination du parlement anglais. Le massacre de quelques esclaves n'aurait servi à rien. En revanche, chaque cadavre blanc valait au moins mille morts noirs. Aux yeux de Layne, le soulèvement justifierait le raisonnement qu'il m'avait servi le soir de la réception, à savoir que l'esclavage est un système condamné à l'éternité, impossible à réformer, parce que générateur de trop de haine. Ajouté à la rébellion jamaïcaine, ce soulèvement serait la preuve que, même sur une île aussi tranquille que la Barbade, on ne pouvait jamais faire confiance aux Africains, que dès qu'ils en auraient les moyens, ils se livreraient à une suite ininterrompue de viols et de meurtres. En prévision du massacre, Layne avait mis sa famille en sécurité chez des amis dans l'île voisine de Saint-Vincent. Voilà pourquoi Newcastle m'avait semblé si vide le jour de ma promenade à Martin's Bay.

C'est là que le pauvre Zachariah avait fait échouer le plan de son maître. Quand j'avais si stupidement mentionné au général que j'avais aperçu un de ses esclaves dans la crypte de Saint-John, il avait, dès le lendemain et sous la menace des pires tortures, fait interroger un à un tous les hommes de sa plantation. Mort de peur, craignant d'être dénoncé et espérant toucher la promotion habituelle dont on gratifie les délateurs, Zachariah avait tout de suite parlé. Il ignorait où se trouvaient exactement les rebelles, mais il était au courant de leur intention de se servir de la légende du Basoulo. C'était pour cela qu'on l'avait fait venir dans la crypte, pour l'impressionner et lui montrer les coquillages et la position que l'enterrement à l'africaine avait donnée au squelette de Ferdinand.

Zachariah connaissait la légende et savait aussi qu'un esclave de la plantation Hopefield, porté disparu au moment de l'ouragan, disait descendre de ce roi exilé. Mais voilà que, dans la crypte, Sam, l'émissaire des rebelles, lui avait annoncé que le signal de la révolte allait bientôt être donné et que le fils du Basoulo était prêt à mener les siens jusqu'à la terre de leurs ancêtres. Il était risqué de mettre des hommes aussi peu sûrs que Zachariah dans le secret, mais il fallait absolument élargir les bases du mouvement, d'autant plus que l'adhésion de Zachariah aurait un énorme effet d'entraînement, vu son âge et son influence.

Toute cette étrange histoire fut donc révélée à Rupert Layne. Celui-ci n'y vit qu'un complot d'esclaves parmi d'autres, sans se soucier des prétextes tant historiques que légendaires qui accompagnaient la rébellion. C'est à ce moment-là que ma collaboration inconsciente devint encore plus cruciale. Terrorisé, Zachariah refusa de s'infiltrer dans le mouvement comme Layne le lui demandait. Il ne leur restait donc que moi. Mais là où le général ne voulait que me faire suivre pour apprendre tout ce qu'il pouvait sur les préparatifs, la peur de Zachariah en décida autrement. Celui-ci était persuadé que Layne allait le faire tuer au lieu de le récompenser et trouvait louches les exhortations au secret le plus absolu que lui lançait sans arrêt son maître. Normalement, le délateur parlait, l'armée pourchassait les comploteurs et l'esclave bavard recevait tout de suite sa récompense. Cette fois-ci cependant, l'attitude du général inquiétait Zachariah. Il décida que, dans les circonstances, deux confessions valaient mieux qu'une et courut chez le juge Skeete, qui exerçait les pouvoirs suprêmes sur l'île en l'absence du gouverneur Lyon. Skeete se mit dans une colère terrible, ordonna immédiatement une enquête et apprit par Adamson que j'avais moi aussi des contacts avec les rebelles. L'affaire fut prestement retirée des mains de la milice et confiée aux seuls soins de l'armée. Le souci du juge était tout le contraire de celui de Layne: il fallait étouffer le complot dans l'œuf, avec le moins de sang et de bruit possible, en montrant à l'opinion que ce n'était qu'un petit noyau de mécontents qui s'étaient révoltés et non l'immense majorité des bons esclaves fidèles à Sa Majesté. La survie d'Efanto fut une aubaine. On le présenta comme l'instigateur du mouvement et on put ainsi opposer la sauvagerie incorrigible de l'Africain à la docilité des Noirs locaux. Dès lors, ce fut l'armée et non Adamson qui reçut l'ordre de me surveiller. En fait, tout le monde m'épiait. Les rebelles aussi me tenaient à l'œil, comme me l'avait avoué le gros homme. Ce qui m'étonne, c'est que les espions du juge Skeete et ceux de Ned Primus ne se soient jamais croisés.

Le soir de ma visite à la caverne, des éclaireurs de l'armée m'avaient suivi jusqu'aux abords du tunnel. Le juge Skeete avait déjà fait concentrer des troupes dans Saint-John et Saint-Thomas, là où Zachariah prévoyait l'éclatement de la révolte. Pendant les quelques heures que j'avais passées sous terre, les soldats s'étaient déployés près de l'entrée de la caverne. Sam était tombé sous les balles d'un franc-tireur quand il avait aperçu le mouvement de troupes et avait tenté de donner l'alerte. Quand, au bout de quatre longues heures d'attente, une tête était finalement apparue à l'embouchure du tunnel, un des soldats, énervé, n'avait pas pris le temps d'en regarder la couleur. Il avait tiré. J'avais été très chanceux de me retrouver avec l'épaule transpercée.

La bataille fut de courte durée. Le siège de la caverne se révéla facile, d'autant plus qu'une sortie de fuyards permit rapidement de découvrir les issues secondaires du réseau souterrain. Au début, les rebelles repoussèrent sans difficulté les tentatives d'entrée des troupes anglaises. Embusqués dans la première salle, ils abattirent un à un les soldats qui débouchaient par le tunnel. Mais très vite, les commandants anglais changèrent de tactique et se résolurent à enfumer les rebelles. L'air des cavernes devint tout de suite irrespirable, la fumée aidant en plus à repérer tous les points possibles de sortie. Beaucoup de rebelles moururent asphyxiés, les autres, à quelques exceptions près, se faisant cueillir, vivants ou morts, dans des tentatives désespérées de fuite. Il n'y eut presque pas de pertes parmi les troupes anglaises, à part les quelques malheureux qui avaient été chargés de l'attaque du tunnel. À l'hôpital militaire, les opérations contre les rebelles étaient devenues un sujet de plaisanterie tant elles avaient été faciles et meurtrières. Comme toutes les révoltes de faibles, le bilan comparatif des morts était d'une inégalité presque obscène. Les journaux de Londres parlaient beaucoup plus des six soldats tués dans le tunnel que des dix-neuf esclaves qui étaient morts dans la fumée ou sous la mire des soldats anglais et des six autres qui attendaient leur exécution. Comme au lendemain de la révolte de 1816, l'enquête officielle révéla que, dans l'ensemble, les esclaves s'estimaient très heureux de leur sort, demeuraient fidèles à leurs maîtres et que la révolte n'était due qu'à une poignée de réfractaires excités par les abolitionnistes. Il ne fut jamais question de la légende du Basoulo ni du complot de Rupert Layne. Quelques semaines plus tard, celui-ci démissionna tout simplement de son poste de commandant de la milice, mais demeura président de l'Assemblée. Personne, ni parmi les esclaves, ni parmi les autorités, ne fit allusion au projet délirant de retour en Afrique du pauvre Ned Primus. De toutes parts, un voile de silence fut jeté sur les événements. Comme Constantin XI, l'empereur lointain dont il affirmait descendre, le fils du Basoulo ne fut qu'un cadavre anonyme sur le sol de sa forteresse investie.

Quand les enquêteurs vinrent m'interroger, ils parurent satisfaits du tissu de demi-vérités que je leur servis. Dans l'état où je me trouvais, je ne me sentais aucune vocation pour le martyre. Comme je savais que Sam était mort, je racontai que c'était lui qui m'avait contacté après que les rebelles eurent pris connaissance de mes visites à la crypte de Saint-John. En feignant l'ironie, je leur expliquai que les rebelles voulaient se servir du mythe du Basoulo pour impressionner les autres esclaves et qu'ils m'avaient fait venir pour que je leur fournisse des renseignements sur Ferdinand Paléologue. Bien sûr, j'avais fait semblant de collaborer avec eux pour pouvoir sortir vivant de la caverne et je m'apprêtais à aller tout de suite dénoncer aux autorités le complot monstrueux qui se tramait sous leurs pieds. Comme mon témoignage était invérifiable et qu'il recoupait ceux que l'armée avait pu obtenir en torturant les rebelles, on me laissa tranquille, sans même vérifier à Londres si j'étais bien l'expert en études byzantines que je prétendais être. Les appels au meurtre d'Efanto ajoutaient à ma crédibilité. Mingo quant à lui ne fut pas inquiété, pas plus que Rachel Brade, ni la grande majorité des complices à la surface. Malgré les supplices, les aveux des rebelles avaient été aussi sélectifs que les miens. Conscient du climat de résignation qui s'était à nouveau installé chez les esclaves, le gouvernement ne souhaitait qu'une chose, un retour aussi rapide que possible à la normale, une amnésie instantanée, afin que le projet d'émancipation ne fût pas perturbé. De là les efforts pour banaliser les racines du complot et lui enlever toute dimension mythique. Sur la liste des victimes, le nom de Ned Primus occupait une position très quelconque, au neuvième rang. La désignation d'Efanto comme principal responsable du soulèvement cadrait bien avec le souvenir de la révolte de 1816, où Bussa l'Africain occupait lui aussi la place d'honneur. Entièrement consumé par sa haine (et dans le fond peut-être fier du rôle que le hasard et le détournement des faits lui attribuaient), Efanto ne se donna même pas la peine de rétablir la vérité et finit pendu comme un Christ vengeur au milieu de la Savane de Saint-Ann's, maudissant jusqu'au dernier moment la foule de Blancs venus se délecter de sa mort. Le rêve de Ned Primus disparut avec lui.

22

L'hôpital militaire me servit de refuge pendant quatre longues semaines. Je reposais sur un étroit lit de fer extrêmement inconfortable, au milieu d'une longue salle commune, entouré des quelques soldats blessés dans l'assaut des cavernes et du contingent
habituel de marins éclopés ou pris de fièvre. Au total, nous étions
plus d'une douzaine. Avec le temps, une véritable amitié se noua
entre nous, qu'approfondit encore le décès d'un des nôtres, un
petit marin de dix-sept ans qui avait contracté les fièvres en
Guyane. La nuit de sa mort, je l'entendis gémir sans arrêt dans le
lit voisin du mien, mais je n'osai ni appeler ni me porter à son
chevet. Quand le soleil se leva, il avait cessé de bouger; je fus surpris par les larmes que versèrent les plus durs de mes compagnons lorsque son corps fut emporté. Dans son délire, le petit
marin n'avait cessé de parler des quatre sœurs qu'il avait laissées
en Écosse. Nous nous étions relayés à son chevet pour tenter de
le distraire, avec l'inévitable blague plus ou moins appropriée sur
la façon dont nous allions nous occuper de ses sœurs, mais toujours avec une tendresse qui m'étonnait et me réconciliait avec le
monde des Blancs. Je n'avais jamais côtoyé d'hommes de ce
genre, cantonné comme je l'étais entre la bourgeoisie marchande
d'Orient et les enfants riches que leurs parents forçaient à étudier
Homère. Malgré leurs références incessantes aux formes les plus
vulgaires de commerce avec les femmes, je m'étais pris
d'affection pour ces marins et ces soldats, en particulier pour un
certain Tom Ruggle, de Liverpool, qui m'appelait sans arrêt et
avec une ironie peut-être secrètement respectueuse «Monsieur le

grand Professeur». Tom croyait qu'un professeur se devait de tout connaître sur tous les sujets et m'apostrophait toujours avec un chapelet de blasphèmes dès que j'avouais mon ignorance à propos d'une de ses innombrables questions. À quoi servait l'école si moi je ne savais pas ce que lui voulait savoir? disait-il. Comment pouvais-je perdre mon temps à étudier de vieux textes écrits dans une langue que personne ne parle quand je n'étais même pas capable de lui expliquer pourquoi on lui avait amputé la jambe, quelle était l'origine du vent qui l'avait projeté du haut du grand mât et pourquoi les officiers, eux, n'étaient jamais blessés? À la blague, Tom m'accusait toujours d'être aussi guindé qu'un officier, mais je crois bien que ma maladresse adoucissait pour lui le péché de mes origines. Le plus beau compliment qu'il m'avait fait, c'est quand il m'avait dit en me passant la fiole de rhum que je n'étais «pas si mal pour un mangeur de faisans», comme il appelait les bourgeois.

À part le repos, le nettoyage quotidien des plaies et les inévitables amputations, la consommation libre de rhum était l'une des principales formes de thérapie pratiquées à l'hôpital. Pour combattre la douleur et l'ennui, les malades avaient droit à des rations illimitées. Cela donnait lieu à des spectacles assez étranges: marins sautillant sur leur unique jambe dans des versions désespérément morbides de leurs anciens jeux d'enfants; fous rires incontrôlables chez des hommes qui auraient dû se tordre de douleur; parodies de fêtes d'officiers où se combinaient le délire de la fièvre et celui de l'alcool. Le flot ininterrompu de rhum était pour beaucoup dans l'amitié qui nous unissait tous. Il déliait les langues, allait puiser dans les émotions les plus profondes, attisait les souvenirs et les pleurs et, dans l'isolement de notre monde d'hommes, stimulait l'imagination dans des voies souvent fort licencieuses. Là-dessus, Tom et moi avions au moins une chose en commun: une connaissance intime des talents d'Easter Rose. En revanche, j'évitais de leur parler de Bennebah, car la nature compliquée de nos rapports n'aurait provoqué ici que des sarcasmes. Si Tom et les autres s'entendaient pour placer les filles d'auberge barbadiennes loin au-dessus de celles qu'on trouvait par exemple à English Harbour, le port militaire d'Antigua, ils me recommandaient chaudement celles de la Jamaïque. L'évocation des nuits folles de Port-Royal fut d'ailleurs la dernière occasion de réjouissance du petit marin qui mourut des fièvres. Tom nous raconta avec force détails obscènes comment lui et le petit marin avaient fait honneur à un groupe de quatre dames au cours d'une soûlerie mémorable. Le petit marin souriait, trop épuisé pour parler et sans doute un peu gêné par la crudité des descriptions de son compagnon. Quand le petit fut emporté, Tom déclara, les yeux pleins de larmes, qu'il espérait que le dernier souvenir qui l'avait accompagné de l'autre côté avait été la vision de quatre croupes jamaïcaines alignées au clair de lune. Puis il lança sa fiole de rhum contre le mur et se retourna dans son lit.

Le jour où je reçus l'autorisation de sortir, mes nouveaux amis y virent l'occasion rêvée pour une beuverie encore plus extravagante que d'habitude. «Ce n'est pas tous les jours que je fais mes adieux à un grand professeur!» déclara Tom. Il promit de venir me voir lors de son prochain passage à Londres. La fête fut si bruyante qu'au milieu de la nuit un officier dut nous ordonner de nous taire. Sous l'effet de l'alcool, je m'étais tout à coup découvert un talent pour le mime et, debout sur mon lit, j'imitais tous les tics et accents pseudo nobles des baronnets de la canne que j'avais rencontrés à la soirée du général. Mon personnage le plus réussi fut celui de miss Simpson, s'extasiant à l'évocation de mes aventures imaginaires chez les bandits croates. C'est au cours de mon allusion à ses fameux petits choux à la crème que l'officier de garde fit son entrée disciplinaire.

Mon séjour à l'hôpital fut une parenthèse heureuse dans cette mission ratée aux îles. Le rhum, la douleur, l'ombre omniprésente de la mort, la promiscuité régnant en ce lieu clos, tout nous rapprochait et en même temps creusait un fossé mental sans cesse croissant entre nous et le monde extérieur. Contrairement à ce que j'avais toujours connu, on y parlait ouvertement de choses touchantes, de préoccupations personnelles, de la peur et du désir, des mauvais traitements et des maigres consolations qu'offrait la condition d'enrôlé. Pourtant, les Anglais ne laissent pas facilement paraître leurs émotions réelles, les masquant toujours d'ironie ou de raideur. On dirait qu'ils attendent très peu de plaisir physique de la vie, que la joie pour eux est cérébrale et sociale, qu'elle relève de l'usage approprié de conventions somme toute assez mesquines, qui vont plus dans le sens du confort que dans celui du débordement des sens. Cela donne une espèce de stoïcisme à petite échelle, teinté d'humour et d'un sens de l'absurde, qui peut les rendre aussi héroïques que tristes.

Par mes amis de l'hôpital, j'appris des choses assez surprenantes sur la vie des marins, qui était, à les entendre, à peine plus facile que celle des esclaves. Combien de privations et de coups de fouet n'avaient-ils pas endurés, combien de chutes dans des eaux glacées ou infestées de requins, combien de semaines de fièvre ou de mal de mer sous les ordres de bouffons gantés! Comme les Pattes rouges de la Barbade, les marins n'étaient que des pions dans un jeu mené par les maîtres de l'argent. Du roi-marchand de Calabar au lord-amiral de la flotte anglaise, les puissants trafiquaient la chair des faibles comme bon leur semblait, s'inventant des prétextes de naissance ou de couleur pour justifier la règle du fusil. Tout cela avait bien failli changer il y a un demi-siècle en France et c'était toujours du côté de Paris qu'il fallait regarder pour se remplir le cœur d'espoir. Mais le règne de la force était tenace et omniprésent.

* * *

Ma sortie de l'hôpital fut un choc. Pendant les quatre semaines qu'avait duré ma convalescence, Bridgetown avait cessé d'avoir peur et était redevenue la ville de l'arrogance et de la résignation. La tension qui y régnait auparavant s'était évaporée, mais au profit d'une lourdeur encore plus désagréable. La révolte avait échoué. Même Hurracan avait été clément et n'avait pas envoyé cette deuxième tempête tant redoutée. Cela suffisait pour redonner aux maîtres blancs le sentiment d'invulnérabilité qui les avait quittés pendant quelques semaines. La masse des esclaves n'avait pas bougé, voilà ce qui réconfortait le plus la communauté blanche. Des fortes têtes, il y en aurait toujours. L'important, c'était qu'ils soient demeurés isolés, qu'ils n'aient pas réussi à entraîner la foule des âmes résignées. L'insularité opérait ici des merveilles, en rapetissant les horizons, transformant l'infini de la mer en prison. Seul le rêve de Ned Primus avait osé franchir ce fossé.

Au milieu de l'arrogance retrouvée, les visages noirs penchaient toujours plus bas. Mais curieusement, au milieu de la cohue qui encombrait la grande rue marchande de Bridgetown, ces visages se mirent à se retourner sur mon passage. La violence qui habitait leurs yeux me glaça. Ma valise à la main, j'essayais tant bien que mal de me frayer un passage à travers la masse des corps. Au plus profond de la foule, je sentis quelque chose de dur qui me rentrait douloureusement dans les côtes et une voix qui me murmurait: «Tu vas payer, traître!»

Quand j'arrivai chez Rachel Brade, je trouvai mes bagages empilés derrière une porte, couverts de poussière. Mes vêtements, livres et autres effets personnels avaient été jetés à la hâte dans mon coffre de voyage et entassés pêle-mêle, chiffonnés et abîmés.

— Vous, vous êtes chanceux qu'on n'ait pas tout jeté à la mer, beuglait Rachel Brade. Disparaissez d'ici, espèce de chien galeux de merde! Je ne veux pas vous voir une seconde de plus dans mon auberge. Espion! Dire que j'ai été assez naïve pour vous garder sous mon toit! Pourtant j'ai senti dès le début que vous aviez quelque chose de tordu, avec vos airs pudiques de faux curé. Monsieur lisait! Mes filles n'étaient pas assez propres pour lui! J'aurais dû m'en douter: jamais un client n'est resté si longtemps dans mon auberge sans me demander une seule fois de lui faire monter une fille. Tordu! Et pendant tout ce temps, derrière vos petits yeux d'hypocrite frustré, vous notiez tout, vous ne pensiez qu'à gagner notre confiance et à nous trahir. Dehors! Rose, Mandy, Phœba! Retenez-moi ou je lui arrache les yeux avec mes propres ongles, à cet avorton de brebis!

Rachel Brade était hystérique et courait dans tous les sens en hurlant. Consterné, je sortis mes bagages aussi vite que je le. pus. Il n'y avait rien à faire, rien à dire pour la calmer. Au moment où je franchis la porte, un énorme pot en terre cuite vint se fracasser sur le mur tout près de moi.

Où aller maintenant? Les cris de Rachel Brade avaient attiré devant l'auberge toute une foule de badauds, qui me fixaient d'un air curieux. De la rangée de visages noirs qui formaient l'arrière du groupe, un épais crachat vola au-dessus des têtes et atterrit sur ma manche. Choqués, quelques Blancs se retournèrent pour chercher le responsable de l'outrage, mais l'ensemble des sept ou huit esclaves qui se tenaient à l'arrière furent pris d'une quinte subite de toux, accompagnée de force raclements de gorge. On préféra en rester là. La foule se dispersa.

Après avoir traîné mon coffre lourd de livres jusqu'au premier fiacre que je pus trouver, je me mis en quête d'une nouvelle auberge. Mais je m'aperçus bientôt que les cinq auberges de Bridgetown, qui appartenaient toutes à des dames comme Rachel Brade, m'étaient interdites, soit qu'on prétextât le manque de place, soit qu'on me mît carrément à la porte à coups d'injures. Je ne pouvais quand même pas retourner à la pension Banbury, où l'on ne tolérait certainement pas plus les espions que les satyres. Le soir commençait à tomber et j'étais désespéré. Dans chaque regard d'esclave qui se posait sur moi, je voyais le meurtre et la vengeance. Leurs visages s'estompaient dans la pénombre pour ne révéler que leurs yeux blancs et remplis de haine, flottant partout autour de moi comme des esprits exterminateurs. Épuisé, au bord des larmes, je m'étais affalé sur mon coffre et j'attendais là, en marge de la rue, incapable de réagir. Ce fut le lieutenant Southwell, l'officier en chef de l'hôpital, en route pour chez lui, qui me sauva. Je lui racontai ce qui venait de m'arriver. Mort de rire, il me proposa de passer la nuit chez lui en attendant de trouver une solution plus convenable, puis ordonna aux deux premiers Noirs qui nous croisèrent de porter mon coffre. J'étais trop fatigué pour protester.

Ce soir-là, je n'arrivai pas à dormir. Au souper, les domestiques m'avaient regardé d'un œil tellement hargneux que je n'avais pas osé toucher à ma nourriture, persuadé qu'elle était empoisonnée. Le lendemain, il fut tout aussi impossible de trouver une auberge, même avec les pressions exercées par Southwell. Il fallait partir, quitter cette île de malheur au plus tôt. Malheureusement, la première place sur un bateau en partance pour Southampton n'était que pour dans deux semaines. Deux semaines sans manger ni dormir, à craindre le poison ou le couteau à chaque seconde.

— Buvez plus et mangez moins, c'est tout, m'avait dit Southwell en riant. Les bouteilles de rhum sont scellées et personne ne peut y glisser de poison sans qu'on s'en aperçoive. Il suffit de surveiller votre bouteille une fois qu'elle est ouverte ou alors de la finir d'un coup! Il ne faut pas vous croire spécialement visé, nous sommes tous à la merci d'un peu de suc de mancenillier. Entre les maîtresses jalouses et les esclaves frustrés, il faut toujours être sur ses gardes. Allons, cessez de vous faire du mauvais sang. Je parlerai à mes nègres. S'ils mijotent vraiment quelque chose, cela les fera réfléchir. Buvez, je vous dis! Vous allez rester chez moi jusqu'à ce que votre bateau s'en aille. Vous n'avez pas à vous inquiéter, vous êtes sous ma protection personnelle. S'il fallait nous en faire chaque fois qu'un esclave nous regarde de travers, nous n'aurions jamais fini! Vous êtes trop sensible, voyons. Faites comme nous, passez votre chemin sans même les voir. Il ne faut jamais qu'il leur vienne à l'esprit, si esprit il y a, que vous puissiez avoir peur d'eux. Si vous agissez d'une façon qui laisse croire que vous vous préoccupez d'eux, ils se mettront à se prendre eux-mêmes au sérieux. Tant que vous leur ferez sentir qu'ils n'existent pas à vos yeux, ils se tiendront tranquilles.

Le lieutenant Southwell était jeune, de belle allure, optimiste, plein de charme et reflétait l'opinion moyenne en matière de politique raciale à la Barbade. Pendant qu'il parlait, sa femme Melissa promenait sa beauté pâle et fragile autour de nous, muette de servilité devant son prince charmant. Elle lui avait donné trois jolies filles aussi blondes et évanescentes qu'elle. Dans la conversation, Southwell les appelait son «cortège d'anges». Tout habillées de blanc, Melissa et ses trois filles semblaient très fières de leur surnom et ne paraissaient vivre que pour se conformer à la vision divine que le lieutenant avait d'elles. Elles écarquillaient avec art leurs grands yeux bleus et laissaient planer une impression perpétuelle d'innocence et d'étonnement. Chaque soir et chaque matin, Southwell exigeait que ses anges le saluent en haie d'honneur près de la porte, alignées comme des soldats. À l'échelle de sa maison en tout cas, le lieutenant semblait avoir réussi à imposer sa théorie sur les esclaves: il suffisait d'afficher un peu de morgue et les gens se conformaient à l'image que vous leur projetiez d'eux-mêmes. Tout n'était cependant pas aussi idyllique qu'il paraissait dans la petite famille. À l'hôpital, les soldats s'amusaient beaucoup des aventures extraconjugales du beau lieutenant. Au début, à cause de mon angoisse, la présence tranquille de Melissa Southwell et de ses filles me fit du bien. Je me laissai séduire par l'illusion de pureté qu'elles se donnaient tant de mal à répandre autour d'elles. Mais peu à peu, je me mis à plaindre puis à détester ces coquilles vides et blondes qui se laissaient piéger par les désirs d'un coureur de jupons hypocrite et méprisant.

Je n'avais pourtant d'autre recours que de vivre parmi ces poupées. Chaque fois que je m'aventurais en ville, il me semblait que mille yeux hostiles me dévisageaient. Même les enfants me faisaient peur. Un jour, je marchais sur Broad Street quand je sentis tout à coup un regard insistant peser sur ma nuque. Je levai la tête et vis une petite fille noire, à peine âgée de six ans, qui me fixait très sérieusement du balcon d'un édifice. Son visage était très particulier, joli et laid en même temps, à la fois rond et allongé, avec des yeux immenses mais déjà boursouflés par la fatigue, un front démesurément bombé. Je baissai la tête, incapable de soutenir son regard. Quand une seconde plus tard je levai à nouveau les yeux, elle avait disparu. Je ne sais pourquoi, mais le regard de cet enfant restera toujours pour moi l'expression la plus sévère du reproche, la condamnation la plus efficace de mon rôle dans toute cette affaire. La haine de ses aînés me touchait moins, parce qu'elle était due à un malentendu et aux exhortations aveugles d'Efanto. Mais le regard de cet enfant contenait pour moi toute l'incompréhension du monde. En fait, je n'étais même pas sûr qu'elle eût vraiment été là, sur ce balcon au-dessus du vide, tant elle avait disparu rapidement. Mais aujourd'hui, quinze ans plus tard, je vois encore ce regard comme s'il me poursuivait partout. De tous les balcons sur lesquels je lève les yeux, il me semble qu'une petite fille au front bombé vient à l'instant de disparaître.

Je suivis les conseils de Southwell au moins sur un point: je me mis à boire. Le rhum atténuait mon angoisse et m'aidait à passer le temps. Je n'osais presque plus sortir. Je n'allais plus me baigner, persuadé que j'y serais une cible trop facile pour un éventuel tireur. Je passais toutes mes journées dans le salon des Southwell, à lire et à me verser à boire, jusqu'à ce que l'ébriété fît danser les mots et me donnât envie de vomir. J'évitais tout contact avec les domestiques et gardais ma chambre fermée à clé. De temps en temps, Melissa Southwell venait s'informer de mon état et offrait de changer le pansement qui me couvrait encore l'épaule. Toute la journée, je la voyais tourner en rond dans la grande maison, incapable de s'occuper, comme si hors de la présence de son mari elle perdait toute notion de sa place dans l'ordre des choses. Il était clair qu'elle espérait que je remplirais ce vide qui la rongeait. Mais dans l'état où j'étais, je ne pouvais rien pour elle.

Assis dans mon fauteuil, l'esprit allumé par l'alcool, je songeais à Bennebah. Je ne pouvais tout de même pas quitter cette île sans lui parler. Évidemment, elle refuserait de me voir. Pour le moment, elle devait croire la version des faits qu'avait répandue Efanto. Mais s'il y avait quelqu'un sur cette île que j'étais susceptible de convaincre de ma naïveté, c'était bien elle! Il fallait qu'elle m'écoute et me croie. L'idée qu'elle se faisait de moi prenait une importance de plus en plus vitale. En lui parlant, en gagnant son pardon, je serais absous à mes propres yeux, je serais lavé de ce péché de maladresse qui avait causé tant de morts. Je cesserais de voir ce regard de la petite fille du balcon, je cesserais d'entendre les cris d'Efanto, j'oublierais les pirogues de Ned Primus remontant les rivières jusqu'au cœur du pays des Ibos. Chaque fois que j'imaginais ces pirogues, je me mettais à pleurer. Un après-midi où j'avais bu encore plus que d'habitude, je sortis dans la rue et me mis à marcher au milieu de la foule, imperméable pour une fois à tous les dangers imaginaires ou réels que je pouvais courir. Coincé dans le flot des corps, je fus pris d'une espèce de délire. J'étais persuadé que nous flottions tous au milieu d'un de ces fleuves africains, que nous remontions tous ensemble vers le pays des Ibos. Je me mis à pleurer et à dire aux gens autour de moi que nous n'étions pas loin, qu'il ne fallait qu'un peu de patience encore, que le village d'Efanto était juste de l'autre côté de ce bosquet d'arbres, après le coude de la rivière. Personne ne s'arrêtait. Ceux qui ne m'avaient pas reconnu me prenaient pour un quelconque petit Blanc saoul, comme on en voyait tous les jours dans les rues de Bridgetown. Ceux qui savaient qui j'étais détournaient les yeux, dégoûtés. Finalement un groupe de Noirs profitèrent d'un moment de densité dans la foule, me firent trébucher et me décochèrent une volée de coups de pieds avant de se fondre dans la masse. Le rhum adoucit la force des coups, qui furent cependant assez douloureux pour me tirer de mon délire. Je rentrai à toute vitesse chez les Southwell et m'enfermai dans ma chambre jusqu'à ce que ma tête fût redevenue tout à fait d'aplomb.

Ce dimanche-là, le lieutenant rentra avec une nouvelle particulièrement navrante. Le matin même, à l'église de Saint-John, un début d'émeute avait forcé le révérend Cumberbatch à se barricader dans sa maison pour sauver sa peau. D'après Southwell, les récents événements avaient bouleversé le pasteur, qui s'était mis à abuser encore davantage de la bouteille. Chaque dimanche, au cours du sermon qu'il prononçait dans les ruines de son église, il faisait des allusions de plus en plus directes à la rébellion. Ce jour-là, il avait parlé du Messie et de son rôle de libérateur. Tout n'avait été jusque-là qu'une suite d'allusions plus ou moins voilées. Mais là où, aux yeux de ses paroissiens, il dépassa clairement la mesure, ce fut au moment de la communion. Depuis que les autorités politiques et religieuses de l'île avaient décidé d'évangéliser les esclaves, les Noirs qui étaient baptisés avaient reçu l'autorisation de se tenir debout à l'arrière de l'église pendant le culte. Ils avaient même le droit de s'avancer jusqu'à l'autel au moment de la communion, mais il était d'usage d'attendre longuement entre la communion des Blancs et celle des esclaves afin que les derniers fidèles blancs ne se souillent pas l'âme en frôlant de trop près les premiers Noirs. Cumberbatch viola le rituel. Au moment où le troupeau blanc s'avançait pour recevoir le pain bénit, le révérend appela tout de suite les esclaves à se mettre en rang derrière leurs maîtres, sans attendre que ceux-ci eussent regagné leur siège. Au début, personne n'avait osé lui obéir. Il avait alors répété sa demande et interrompu sa distribution jusqu'à ce que les premiers Noirs s'avancent, tremblants de peur. Des murmures s'étaient aussitôt élevés parmi les Blancs. À la fin de la messe, les hommes s'étaient regroupés devant l'église et s'étaient monté la tête les uns aux autres à grand renfort de déclarations incendiaires. Quand le pasteur était sorti, il avait été quelque peu malmené et avait dû se sauver à toutes jambes. La foule n'avait pas osé prendre d'assaut le presbytère, mais s'était aussitôt précipitée chez l'évêque Coleridge, à Bridgetown, pour se plaindre de l'incident. Toute la ville avait été alertée par les paroissiens de Saint-John, qui parcouraient les rues en vociférant contre le scandale des pasteurs abolitionnistes. Ce dimanche-là, on ne vit pas un Noir dans les rues de Bridgetown.

23

Le jour de mon départ approchait. Si je voulais voir Bennebah, je devais me décider bientôt. Le mercredi de la dernière semaine, un climat plutôt trouble s'était installé dans la maison Southwell. Ce n'est qu'après le souper que je compris ce qui se passait: Monsieur et Madame avaient décidé de s'acquitter ce soir-là de leurs devoirs conjugaux. Mais dans le théâtre d'illusions qui sévissait ici, l'activité la plus normale devenait très compliquée. Je ne sais qui de Monsieur ou de Madame avait fait les premiers pas. Toujours est-il que Melissa avait rôdé encore plus éperdument d'une pièce à l'autre cet après-midi-là, les joues rougies par une flamme intérieure. Contrairement à son habitude, elle se tenait le plus loin possible de moi. Si j'allais au salon, elle se précipitait au jardin; si je sortais prendre l'air, elle rentrait tout de suite. Un moment, nous sommes tombés nez à nez comme je sortais de ma chambre; Melissa faillit laisser échapper le vase de fleurs qu'elle avait dans les mains, tant cette rencontre sembla la bouleverser. La rougeur de ses joues s'était propagée à tout son visage et elle avait balbutié de vagues excuses à mon intention en courant chercher une domestique. Pendant tout le reste de la journée, madame Southwell avait évité mon regard.

Pour quelqu'un qui tentait si fort d'incarner l'angélisme, cela devait être une révolution majeure que de céder épisodiquement au démon de la chair. Heureusement pour elle, le lieutenant Southwell ne semblait pas trop exigeant de ce côté, compte tenu de ses intérêts extérieurs. Mais de temps en temps, il devait lui prendre une envie passagère de souiller la blancheur de sa pourvoyeuse de chérubins. De toute évidence, cela mettait Melissa dans tous ses états. Je ne sais trop si c'était la honte ou l'anticipation qui enflammait son visage, la gêne de son propre désir ou de celui du lieutenant. Dans un cas comme dans l'autre, cela paraissait tout aussi embarrassant. Les anges n'ont de sexe ni pour eux-mêmes ni pour les autres. Au souper, ce soir-là, Melissa arborait toujours la rougeur qui l'avait habitée tout l'après-midi. Comme pour nier toute incarnation matérielle, elle s'était affublée d'une robe faite pour le deuil, d'un gris très foncé et qui se boutonnait jusque sous le menton. Mais curieusement, les yeux toujours baissés de Melissa, sa voix à peine audible, la lenteur langoureuse de ses mouvements, tout empreints d'une retenue équivoque, jetaient sur son accoutrement une lumière tout à fait opposée à ce qu'elle aurait souhaité. La raideur du tissu lui serrait la taille et la poitrine, en accentuant les formes au lieu de les cacher. Étrangement, c'est lorsque tout dans leur allure s'efforce de le nier que l'on peut être le plus sûr que ces femmes se savent l'objet du désir masculin. Ma cousine Anastasia était une experte à ce petit jeu.

Les chérubins furent expédiés très tôt dans leurs appartements pour laisser libre cours aux sentiments étranges qui planaient entre les adultes. Je me sentais curieusement partie prenante dans ce théâtre ambigu. Southwell ne cessait pas de me verser à boire et de me donner de grandes claques dans le dos, comme si nous étions deux officiers venus ensemble au bordel. Chaque fois que Melissa se levait pour aller aux cuisines, prétextant quelque directive à donner aux domestiques, le lieutenant collait un regard lubrique sur les formes censément voilées de sa compagne, puis me gratifiait d'un grand sourire et d'un clin d'œil complice. La démarche de Melissa semblait d'ailleurs avoir acquis ce soir-là une élasticité nouvelle.

Quand, contrairement à son habitude, elle eut avalé un deuxième verre de porto, Melissa s'excusa et nous souhaita le bonsoir. Les joues encore plus rouges que tout à l'heure, elle ressemblait à une religieuse qui se recueille avant d'entreprendre des dévotions particulièrement éprouvantes mais porteuses d'extase. Southwell ne mit pas beaucoup de temps à la rejoindre. Il me décocha une dernière bourrade de camaraderie virile et tituba vers sa chambre. Je restai seul un long moment, sirotant rêveusement mon porto, encore tout imprégné de leur jeu trouble. Chaque fois que mes pensées parvenaient à se fixer, c'était pour me crier qu'il fallait voir Bennebah ce soir même ou renoncer à tout jamais à elle. Je me levai enfin, décidé à aller la retrouver. L'esclave de service, debout près de la porte des cuisines, me salua froidement. Lorsque je passais devant la chambre des Southwell, les grognements et autres bruits non équivoques qui filtraient sous la porte confirmèrent ce que je soupçonnais. La voix de Melissa se perdait en plaintes murmurées, plus proches de la douleur que du plaisir. Arrivé à ma chambre, j'aperçus tout au bout du couloir, chacune dans l'entrebâillement d'une porte, deux petites têtes blondes qui me regardaient avec des airs inquiets. J'allai vers elles pour les rassurer, prêt à leur raconter n'importe quelle histoire pour qu'elles s'endorment sans frayeur. Mais elles se sauvèrent en claquant leurs portes, comme si j'étais le monstre qui avait transformé leur mère en animal geignard, le démon responsable de la chute de l'ange.

Dehors, la nuit était douce et portait encore la fraîcheur de l'orage. Pour me donner du courage, j'avais caché la bouteille de porto sous ma veste et j'en tirais de temps en temps une longue rasade. Serré entre mes doigts, le goulot me rassurait, ainsi que le poids du liquide ballottant au fond de la bouteille, prêt à s'écraser sur la tête du premier attaquant. Ce soir en tout cas, je ne devrais pas avoir Adamson à mes trousses. La lune jetait de grandes ombres entre les maisons. Je sortis du quartier cossu où vivaient mes hôtes et descendis vers la baie. Dans mon dos, des allées de palmiers royaux s'agitaient dans la brise, marquant chacune des rues du village blanc. Des chiens se renvoyaient au loin des mots de passe de sentinelles angoissées.

Dans les rues désertes du centre, je ne croisai que quatre ou cinq personnes. Hormis le son lointain des chiens, le silence de la ville était troublant. Sur les rives de la baie, on entendait les grincements des navires amarrés près du bord. Je tournai à Bay Street et sortis de la ville. Comment faire pour que Bennebah accepte de m'entendre? Cette fois-ci, je ne me laisserais pas faire. Elle allait m'écouter pour une fois, sans se moquer. Au fur et à mesure que j'approchais de la maison Banbury, le porto me gonflait d'assurance, il réchauffait en moi une colère que j'avais trop longtemps ignorée. Pourquoi devais-je toujours passer pour un imbécile? D'une certaine façon, l'image de traître que les esclaves s'étaient faite de moi était la plus flatteuse que j'eusse jamais connue. Entre Thomas le gauche et Thomas le reclus, le personnage de Thomas l'espion avait le mérite d'être nouveau. Une volupté étrange me venait de toute la haine que je sentais pointée sur moi. Je comptais enfin pour quelque chose. Aux yeux d'Efanto j'étais le diable en personne, ce qui me changeait au moins du rôle de marionnette que j'étais habitué de jouer. Gare à toi tout à l'heure, Bennebah. Il ne faudrait pas rire.

J'arrivais au chemin qui menait à la plage et qui permettait d'accéder par l'arrière à la cour de la pension. Sous le rideau de mancenilliers, j'avalai une dernière gorgée de porto. Je poussai sans bruit la toile qui flottait dans la porte de la case et entrai. Il n'y avait personne. Je devais être arrivé trop tôt. Bennebah n'avait probablement pas fini son service. Qu'importe, j'attendrais. Je m'assis sur la natte, ma bouteille couchée entre les bras comme un nouveau-né, le goulot reposant sur mon sein gauche. De temps en temps, je reprenais une rasade. Que faisait-elle? Il était pourtant assez tard. Sur mon chemin, tout semblait assoupi dans Bridgetown. Dans mon souvenir, le couvre-feu sonnait plus tôt qu'ailleurs chez les sœurs Banbury, santé et bonnes mœurs obligent. En haut, toutes les lampes semblaient éteintes. Bennebah n'allait pas tarder. Elle devait finir de ranger dans la cuisine. Pourtant la fenêtre était sombre dans cette pièce aussi. Je repris une gorgée. Le temps passait et j'avais beaucoup de peine par moments à chasser l'envie de m'étendre sur la natte et de dormir. Bennebah cette fois me réveillerait d'un baiser sur les yeux et se glisserait toute nue dans mes bras engourdis de rêve. J'essaierais de ne pas lui briser le nez.

Dehors, au-delà du rideau de mancenilliers, j'entendis des rires étouffés. Il me sembla reconnaître la voix de Bennebah, puis celle d'un homme. Des pas se dirigèrent vers la cabane. J'attendais dans l'obscurité, les doigts crispés sur le goulot de ma bouteille. Une main poussa la toile d'entrée et Bennebah s'avança dans la case, seule. Elle s'arrêta près de la porte, s'accroupit au-dessus de son broc d'eau et but une lampée en se servant de sa main comme d'écuelle. Elle se passa la main mouillée sur le visage et sur la nuque, soupira et défit le foulard qui lui couvrait les cheveux. À mi-chemin de son geste, la lune frappa d'un reflet cuivré le bracelet qui tranchait sur la peau de son bras. Je regardai ses pieds. Là aussi, on voyait dans la pénombre le contraste doré du métal. Je n'avais toujours pas bougé. Quand elle se releva et s'avança vers la natte, j'ouvris enfin la bouche.

— Où étais-tu?

Elle avait sursauté, étouffant un cri. Elle écarquillait maintenant les yeux et scrutait le fond de l'obscurité. Son visage changea brusquement quand elle me reconnut, passant de la peur à la colère.

— Qu'est-ce que tu fais là? Tu es fou ou quoi? Je t'ai déjà dit de ne plus venir me voir!

— Où étais-tu? Je t'ai posé une question.

— Cela ne te regarde en aucune façon. Sors d'ici ou j'appelle à l'aide.

— Avec qui étais-tu?

— Écoute: ce que je fais et avec qui je le fais, c'est mon affaire. Je t'ai dit de partir. Est-ce que tu n'as pas déjà suffisamment fait de mal? Ton travail d'espion est terminé, non? Alors pourquoi est-ce que tu t'acharnes sur moi? Qu'est-ce que tu me veux, à la fin? Je ne sais rien, je ne connais personne dans cette histoire, alors laisse-moi tranquille et arrête de me courir après. Minable! Sors d'ici!

— Bennebah, je veux savoir avec qui tu étais. J'en ai assez d'être pris pour un idiot. Je te jure que je ne suis pour rien dans la découverte de cette rébellion. J'ai été manipulé du début à la fin. J'ai été naïf et bavard, c'est tout. Maintenant, tout ça, c'est fini. Je ne veux plus en entendre parler! Écoute, Bennebah, je t'en supplie. Je t'offre pour la dernière fois de me suivre. Je ne veux pas t'emmener en Angleterre mais dans le pays dont je t'ai parlé l'autre fois, celui où je suis né, à Constantinople. Je te veux du bien, Bennebah, je ne suis pas ce que tu imagines. Il faut me croire! Je n'ai trahi personne. Tu n'as pas le droit de me traiter comme tu le fais. Tu ne peux pas me faire des avances et ensuite jouer avec moi comme si je n'étais rien. Je te veux, Bennebah. Je t'offre la liberté. Tu ne peux pas me renvoyer.

— Ils te donnent une esclave en prime, tes maîtres? La liberté que tu m'offres, c'est celle que tu as offerte à Ned Primus? Et tu as le culot de tout nier, après ce que tu me laissais entendre chaque fois que j'étais assez stupide pour te voir: «Je sais beaucoup de choses, ma petite Bennebah, je ne peux rien te dire pour l'instant, mais bientôt tout va éclater au grand jour et tu seras très surprise…» Tu peux le dire que j'ai été surprise! Traître! Va-t'en, je te dis, je ne veux même pas te parler, espèce de menteur visqueux!

— Attention, Bennebah. Baisse le ton et écoute-moi. Ce n'est pas ce que tu penses. Je n'étais pas envoyé par la police anglaise, mais par mon cousin et son parti. Je ne suis pas un espion, mais un tout petit précepteur qui s'est laissé manipuler par tous ceux qui pouvaient se servir de lui. Même Ned Primus voulait se servir de moi, Bennebah. C'est lui qui m'a contacté, lui qui m'a révélé l'existence de son projet fou, lui qui m'a mené à sa caverne. Je n'ai espionné personne. Nous nous sommes tous fait posséder par Layne et par l'armée anglaise. Tous! J'étais avec les rebelles, Bennebah, et non contre eux! Il faut que tu me croies. Ah! cette histoire est vraiment trop absurde…

Je fus brusquement envahi par un sursaut de rage.

— De toute façon, j'en ai assez de jouer les accusés. Je n'ai rien fait. Je t'ai posé une question tout à l'heure et tu ne m'as toujours pas répondu. Qui était cet homme? Tu te baignes nue avec lui aussi, peut-être? Tu vas le retrouver le dimanche dans le bois de Folkestone?

— Si je couchais avec lui ici même devant toi, ça ne te regarderait pas! Va-t'en ou je crie! Avorton de Blanc! Pour qui te prends-tu? Tu as fait ton sale travail, alors retourne chez toi maintenant. Comment peux-tu croire que je pourrais m'intéresser à toi, minable, avec ton nez crochu et ta puanteur d'Européen! Et si j'ai passé toute la soirée à caresser une belle peau noire, espèce de monstre blême, qu'est-ce que ça peut te faire! Et si en ce moment même la semence d'un beau corps noir coule sur mes cuisses…

Les yeux moqueurs, elle s'était campée sur ses deux jambes et avait plié les genoux, les pieds écartés, dans une pose obscène. Je ne sais pas ce qui m'a pris en la voyant s'accroupir ainsi. J'ai honte encore aujourd'hui de la folie qui s'est alors emparée de moi. Avec la vitesse de l'éclair, je lui attrapai le poignet et la tirai vers moi. De l'autre main, je la frappais violemment au visage. Heureusement, sans même y penser, j'avais lâché ma bouteille, sinon j'aurais pu la tuer. Je la poussai par terre et m'agenouillai au-dessus d'elle. De ma main gauche, je continuai à la gifler. À demi assommée, Bennebah se défendait à peine, ne laissant sortir que des sanglots presque inaudibles. Tout le temps que je la frappais, je balbutiais des phrases incohérentes: elle allait voir... j'en avais assez d'être humilié... négresse de merde, tu allais payer pour tous les autres... tu traînes ton cul devant tous les hommes de l'île et moi je dois me contenter de t'embrasser les mains... petite esclave de rien du tout, pour qui te prends-tu... j'en ai assez d'être votre jouet à tous... Yannis, Layne, Ned Primus... putain, tu sens encore la semence d'homme à plein nez... Malgré ma violence, je sentais bien que je n'utilisais pas toute ma force, que je gardais encore une réserve qui aurait pu la tuer. La retenue qui s'arc-boutait dans mes muscles en soulignait d'autant plus la puissance. Dans une volupté horrible, chaque fibre de mes bras se tendait avec une dureté jusqu'ici inconnue, en un sursaut de sauvagerie à demi maîtrisée.

Tout à coup, comme épuisé, je cessai de la frapper. En gardant sur elle le poids de mes jambes, je posai ma main droite comme un serpent autour de son cou. Les yeux fermés, Bennebah ne bougeait pas. De l'autre main, je me mis à fouiller dans ses vêtements, d'abord son corsage, puis le bas de ses jupes, que je relevai au-dessus de sa taille. Dans une espèce de lubricité folle, je me couchai sur son corps et me mis à me frotter sur elle, la main toujours en étau autour de sa gorge. Je la traitais de tous les noms, elle devenait sous moi la poupée fétiche de toutes mes humiliations, celle qui incarnait toutes mes larmes et toute ma haine, celle qui devait expier.

Je ne sais pas jusqu'où je serais allé si Bennebah n'avait pas alors rouvert les yeux. La violence, la lubricité, le théâtre morbide, tout s'évanouit en un instant. J'avais à nouveau devant moi une femme en chair et en os, qui avait peur et mal à cause de moi, qui se demandait si elle allait mourir. Cette femme me regardait droit dans les yeux, d'un regard qui n'était qu'un immense miroir. Alors la honte de ce que j'étais en train de faire me foudroya et, comme frappé par une ruade de cheval, je retombai sur le dos à côté d'elle, sans forces. Je me mis à pleurer. Bennebah ne dit rien. Pendant un long moment, nous restâmes couchés sur le dos sans bouger, côte à côte, hors d'haleine. Derrière la cloison de la case, les poules commençaient à piailler.

De la façon la plus douce que je le pus, je m'appuyai sur mon coude, me penchai vers Bennebah et lui murmurai, tout près de son visage: «Pardon.» Elle me regarda sans haine et d'une voix épuisée dit tout bas: «Pars, maintenant, Thomas.» Je baissai les yeux, mes lèvres laissèrent tomber un faible «oui», je me levai et sortis, sans me retourner. L'horreur de ce qui venait de se passer fit chavirer mon estomac. Arrivé au rideau de mancenilliers, je m'appuyai sur un tronc et me mis à vomir. D'étranges vérités étaient sorties de ma bouche et de mes mains ce soir; d'étranges vérités se répandaient à mes pieds. Le fantôme de la douleur avait pris des formes cruelles et avait frappé là où il pouvait. La vérité était sale, le ragoût de blessures et de vengeances avait macéré en moi jusqu'à la pourriture et était finalement sorti. Malgré tout le porto que j'avais bu, la conscience de ce que je venais de faire brillait avec une intensité aiguë, sans masque ni alibi, avec la nudité d'une entaille sanglante. Pour une fois, la conscience du mal que j'avais commis était claire et transparente. Et pour le moment, la seule réaction possible était de vomir, de vomir jusqu'à ce que toute l'horreur sorte.

Ainsi j'étais capable de gestes et de paroles aussi terribles. Ainsi ma douleur était capable de tout pour se venger du monde. Étrangement, la réaction de Bennebah était pour beaucoup dans la lucidité presque insupportable qui me retournait comme un gant et répandait mes entrailles en une flaque nauséabonde sous les arbres. Toutes les illusions de mon invraisemblable histoire d'amour venaient d'éclater. Bennebah n'avait jamais rien compris à la cour maladroite que je lui faisais. Par cet éclat de gifles et d'insultes, mon désir prenait enfin une logique qu'elle pouvait mesurer, un sens qui s'intégrait mieux aux sentiments qu'elle avait appris à attendre d'un homme comme moi. Quand elle avait ouvert les yeux, autant sa chair avait mal, autant sa compréhension de nos rapports venait d'entrer dans un cadre rassurant, où la réalité était cruelle mais prévisible. J'étais devenu un Henry Layne. J'étais capable d'endosser les habits du monstre, mais je sais que je n'aurais jamais pu les garder longtemps, les laisser s'incruster et se mêler à ma propre peau. Pour Bennebah, toutefois, j'étais enfin un Blanc comme les autres. Je savais maintenant, et elle aussi, qu'entre moi et le planteur qui la poussait dans l'étable à treize ans, il n'y avait qu'une différence de degré, de dosage dans la chimie intérieure des émotions, une différence dans la longueur de la bride qui retenait le monstre.

Imperceptiblement, les larmes qui descendaient le long de mes joues étaient devenues à la fois plus nombreuses et moins salées. Il pleuvait. Je levai mon visage vers le ciel et ouvris très grand la bouche, pour essayer de laver le goût acide qui me collait à la langue. L'eau. La seule force bénigne que j'avais rencontrée ici. Je marchai le long du rivage jusqu'à la crique secrète de mes premières baignades. Mon refuge était ici, le seul endroit où j'avais connu une joie sans mélange. J'arrachai mes vêtements et me lançai à la mer. La fraîcheur de l'eau m'enveloppait et faisait taire ma honte. Je partis vers le large, sentant fondre dans la chorégraphie souple de la nage la dureté de mes muscles. Je ne sais plus, il se peut qu'à ce moment-là j'aie eu l'intention de nager sans fin jusqu'à ce que la mer m'avale. Mais loin du rivage, immobile sur le dos, je réussis enfin à trouver le silence. La lune, à peine voilée derrière la minceur des nuages, versait tout autour une lumière pâle et neutre, rassurante comme une veilleuse. Je suis certain qu'une femme violentée doit ressentir ce besoin que j'avais alors de me laver jusqu'à ce que ma peau se décolle, de laisser tremper jusqu'à la dissolution totale ce corps souillé. La différence, c'est que l'horreur était venue du fond de moi et que je devais côtoyer la bête pour le reste de mes jours.

Je restai dans l'eau aussi longtemps que je le pus, jusqu'à ce que l'épuisement et le froid m'obligent à regagner le rivage. La pluie avait cessé, mais mes vêtements étaient trempés. Trop fatigué pour bouger, je m'étendis nu au pied des arbres et m'endormis, roulé en boule. La nuit fut lourde et sans rêves.

Quand je me réveillai, le soleil était déjà haut dans le ciel. Mes vêtements étaient sales, mais suffisamment secs pour être portés. J'avais faim et froid. Je me sentais vide, mais étonnamment serein. Je me mis en route vers la ville avec une conscience aiguë de chaque bruit de vague, de chaque chant de mainate ou de tourterelle. Mon bateau partait dans deux jours.

24

Du bureau où j'écris ces lignes, je vois le soleil jeter ses derniers reflets sur la Corne d'Or. Yannis n'a jamais obtenu son palais sur le Bosphore, mais moi par contre, j'ai eu le mien. Voilà près de quinze ans que je suis revenu à Constantinople. Yannis, s'il était ici, serait bien d'accord avec Efanto: je suis effectivement devenu un traître. Je travaille pour l'ennemi, je suis passé aux ordres de la Sublime Porte.

Quand du pont du *Little Bristol* je regardais disparaître au loin les côtes de la Barbade, je savais que quelque chose en moi venait de se briser. Je m'étais enfin aventuré à l'extérieur de ma coquille et tout ce que j'y avais trouvé, c'était douleur et incompréhension. Yannis pouvait se battre dans le cadre d'un monde simplifié de bons et de méchants, de forts et de faibles, de rusés et de naïfs. Il savait d'instinct trouver l'espace qui lui permettait d'agir, jusqu'à ce qu'une de ses rares erreurs de jugement le fît disparaître. Mais moi, le spectacle des malheurs du monde me paralysait. J'étais une proie facile pour les Rupert Layne et, lorsque je parvenais enfin à me transformer en prédateur, c'était pour attaquer quelqu'un comme Bennebah. Si agir signifiait prendre sa place dans la hiérarchie des bourreaux, à la juste mesure de son degré d'ignominie, entre ceux qu'il faut frapper et ceux qui vous étranglent, alors je préférais retourner dans mon univers de sourds-muets.

Je ne pus me réhabituer à Londres. Derrière chaque visage blême, je voyais le meurtrier de Ned Primus, je sentais se profiler l'ombre du planteur, de l'officier de marine, du boutiquier qui se gavait aveuglément de sucre. Les péchés de l'Angleterre m'étaient devenus trop personnels. Je n'arrivais plus à les digérer. Un mois à peine après mon retour, j'offris mes services à l'ambassade ottomane à Londres. On me trouva presque tout de suite un poste de traducteur à Constantinople, dans les services diplomatiques du sultan. Le fait que je fusse sujet britannique plutôt que citoyen de cet agaçant petit royaume hellène facilita beaucoup les choses.

Mon travail consiste à lire les dépêches, journaux et documents officiels qui arrivent de Londres et à les résumer en turc pour les conseillers du vizir. C'est souvent fastidieux, mais je peux au moins me tenir au courant des événements qui préoccupent les milieux politiques anglais. C'est ainsi que j'ai pu suivre le processus d'émancipation dans les colonies antillaises.

Contrairement à ce que j'avais prévu, tout se passa dans le calme le plus plat. L'abolition partielle de l'esclavage fut votée en 1833, l'abolition totale en 1838. Dans les colonies où les Noirs pouvaient espérer s'établir ailleurs que sur la terre des planteurs, en Guyane, à Trinidad, en Jamaïque, il y eut bien quelques remous. Mais sur le chapelet des petites îles, sur le collier d'Hurracan, rien ne bougea. À la Barbade, des voix isolées comme celle de Samuel Prescod s'élevèrent un moment pour revendiquer un peu plus de justice. Mais la plupart des esclaves se remirent à faire les mêmes gestes qu'avant. Au lieu d'appartenir carrément à leurs maîtres, les Noirs leur étaient maintenant liés par des contrats à long terme, par lesquels ils s'engageaient à travailler dans leurs champs de canne en échange du droit de résider sur leurs terres. Comme il n'y avait de terres qui ne soient aux mains des planteurs, la liberté de mouvement de l'engagé était tout à fait théorique. Dans les faits, très peu de choses avaient changé.

Un article du *Times*, qui rapportait les observations de l'évêque Coleridge, pasteur en chef des Petites Antilles, décrivait l'atmosphère qui régnait à l'aube du 1er août, jour de l'émancipation. Ce qui avait frappé le bon évêque ce matin-là, ce n'était pas l'explosion de joie tant attendue, mais plutôt le silence. L'arrivée de la liberté avait été accueillie avec la plus grande piété, disait-il. Là où on aurait dû assister à de grandes réjouissances, on n'avait entendu que la prière. Les yeux s'étaient fermés, les têtes s'étaient inclinées, les genoux avaient fléchi.

Pauvre troupeau! La tyrannie du dieu chrétien se dévoilait maintenant dans toute sa splendeur: la vie d'obéissance et de misère était devenue une condamnation divine et non plus une obligation des hommes. Ce n'était plus le fouet du maître qui justifiait les larmes, mais la punition et le mystère du dieu chrétien. Inutile d'appeler ce dieu dans la nuit. Jéhovah ne regardait pas les fétiches, n'entendait pas les tambours, n'entrait pas dans le corps des danseurs. Jehovah n'était qu'un comptable barbu qui inscrivait tous les gestes dans son grand livre et en dresserait un jour le bilan, tranchant entre les rentiers du ciel, les endettés du purgatoire et les faillis de l'enfer. Voilà par quoi on avait remplacé l'ordre ancien.

Le rêve du Basoulo était mort. Il n'y avait plus que le travail et le plaisir nouveau de l'argent à la fin d'une semaine. C'était déjà beaucoup. Dieu était bon et la vie avait déjà été plus difficile. Les Anciens le disaient. Avec un peu de patience, la case serait un jour agrandie, il y aurait peut-être un peu plus d'abats de porc sur la table, pourvu qu'ils n'en augmentent pas encore le prix. De là à quelques années, quand Chadrach, Ezra et Charlene seraient assez vieux pour aller aux champs, la vie serait plus facile.

Au moment où j'écris ces lignes, l'Europe au complet grouille de rébellions. Les Français viennent à nouveau de détrôner leur roi et dressent des barricades au nom de l'égalité. Les Serbes et les Moldaves s'agitent contre le sultan, les Polonais se soulèvent contre le tsar, et les Hongrois et les Italiens, contre l'empereur. Même en Prusse, le mouvement des rues a fait fléchir la monarchie. Metternich a fui Vienne, le pape a quitté Rome dans la honte. Tous les espoirs sont permis, l'ordre ancien se lézarde de partout. On ne parle que de liberté et de constitutions. Le sang coule dans toute l'Europe, entre les revendications calculées des bourgeois et le sursaut désespéré des pauvres. Je ne parle de mes sympathies secrètes à personne, mais mon cœur se réjouit en silence de tous ces troubles. Cela me fait un peu plus de trahison. Je suis peureux mais je sais de quel côté penche ma peur. J'attends caché ici que tout s'embrase. Je ne fais rien pour aider ceux que j'admire, mais mon âme échappe ainsi un tout petit peu aux Hommes Gris.

Sur le collier d'Hurracan rien ne bouge. Peut-être est-ce là une autre forme de la malédiction du dieu du vent. Ceux qui auraient le plus de raisons de se soulever ne bronchent pas. Ils continuent à couper la canne et à prier, même si la base même de la richesse des îles commence à s'effondrer. Le prix du sucre a baissé de façon vertigineuse cette année et les taxes préférentielles qui protégeaient la production des Antilles ont été abolies. À chaque arrivée de bateau, je scrute avidement les journaux anglais pour trouver la moindre nouvelle de rébellion aux îles. Tout ce que j'y trouve, c'est un signe après l'autre de la fin de l'empire du sucre. Je fais ma part pour qu'il meure, je ne touche plus à aucune douceur. Ce n'est rien à l'échelle du monde, mais pour moi cela veut tout dire. Je cultive les goûts amers, pour ne jamais oublier la sensation qui me remplissait la bouche la dernière fois où j'ai vu Bennebah. Le souvenir du mal ne m'a jamais quitté. Je me laisse toujours emporter dans la crue des événements, mais maintenant j'ai les yeux grands ouverts. Je ne me cache plus, je me tais, mais je vois tout.

Qu'est devenue Bennebah? Je n'en sais rien, les journaux anglais ne s'intéressent pas à elle. Sans doute a-t-elle transformé la semence de ses beaux amants noirs en petits coupeurs de canne. Jusqu'à ce que je me mette à écrire cette histoire, je n'ai presque jamais pensé à elle. Ce n'est pas que le souvenir de cette dernière nuit se soit estompé, loin de là. Je porte chaque jour la mémoire de mes gestes comme une plaie vive. Non, c'est plutôt la nature de mes sentiments que le temps a ramenés à des proportions plus vraisemblables. Comme l'esprit des dieux pénètre le corps du possédé, la chaleur des Tropiques et le vide au fond de moi avaient fait de la pauvre Bennebah la clé de ma transformation. Mes désirs s'étaient plongés en elle comme si elle avait été mon fétiche, l'incarnation vivante de mon salut. Elle était si différente, dans son corps, son cynisme, sa souffrance, sa liberté de mouvements, qu'elle était devenue la garantie de ma renaissance. Je n'avais jamais connu personne qui lui ressemblât et j'espérais de tout mon cœur être aussi dépaysé devant l'homme nouveau qui allait naître en moi. Mais c'était la peau du lézard que j'aimais et non Bennebah. J'étais passé à côté d'une femme pour tenter de m'approprier une guérisseuse. Mais dans le dernier regard que j'avais reçu d'elle, j'avais enfin su voir la vraie Bennebah. Et j'avais aussi ouvert les yeux sur Thomas Evangelos.

C'est la disparition de Yannis qui m'a donné l'envie de raconter ce voyage manqué que j'avais entrepris pour lui. Pauvre cousin! Il aura trempé dans des complots jusqu'au dernier jour de sa vie. Quand je suis rentré à Londres, je ne lui ai presque rien dit. Je me suis contenté de lui décrire mes recherches d'archives et mes contacts avec Cumberbatch, pour conclure sèchement au cul-de-sac: il n'y avait plus de Paléologue à la Barbade, j'en étais sûr. De toute façon, la vérité ne l'aurait pas intéressé. Ned Primus n'aurait pu lui être utile, donc il n'existait pas. Comme je l'avais prévu, ce fut la dernière fois que je revis mon cousin. Moi aussi, j'étais devenu superflu. C'est par ma sœur que j'appris que Yannis avait ourdi une conspiration de trop. Les temps avaient beaucoup changé depuis sa visite chez moi à Londres. Les Phanariotes ne rêvaient plus de Constantinople. Mavrocordatos était devenu en Grèce le chef du parti anglais et prônait la réconciliation avec la Sublime Porte. Il avait repris à son compte la stratégie de ses aïeuls, celle d'investir le corps pourrissant de l'empire ottoman plutôt que de l'abattre, de tenir la main du moribond jusqu'à ce qu'il s'écroulât de lui-même, en prenant soin de chiper tout ce qu'il pouvait dès que le malade s'assoupissait. Mais Yannis ne pouvait pas attendre. Sa haine le tenaillait trop. Il se mit à comploter derrière le dos de son maître. Une dénonciation le fit tomber aux mains de la police grecque. Il fut jugé pour trahison et fusillé. Il garda la tête haute jusqu'au dernier moment, s'écriant devant le peloton d'exécution: «Mort à l'usurpateur! Vive la Grande Idée! Vive l'Empire!» Je crois bien qu'il a eu le genre de mort qu'il avait toujours souhaitée, celle du héros qu'il s'efforçait tellement d'être. Sa disparition fut jugée digne d'un petit article en page huit du *Times*: «Découverte d'un complot à Athènes». En ce qui me concerne, c'est une mort absurde, beaucoup trop abstraite et en tout cas parfaitement inutile. Ned Primus sera toujours pour moi beaucoup plus grand que mon cousin.

Je suis revenu à Constantinople. De Londres, je n'ai presque rien emporté et surtout pas mes livres, que j'ai tous jetés. Dans la ville où je suis né et d'où je n'aurais jamais dû partir, je n'ai plus l'impression perpétuelle d'être un étranger. Je comprends ici le tissu même de la vie. À partir du moment où Yannis a décidé qu'il était prêt à mourir pour Constantinople, Constantinople est morte pour lui. Il a dû s'exiler et il ne l'a plus jamais revue. Toute sa vie, il a rêvé d'une ville imaginaire, débarrassée de tout ce qu'elle avait d'oriental. Ce n'était plus à Constantinople qu'il songeait, c'était à une version hellénisée de Rome ou de Paris. Mais ma ville n'est pas un cimetière de marbre. Elle marie la steppe et le marché persan, le jardin maure et la forêt boréale, le silence des moines et l'odeur épicée de l'Égypte, la plainte du muezzin et le vent froid du Caucase. Yannis et moi, nous sommes d'accord sur un point: Constantinople est la charnière universelle, la couture au milieu du monde, comme disait Ogbowé. Mais elle est un point de rencontre dans l'espace et non dans le temps, Yannis, un passage à gué au milieu de la rose des vents. J'ai cherché la Constantinople dont tu parlais, mon cousin, mais je ne l'ai pas trouvée. J'ai cherché les racines de l'Occident et les reliques de l'âme grecque et romaine. Mais je n'ai vu que des marins russes et des commerçants syriens, des prêtres grecs et des bergers kurdes. Je n'ai jamais croisé Achille ou Justinien.

Yannis, tu t'es trompé et tu es mort. Moi, je suis bien vivant. Je trahis peut-être ta mémoire, mais je suis au moins fidèle à mes sensations d'enfant. J'ai fait la paix avec les petits Turcs qui étaient nos compagnons de jeux. Nous marchons maintenant ensemble sur les remparts, en fumant d'épaisses cigarettes qui nous font cracher. Je ne porte ni turban ni babouches, mais je suis ici chez moi. Je ne suis ni un Blanc parmi les Noirs, ni un basané parmi les blêmes. Je suis un Levantin comme les autres.

Je ne me suis pas réinstallé au Phanar, qui me faisait trop l'impression d'être un village assiégé. De toute façon, le petit monde que j'avais connu n'existe plus. La plupart des Grecs ont fui après les massacres de 1821 et bien peu ont osé revenir malgré les promesses du nouveau sultan. L'été, par contre, je retourne souvent à Arnavutköy. Seul sur les rives du Bosphore, j'y dore avec volupté ma peau de lézard, j'y retrouve un plaisir presque aussi pur que dans ma petite crique. Mais ici rien ne vient pourrir mon paradis. Derrière la brise, on ne sent pas la colère du dieu du vent. Je n'ai pas mué depuis mon arrivée. Sauf pour les inévitables cheveux gris, jointures endolories, poches sous les yeux et bourrelets à la ceinture, je n'ai pas changé. Je n'avais qu'une peau à perdre et un voile sur l'âme à déchirer. La surprise est venue du dedans. À l'extérieur, je n'ai fait que renouer avec mon enfance, avec la sensualité de l'air et de l'eau. À l'intérieur, plus rien ne bouge. Je me suis installé dans mon incarnation finale. Je ne me plais pas beaucoup, mais à la longue je m'habitue. Quand je suis parti pour la Barbade, je ne savais pas quelle version de moi j'allais trouver. J'espérais peser plus lourd dans le déroulement du monde, j'espérais marquer au moins quelques petits événements du signe de mon existence. La quête du Basoulo était devenue pour moi une sorte de rédemption. Aujourd'hui je suis presque heureux de n'avoir trouvé que des fantômes. Je me suis enfin réveillé de mon long sommeil anglais et l'homme que j'ai trouvé n'est ni bon ni mauvais. Tant pis si les habits que j'ai ramenés de la Barbade sont plus petits que ceux que j'espérais trouver. Ce sont des habits médiocres, mais qui me vont étonnamment bien. J'attends que le hasard m'envoie des atours plus nobles. Je ne désespère pas, mais je n'entrevois pas grand-chose. De Bennebah, j'ai au moins appris la fatalité. Avec la bosse que j'ai maintenant sur le nez, ce sera la marque de ce que j'ai un jour appelé l'amour.

Note de l'auteur

Cette histoire est basée sur des faits réels. Ferdinand Paléologue est vraiment mort à la Barbade en 1670. Une plaque posée sur le mur de l'église de Landulph, en Cornouailles, retrace l'ascendance de son père Théodore, «fils de Prospère, fils de Théodore, fils de Jean, fils de Thomas, second frère de Constantin Paléologue... dernier de la lignée qui régna à Constantinople jusqu'à sa prise par les Turcs». Au cours de la guerre d'indépendance grecque, les insurgés ont réellement tenté de retrouver la branche barbadienne de la famille impériale et étaient prêts à lui offrir le trône de Grèce. Quant aux restes de Ferdinand Paléologue, ils furent effectivement découverts dans un caveau situé sous l'église de Saint-John, détruite par l'ouragan du 11 août 1831. Le squelette de Ferdinand, de dimensions gigantesques, était enduit de chaux vive et placé dans le sens contraire aux autres, les pieds vers l'est.

Achevé   Imprimerie
d'imprimer Gagné Ltée
au Canada Louiseville